KB045870

"움직이지 마 히노모리.
이상한 데 건드릴 수도 있어."

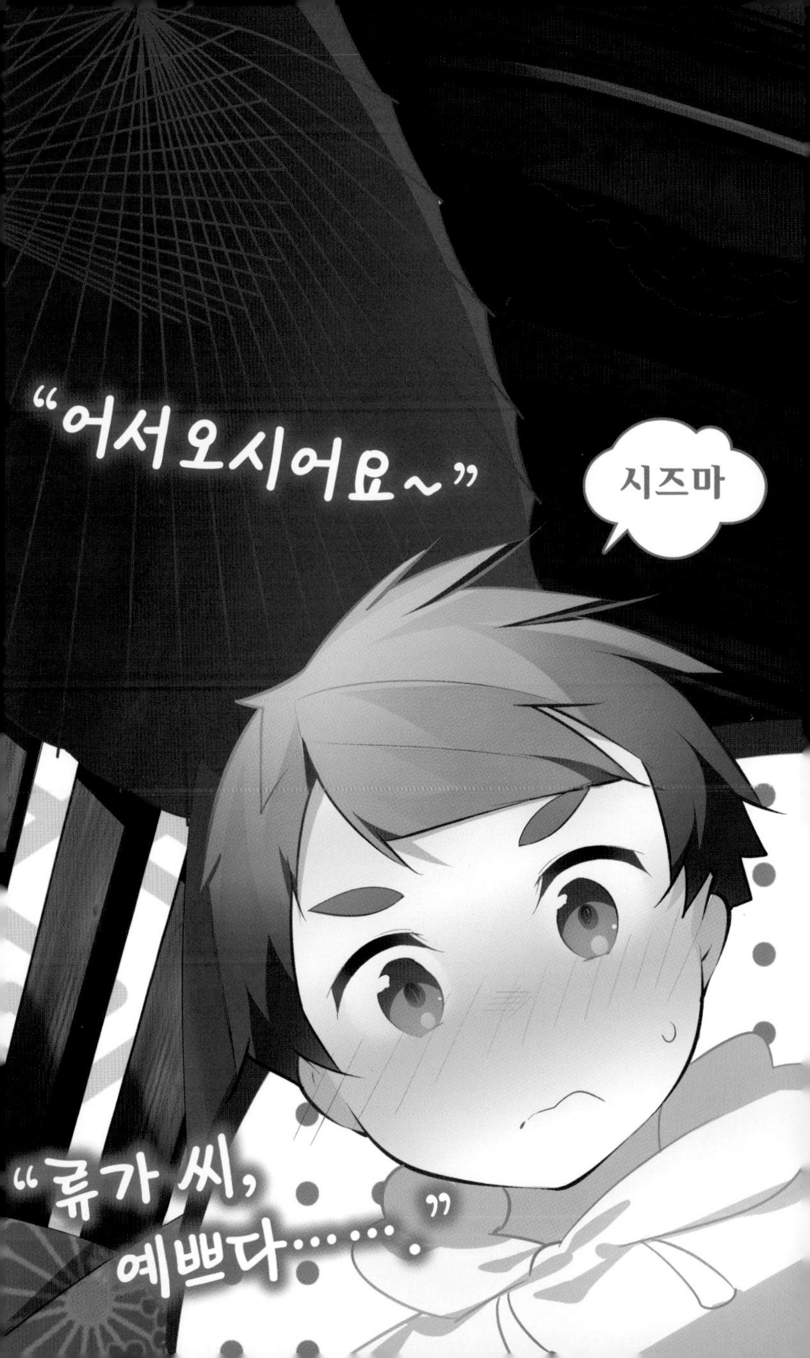
"어서오시어요~"
시즈마
"류가 씨,
예쁘다……."

CONTENTS

Is it tough being "a friend"?

YASUSHI DATE

다테 야스시

그림 베니오

친구 캐릭터는
어렵습니까?

Is it tough being "a friend"?

7

프롤로그

히노모리 류가가 주인공인 「이능 배틀 스토리」는 드디어 가경(佳境)을 맞이하고 있다.

태곳적부터 인간계를 위협해온 이형의 군단 『나락의 사도』. 그리고 그 정점에 군림하는 사흉(四凶)이라고 불리는 마지막 보스들──혼돈, 도철, 궁기, 도올.

그런 무시무시한 사천왕도 이젠 【마신】 궁기만이 남았다.

그 녀석을 쓰러트리는 순간, 이 이야기는 대단원을 맞이한다. 이 세계는 평화를 되찾고 류가 일행은 싸움의 숙명에서 해방된다.

'처음 예정대로 됐다면 좀 더 카타르시스가 있었을 텐데 말이야······.'

원래 이 시리즈는 4부로 구성될 예정이었다.

사흉이 각 부의 마지막 보스가 되고, 하나씩 쓰러트리는 방식으로.

그게 깨진 이유는 궁기와 도올의 등장이 더블 부킹 된 것도 모자라, 도올이 등장하자마자 전광석화처럼 항복해 버린 탓이었다.

도올편이 그냥 넘어가는 바람에, 어쩔 수 없이 3부 구성으로 변경해야만 했다.

사태가 이렇게 돼버린 것을 나──코바야시 이치로는

상당히 유감스럽게 생각하고 있다. 주인공의 친구 캐릭터로서, 스토리 플래너로서 여러분께 깊이 사죄한다.

'혹시 어디서 외압이 들어왔나? 『너무 늘어지는 것 같으니까 그만 끝내자』 하고 신의 의지라도 작용한 걸까? TV 프로그램 스폰서나 출판 편집자라는 이름의, 【마신】을 뛰어넘는 【절대신】의 의지가……'

아냐, 그럴 리가 없어. 스토리는 그럭저럭 재미있었으니까. 메인 캐릭터들도 열심히 했잖아.

만약 신이 불만을 품었다면 그건 틀림없이 나 때문이다. 단순한 조연인 친구 캐릭터가, 누가 원한 것도 아닌데 잔뜩 눈에 띈 탓이다.

'아니에요! 저라고 좋아서 노출된 게 아니라고요! 좋아서 【마신】을 둘이나 깃들이고, 메인 캐릭터와 마구 플래그를 세우고, 한 아이의 아빠가 되고, 궁기의 그릇과 진심으로 배틀을 한 게 아니라고요!'

……틀렸다. 이렇게 죄상을 열거해보니 그저 「사고 쳤다는 느낌」을 부정할 방법이 없다.

아마도 집행유예로 끝나지도 못할 거야. '피고의 행위는 심각하게 자기중심적이고 반사회적이므로 정상참작의 여지가 없다'…… 판사님도 그렇게 말씀하시겠지.

이야기가 최종장에 돌입한 지금, 이 이상 같은 실수를 저지르는 건 용납할 수 없다.

스토리에 관여하는 건 엄금. 존재감을 보여선 안 된다.

'이야기의 클라이맥스가 되는 종반에, 보통은 친구 캐릭터는 거의 나올 일이 없잖아. 아직도 내가 빈번하게 출연하는 건 이상한 일이야.'

보통은 점점 페이드아웃하고, 상황에 따라서는 두 번 다시 나올 일이 없어야 한다. 어쩌다 엔딩에 한 컷이라도 비치면 그저 감사할 따름이고.

그게 친구 캐릭터의 숙명…… 지금이라도 그걸 철저히 지켜야겠다. 내 주제를 알아야지.

'하지만 그 전에 처리해야 할 문제가 남아 있지…….'

──먼저 궁기가 사역하는 합체 사도 슈한테서 루니에를 구출해야 한다.

유키미야의 집사인 세바스찬이 저번에 슈의 일부가 돼버렸다. 그를 방치하면 진정한 해피엔딩은 찾아오지 않는다.

──그리고 【마신】 도올을 류가네한테 소개해야 한다.

이런저런 예기치 못한 사태들이 겹쳐지면서, 도올의 캐릭터가 이미 다 들키고 말았다. 이젠 그녀를 「적인지 아군인지 모를 중립 【마신】」으로 취급해도 의미가 없다.

'하지만 뭐, 도올은 아무리 봐도 마지막 보스에는 어울리지 않고, 제4부가 엉망진창이 되는 것보다는 나을지도 몰라. 이렇게 되면 마음을 다잡고, 마지막 남은 궁기편을 최대한 화끈하게 만들어야 해…… 어디까지나, 난 뒤에 숨어서.'

류가는 물론이고 사신 히로인즈도 어떻게든 온 힘을 다해서 최종장에 임해줬으면 좋겠다.

각자가 멋지게 활약할 자리를 만들고, 오의를 아낌없이 펼치고, 가능하다면 옷이 찢어지는 서비스 연출도 부탁하고 싶다. 단, 주인공인 류가보다는 눈에 띄지 않게. 네 얘기야 쿠로가메.

……그런 생각을 하면서, 문화제가 끝나고 하루가 지난 월요일.

나는 오전 중에 집에서 나와 전철을 타고「어떤 장소」로 향했다.

오늘은 문화제 대체 휴교 날이라서 학교에 안 가도 된다. 그걸 이용해서 텐료인 아기토의 상황을 보러 온 것이다.

'아기토 녀석, 또 전학할 생각인 것 같단 말이지. 뭐, 류가네한테『궁기의 그릇』인 걸 들켰으니 어쩔 수 없는 일이지만.'

앞으로의 시나리오를 조정하기 위해서라도 아기토의 주소는 파악해둘 필요가 있다. 물론, 이건 메인 캐릭터들한테는 비밀로 하는 정찰이다. 스토리 플래너로서의 극비 조사다.

'이사까지 갔을 가능성은 거의 없겠지. 이 고급 맨션 자체가 아기토의 소유물인 것 같으니까. 그리고 보니까 여기에는 사도가 150명 정도 살고 있었는데…… 역시 슈의 먹이가 됐으려나.'

보안문 때문에 안에 들어가지는 못하고 맨션 앞에서 얼쩡거리고 있는데.

"……코바야시. 여기서 뭘 하고 있지?"

생각지도 못했는데, 인도 저쪽에서 당사자가 다가왔다.

"으억, 아기토!"

그야말로 텐료인 아기토였다. 류가를 절찬 짝사랑하는 중인, 꽃미남 변태 신사였다.

당황한 나와 대조적으로 여전히 포커페이스를 유지하고 있는 유랑의 전학생. 복장은 평소와 마찬가지로 오메이 고등학교에 전학 오기 이전에 다녔던 하쿠보기주쿠 고등학교의 하얀 교복이었다.

"코바야시. 어제는 감히 나와 히노모리의 세션을 방해했겠다. 네 탓에 마지막에 큰 후회가 하나 남았다."

아기토가 말하는 건 문화제 마지막의 「류가 일행에 의한 밴드 연주」를 말한다. 그 라이브에 가자기 참가하려고 했던 아기토를, 내가 단호하게 저지했었다.

당연한 일이잖아. 왜 메인 캐릭터들이 마지막 보스의 파트너와 같이 밴드 연주를 해야 하냐고. 안 그래도 백로 사도까지 조인트 했는데.

"그래서, 무슨 일인가 코바야시. 너와 더 할 얘기는 없을 텐데."

"아, 그게…… 너 말이야, 이번엔 어느 학교로 전학 가려는 걸까? 싶어서."

얼굴을 마주친 이상은 그것만이라도 확인해두고 싶다.

이 녀석은 지금, 류가 일행이 행방을 찾고 있는 몸……

말하자면 수배자다. 발견되면 그 자리에서 라스트 배틀이 시작돼버릴 우려가 있다.

"나는 다시 하쿠보기주쿠에 돌아가기로 했다."

아기토는 의외로 순순히 대답했다. 생각지도 못한 귀성이었다.

"원래 히노모리와 교류한 뒤에 그렇게 할 생각이었다. 그래서 교복도 새로 맞추지 않았지. 아직 하쿠보기주쿠에서 할 일이 있어서 말이야."

"할 일? 그러고 보니까 예전에 하쿠보기주쿠 학생들이 집단으로 병원에 실려 간 사건이 있었는데…… 그거, 역시 네 짓이었어?"

분명히 아오가사키 선배가 그런 얘기를 했었지. 「오컬트 연구회」에 소속된 학생 열 명가량이 원인 불명의 상태 이상에 빠졌다고.

틀림없이 그건 이 녀석과 궁기가 벌인 소동이다…… 난 그렇게 생각하고 있다.

"호오. 그 사건에 대해 알고 있나. 하지만 그건 네가 말하는 『히노모리 류가의 이야기』와는 관계없다. 지금으로서는."

이것도 아주 간단하게 관계를 인정한 뒤에, 아기토는 의미심장하게 그런 말을 했다.

"지금으로서는, 이라는 게 무슨 뜻이야?"

"거기까지 답해줄 의리는 없다. 히노모리와의 세션을 방해한 네놈 따위에게."

내 질문에 대답하지 않고, 아기토는 그대로 걸어가 버렸다. 자기 집인 『메종 나락』으로.

"그보다 넌 다른 걸 걱정하는 쪽이 좋다. 속 편하게 있다가는 큰코다칠 수도 있으니까."

"그, 그건 또 무슨 뜻이야?"

"답해줄 의리는 없다. 히노모리와의 세션을 방해한 네놈 따위에게."

그 말만 남기고, 아기토는 가버렸다. 류가랑 더블 베이스를 못 한 게 정말 아쉬운 것 같다.

'그래, 처리해야 할 문제가 하나 더 있어. 궁기를 떠난 시마를 찾아내야 해…… 그 치타 사도까지 슈의 먹이가 돼버리면 일이 귀찮아지니까.'

궁기의 비장의 카드인 합체 사도 슈.

그 괴물을 강화하기 위해, 궁기는 장군 클래스의 혼을 모으고 있다.

'팔걸과 삼공주를 전부 슈한테 줘서 제5의 【마신】으로 만들겠다고 했었지. 그렇게 되면 틀림없이 나도 배틀에 끌려나가게 될 테니까…… 그것만은 피해야 해.'

안 그래도 궁기는 이 이야기의 메인을 「코바야시 이치로와 텐료인 아기토의 싸움」으로 만들려고 하니까.

그렇게는 안 되지. 그 녀석 마음대로 하게 둘 수는 없어.

나는 그 꿍꿍이를 반드시 꺾어버릴 생각이다. 나서는 걸 자제하고, 존재감을 없애고, '그러고 보니 코바야시는 어떻게 됐지?' '어느새 사라졌네' '전학 갔나?'라고 적게 만들어 보이겠다.

그게 코바야시 이치로가 있어 마땅한 위치다. 친구 캐릭터의 올바른 모습이다.

그런 결의를 다지고 있는데——

"이봐 학생, 우리 맨션에 무슨 볼일이라도 있나? 아까부터 계속 쳐다보고 있던데 말이야."

관리인으로 보이는 아저씨가 나왔고, 쫓겨나고 말았다.

듣자 하니 자모스라는 이름의 청새치형 사도라고 한다.

자모스 씨, 지금 관리인 노릇이나 할 때인가요? 도망치지 않으면 슈의 먹이가 되거든요?

제1장 코바야시, 이계에 갑니다요

1

아기토와 그런 일이 있었던 뒤에.

나는 다시 전철을 타고 이번에는 유키미야의 저택으로 갔다. 정오에 방문하기로 약속을 해뒀다.

이쪽은 스토리 플래너로서의 정찰 임무가 아니라, 친구 캐릭터로서 정식으로 등장하는 일이다. 나는 물론이고 휴가 & 사신 히로인즈, 게다가 『나락의 삼공주』까지 소집됐다. 메인 캐릭터들이 전부 모이는 장면이 펼쳐질 예정이다.

그 목적은── 궁기와의 최종 결전을 벌이기 전에 처리해둬야 할 문제 중에 하나를 끝내는 것.

즉【마신】도올을 류가 쪽에 소개하고 같은 편으로 받아들이게 하는 것이다.

'처음에는 류가네와 도올이 한 번 정도 배틀을 벌이게 할 예정이었지만.'

그렇게 하면 도올은 힘을 소모하고 유키미야한테 『절복』하게 될지도 모른다. 지금처럼 의식과 육체를 차지해서 촌스럽게 만드는 일도 없어지고.

하지만, 그 계획이 위험하다는 걸 알아차렸다.

힘을 극도로 잃은【마신】은 숙주의 생명력을 잔뜩 빨아

들인다. 예전에 류가의 여동생 쿄카는 그것 때문에 빈사 상태에 빠지기까지 했다.

'생각해보면 내가 혼돈 아저씨를 거둔 것도 그런 이유 때문이었지. 이런 어설픈 계획이 도올 편을 망친 요인이기도 하니까……'

스토리 플래너로서 부족한 점을 반성하며 유키미야 저택에 도착했고.

안내받아서 들어간 유키미야의 방에는 이미 사람들이 전부 모여 있었다.

"아, 이치로. 같이 오려고 했었는데, 어디 갔었던 거야?"

제일 먼저 말을 건 사람은 당연히 주인공 히노모리 류가.

쉬는 날인데도 교복 차림이고, 상쾌하게 미소를 지으면서 한 손을 가볍게 들어 보였다. 어떻게 된 일인지 카펫 위에 누워 있었다. 게다가 미온의 다리를 베고 귀 청소까지 받고 있었다.

"움직이지 마, 류가. 이상한데 건드릴 수 있으니까."

무뚝뚝하게 말하면서도 귀이개를 조심스레 놀리는 백로 소녀. 이봐, 너무 친하게 굴지 말라고. 주인공과 장군 사도가 그러지 말란 말이야.

"여 코바야시, 응…… 늦었구나, 하앙."

이어서 말한 사람은 아오가사키 선배.

이쪽도 평소대로 쿨한 상태지만, 중간중간 이상한 신음이 들어갔다. 그럴 만도 한 게, 어째선지 주리가 『참무의 검사』의 어깨를 주물러주고 있었다.

"꽤 많이 뭉쳤네. 역시 가슴 때문이려나…… 아마 G컵이
었지?"

킹코브라 보건 교사의 절묘한 기술에 자기도 모르게 교
성을 흘리는 아오가사키 선배. 이봐, 그러니까 친하게 지
내지 말라고. 어째서 삼공주의 접대 타임이 된 거야.

"코바야시 이치로, 좀 도와줄 수 있을까요? 움직일 수가
없어서 곤란합니다."

마지막으로 말을 건 사람은 엘미라.

그쪽을 봤더니 그녀의 양옆에 쿠로가메와 키키가 기대
서 잠들어 있었다. 팔에 매달려 있는 탓에 『상암의 혈족』은
꼼짝도 할 수 없는 상태였다.

"으햐…… 고기를 이렇게 잔뜩 구워놓다니, 다 먹을 수
가 없어……."

"먹으면 안 됨미다…… 그건 벨베른의 목등심임미
다……."

그런 잠꼬대를 중얼거리고 있는 『철벽의 수호자』와 에조
늑대 꼬마. 이봐, 친하게 지내는 데다 꿈까지 링크하지 말
라고. 지저괴수 벨베른한테 대체 무슨 일이 일어난 거야.

'완전히 엉망진창인 사이로 돌아오다니…… 너희들은 완
전히 같은 편이 아니라, 그냥 같이 싸우는 것뿐이라고. 궁
기를 쓰러트린다는 목적이 일치했을 뿐이라고.'

한 때는 톳코를 둘러싸고 대립했고 배틀로 발전해버리

기까지 했던 류가 쪽과 삼공주…… 너무 불꽃이 튀는 것도 곤란하지만 진흙탕도 곤란하다. 입장을 파악해줬으면 싶다.

'아무래도 바로 오늘의 본론으로 들어가야 할 것 같군. 하지만…….'

아쉽게도 방에는 정작 중요한 톳코가 보이지 않았다.

오늘의 주인공인데 대체 어딜 갔을까…… 하고 생각하는데, 조금 지나서 내 뒤에 있는 문을 두드리는 소리가 나더니 유키미야가 쭈뼛쭈뼛 방으로 들어왔다.

곧장 류가, 아오가사키 선배, 엘미라가 자세를 바로잡고 경계했다.

미온과 주리는 한쪽 무릎을 꿇고 고개를 숙였다.

쿠로가메와 키키도 눈을 번쩍 뜨고는 동시에 침을 닦았다.

"오, 오래 기다리셨습네다……."

모깃소리 같은 목소리로 인사한 『축명의 무녀』를 보고, 류가와 사신 히로인즈가 곤혹스러운 표정을 지었다. 일제히 입이 반쯤 벌어졌다.

그 이유는 유키미야……가 아니라 톳코의 생김새 때문이었다.

먼저 절망적으로 서툴게 화장을 했다. 붙인 속눈썹이 말도 안 되게 길어서 눈을 깜박일 때마다 펄럭펄럭 날갯짓했다. 볼터치도 너무 빨간 게 거의 볼거리 수준이었다.

옷은 사교 파티용 드레스였는데, 가슴 모양이 아무리 봐도 어색했다. 아마 밥그릇이라도 집어넣겠지.

심지어 어깨에는 「오늘의 주인공」이라는 띠까지 두르고 있었다. 사실이긴 한데, 【마신】의 위엄이 제로다. 무슨 개 그맨도 아니고.

"처, 처음 뵙겠습네다…… 내레, 【마신】톳코라요."

일동의 주목을 받고 꼬물꼬물하며, 톳코가 고개를 꾸벅 숙였다.

"오늘 바쁘신 중에, 이렇게 피로 세레모니에 모여 주셔서 고조 감사할 따름임네다. 먼저 잔을 들어주시라요. 그리고 내가 감히, 건배사를……."

대본을 슬쩍 보면서 말하는 【마신】에게, 류가가 조심스레 말했다.

"저기…… 일단 가슴에 밥그릇부터 빼자, 톳코."

그 뒤에, 겨우 류가 일행의 동요가 가라앉았을 때, 톳코가 다시 자기소개했다.

"정신 사납게 해서 죄송함메. 내레 톳코입네다. 특기는 미꾸리 잡기라요."

말하면서 춤을 추려고 하는 톳코를 미온이 황급히 말렸다. 화장도 의상도 그대로인데 머리 위에는 파티용 고깔모자까지 쓰고 있었다.

너무나 무참하게, 그리고 유니크한 모습으로 변해버린 유키미야를 보고 복잡한 표정을 짓는 아오가사키 선배, 엘미라, 쿠로가메. 그 심정은 이해하고도 남는다.

"비주얼은 아무리 봐도 시오리인데, 온몸에 감도는 이 촌스러운 느낌은……."

"【마신】이라기보다는 【농경신】이군요……."

"왠지 멀리서 소나 닭 우는 소리가 들릴 것 같아……."

솔직한 감상을 말한 사신들에게, 삼공주가 바로 한마디 했다.

"당신들 너무 실례잖아. 사도의 왕 앞에서."

"톳코 님은 사흉 중에서도 『기술의 도올』이라 불리는, 가장 기교파인 【마신】님이야."

"머리카락을 조종해서 날아다니는 파리도 잡을 수 이쭙니다. 그야말로 신의 기술임미다."

그런 속에서. 갑자기 류가가 "어흠"하고 헛기침을 하고는 톳코를 가만히 쳐다봤다.

역시 주인공이야. 이완된 분위기를 어떻게든 다잡아보려 하고 있어. 잊으면 안 되는데, 이건 【마신】과 화해 교섭을 위한 자리다. 스토리 진행에 중요한 장면이다.

"그래서 톳코, 일단 확인하고 싶은데…… 넌 정말로 인류를 위협할 생각이 없는 거지?"

"없습네다. 참말이라요."

"언젠가는 시오리에게 『절복』 되는 것도, 받아들일 거지?"

"그럴 겁네다. 참말이라요."

류가가 물을 때마다 고개를 끄덕이는 톳코. 고개를 따라 고깔모자도 같이 흔들렸다.

"내레 고조 시오리와 협력해서, 반드시 루니에를 구해낼 겁네다. 곤란한 사도지만 말입네다, 루니에는 제 중요한 심복이라요. 그리고 시오리의 소중한 가족 아닙네까."

……톳코한테만 충성을 맹세한 륙장 루니에는, 그녀를 감싸다가 궁기의 흉포를 맞아 목숨을 잃었고, 혼은 슈에게 흡수당하고 말았다.

정확히 말하자면 톳코만 지키려고 한 게 아니다. 그건 유키미야를 지키기 위한 일이기도 했다. 그는 집사 세바스찬으로서, 유키미야 시오리에게 가족애를 품고 있었으니까.

'그래서 일부러 유키미야와 헤어지고, 잠자는 궁기를 노리고, 아기토를 톳코의 새로운 그릇으로 삼으려 했어. 세상에 평화가 돌아온 뒤에, 유키미야가 평범하게 살아갈 수 있도록.'

하지만 궁기는 그렇게 어설픈 상대가 아니었다. 궁기는 루니에의 생각을 예상했고, 결과적으로 왕거미 집사는 합체 사도의 먹이가 되고 말았다. 난…… 그걸 막지 못했다.

하지만 아직 그를 구할 방법은 남아 있다.

슈의 팔을 억지로 잡아 뽑으면 그 사도는 원래 모습으로 돌아온다…… 우리는 그걸 실제로 목격했다.

루니에 구출은 궁기와의 싸움에서 필수 미션. 물론, 이건 류가와 사신 히로인즈에게도 말해뒀다. 괜한 승리 조건을 늘려서 미안할 따름이다.

……내가 그런 생각을 하고 있는데.

"헤에. 300년 전에 톳코랑 싸웠던 조상님 이름은 히노모리 류잔이구나."

"그렇습네다. 류가 군만큼이나 잘 생겼었습네다. 루니에를 한 방에 날려버렸어라요."

"혹시 다음에 같이 성묘 갈까? 화해했다고 보고도 할 겜."

"갈라요, 내도 갈라요. 묘에 찰떡을 올릴 거야. 류잔 군은 찰떡을 욱수로 좋아했——"

벌써 화해 교섭의 장이, 다시 엉망진창인 분위기가 되어 가고 있다. 류가와 톳코가 포테이토칩을 먹으면서 그런 잡담을 주고받으며.

안 좋은 흐름이야…… 내가 그렇게 걱정한 직후.

갑자기 류가의 어깨에 코미컬한 꼬마 용이 펑, 하고 나타났다. 류가의 수호신이자 사신의 수장인 용신【황룡】이다.

"아, 론땅! 니 오랜만구마! 아하하, 쪼까 못 본 사이에 많이 쪼그라들었어야."

론땅의 머리를 콕콕 찌르면서 웃는 톳코에게, 류가가 깜짝 놀라면서 물었다.

"어, 어떻게 론땅이라는 이름을…….."

"옛날부터 그렇게 불렀음메. 적이기는 해도, 오래 알고 지냈으니께."

자신과 똑같은 애칭으로 부르는 톳코를 보고, 류가의 얼굴이 풀어졌다. 명확한 친근감을 품었다.

"그, 그랬구나. 응, 좋은 별명 같은데. 앞으로는 나도 그렇게 불러볼까."

뻔뻔한 대사와 함께 톳코의 잔에 주스를 따라주는 류가. 아마도 앞으로는 자기도 사람들 앞에서 【황룡】을 론땅이라고 부를 속셈이겠지.

"그런데 톳코. 처음 만났을 때는 미안했어. 무작정 공격해서……."

"미안해 톳코. 아팠어?"

류가와 같이, 쿠로가메도 고개를 숙였다. 이 두 사람은 묘지에서 소꿉친구만이 할 수 있는 절묘한 콤비네이션으로 톳코를 몰아붙였었다.

"신경 쓰지 마시라요. 근데, 역시 둘 다 무지 쎴어. 특히 거북이 펀치는 묵직했다니께. 내한테도 가르쳐줬으면 싶을 지경임메."

"좋아! 가르쳐줄게!"

그렇게 말하고, 톳코의 손을 잡고서 일으켜 세우는 쿠로가메. 당황한 사람들 앞에서, 바로 정권 지르기를 가르치기 시작했다.

"먼저 허리를 낮추고! 팔꿈치를 옆구리에 대고! 그리고 왼손을 당기면서 오른손을 똑바로 내지르는 거야! 핫!"

"핫!"

쿠로가메를 따라서, 톳코가 주먹을 내질렀다. 이봐, 유키미야의 비주얼로 그렇게 다리 쩍 벌리지 말라고. 일단은 학교의 아이돌이란 말이야.

"한 번 더!"

"핫!"

"핫!"

"좋아! 꽤 소질이 있는데! 핫!"

"핫! ……아, 슬슬 시오리랑 바꿔야겠어야."

그때, 거기서 갑자기 톳코가 들어가 버렸다.

순식간에 유키미야의 얼굴이 멍한 표정이 됐다. 사람들을 둘러보고, 이어서 자기 몸을 보고, 눈을 깜박거렸다. 붙인 눈썹이 펄럭펄럭 흔들렸다.

"뭐, 뭔가요 이 포즈! 뭐죠 이 고깔모자는! 뭐예요 『오늘의 주인공』이라니!"

얼굴이 새빨개져서 허둥지둥 밖으로 도망치는 유키미야. 그런 유키미야를 우리는 동정이 담긴 눈으로 지켜봤다.

──이렇게 해서 【마신】 톳코는 류가 일행과 화해했다.

마지막에 "내레, 쿠로가메류 아르켈론권에 입문할거라요!"라고 선언한 톳코를 필사적으로 말리기도 했지만.

2

어쨌거나 저쨌거나 결전 전에 해결해야 할 일 중 하나였던 「톳코를 동료로 맞이하기」는 간신히 클리어했다.

남은 건 「루니에 구출」과 「시마 수색」인데, 루니에 쪽은 슈가 나타나지 않으면 어떻게 할 방법이 없다. 궁기 & 아기토도 당분간은 다시 전학하느라 바쁠 것 같고.

'그렇다면 지금은 시마를 찾는 데 전념해야겠지.'

그렇게 판단한 나는 시간이 날 때마다 치타 사도를 찾기로 했다.

그 흑갸루까지 먹이가 돼서 슈가 더 파워업 해버리면, 아무리 도철이라도 당해내지 못할지도 모른다. 완선히 회복되지 않은 혼돈은 말할 것도 없고.

'게다가 궁기는 슈를 두 마리까지 만들 수 있다고 했어. 또 하나는 열화판인 모양이지만, 그래도 지금까지 쓰러트렸던 슈보다는 훨씬 강할 거야…… 역시나 최후의 【마신】, 쉽지 않네.'

지금까지 궁기한테는 전략적인 면에서 계속 당하기만 했다. 아기토도 나보다 머리가 좋을 테니까, 정말 버거운 마지막 보스들이다.

"역시 여우처럼 생긴 만큼 교활하다니까……."

"궁기 자식은 옛날부터 『지혜의 궁기』라고 불렸으니까요. 못된 짓을 꾸미는 데는 그놈을 당할 자가 없습죠."

톳코의 공개 세리머니에서 사흘이 지난 목요일.

방에서 궁기에 대해 투덜대고 있었더니 도철이 그런 말을 했다.

지금은 저녁 일곱 시가 조금 안 된 시간. 수업이 끝난 뒤에 시마를 찾아서 시내를 돌아다니다 집에 왔는데, 아직 수확은 제로다. 흑갸루니까 피부를 태우러 선탠 살롱에라도 가지 않았을까 싶어서 거기도 가봤는데, 역시나 없었다.

"흐음,『지혜의 궁기』란 말이지…… 그러고 보니 톳코는 『기술의 도올』이라고 불렸다고 했었고? 【마신】들한테도 그런 별명이 있구나."

"그야 당연히 있지요. 장군들한테도 있으니까…… 아! 한 골 먹었다!"

질리지도 않고 TV 앞에 앉아서 게임을 하며, 도철이 이쪽은 보지도 않고서 말했다. 최근에는 축구 게임에 빠져 있다.

……이명, 별명, 세컨드 네임. 그것은 배틀물에서 아주 중요한 에센스다.

그게 있는 것만으로도 캐릭터의 개성이 확 살아난다. 속성, 능력, 성격에 기반을 둔 것들이 많고, 기억하기 쉽다는 점도 메리트다.

'미온의『남장』은 하늘 속성과 바람 속성에서 왔겠지. 주리의『환장』은 그대로 능력에서 따왔고. 키키의『폭장』은 성격이려나? 그 녀석 억지로 깨우면 화내면서 엄청나게 날뛰니까.'

생각해보니 류가 일행도 별명은 있다.『용신의 계승자』나『축명의 무녀』같은.

어쨌거나 별명이 있다는 건 좋은 일이다. 물론 나한테는 필요 없지만.

"톳코랑 궁기한테 별명이 있다는 건, 너랑 혼돈한테도

있는 거야?"

"예. 혼돈은 『힘의 혼돈』*이지요. 파워라면 저도 지지 않습니다만."

"그럼 넌 뭐라고 불리는데?"

"저는 『이웃집 도철』입다."

"너만 취지가 다르잖아! 왜 토토로 같은 별명인데!"

"뭐, 제가 치유계다 보니까…… 그럼 나리, 슬슬 다녀오겠습니다."

거기서 도철이 게임을 끝내고 영차, 소리를 내며 자리에서 일어났다.

시계를 보니 일곱 시가 거의 다 됐다. 평소 같으면 저녁 식사 시간인데…… 도철은 그 전에 중요한 일을 해야 한다.

오늘은 일주일에 한 번, 이계에 있는 시즈마와 연락하는 날. 사랑하는 아들의 「무사와 근황」을 확인하는 날이다.

시즈마는 굳이 말할 필요도 없겠지만, 엘미라가 보호한 사도와 흡혈귀의 피를 이어받은 어린아이다. 우리 집에 숨겨준 일 때문에, 나는 그 아이의 아버지라고 자부하고 있다. 키키는 누나라고 자부하고 있고.

그런 시즈마는 지금 통솔자가 없어진 이계의 질서를 되찾기 위해, 어린 몸이면서도 열심히 노력하고 있다.

우리는 그런 시즈마가 너무너무 걱정돼서, 일주일에 한

---

*1970년대의 가면라이더에서 가면라이더 1호를 '기술의 1호' 2호를 '힘의 2호'라고 불렀던 것에서 따온 오마주.

번씩 도철이나 혼돈을 그쪽으로 파견하고 있다. 【마신】은 10분 정도라면 이계로 전이할 수 있으니까.

그렇게 해서 모친을 자부하는 엘미라도 사실은 이미 우리 집에 와 있다. 지금은 부엌에서 저녁 준비를 도와주고 있다.

"잘 부탁해 텟짱. 다른 사람들 편지는 잘 챙겼지? 시즈마가 좋아하는 초콜릿은? 그리고 캠코더 메모리는 충분하지?"

"전부 아무 문제도 없습니다요. 그럼, 다녀오겠습다!"

딱 7시가 됐을 때 도철의 모습이 슥 하고 사라졌다.

그 모습을 지켜본 뒤에 방에서 나와 부엌으로 가기로 했다. 밥상을 차리면서 기다리고 있으면 도철이 돌아오겠지.

'그래. 언젠가 시즈마한테도 별명을 지어주자. 아빠가 직접 열심히 생각한, 아주 멋진 거로.'

친어머니인 레이다한테서 한 글자를 따와서 『여장(麗將) 시즈마』는 어떨까. 그 아이는 얼굴이 잘생겼으니까. 아니면 『연장(煉將) 시즈마』라든지…….

혼자 들떠서 그런 생각을 하던 나는—— 아직 모르고 있었다.

10분 뒤에. 이 들뜬 기분을 싹 날려버릴 트러블이 발생한다는 것을.

여기까지 와서 또 한 가지 처리해야 할 문제가 늘어나게 된다는 사실을.

"나리, 이걸 어째야 합니까…… 좀 곤란한 일이 생겼습니다요."

딱 10분이 지나. 거실에 모여서 대기하고 있던 나, 엘미라, 삼공주 앞에 도철이 돌아왔다.

그런데 그 얼굴은 딱 봐도 어두운 표정이었다. 뭔가 안 좋은 예감이 들었다.

"왜, 왜 그래 텟짱. 설마 시즈마가 나 보고 싶다고 울기라도 했어?"

"제가 보고 싶어서 울었나요?"

"키키가 보고 싶어서 울어쭙니까?"

일제히 캐묻는 아빠, 엄마, 누나에게 떨떠름하게 말을 흐리는 도철. 우리의 불안은 더욱 커졌다.

"아니, 그게…… 시즈마가 오질 않았습니다. 항상 만나던 곳에."

시즈마가 안 왔다고? 그건 이상하네. 지금까지 그런 일은 한 번도 없었는데.

그 아이는 항상 15분쯤 전에 와서 【마신】을 기다린다고 했었는데.

그냥 늦잠을 자서 그렇다면 차라리 다행이다. 하지만 만약 시즈마한테 무슨 일이 일어난 거라면…… 슬슬 불안해지기 시작했다. 엉덩이가 근질거렸다.

"설마, 벌써 반항기가 왔나요……."

마찬가지로 안절부절못하면서, 엘미라가 그렇게 중얼거렸다.

　그 걱정을 진지하게 받아들인 키키가 얼굴이 새파랗게 질려서 소리쳤다.

　"시쥬마가 비뚤어져쭙니다! 틀림없이 제루바 때문임다! 그 불량배가 술과 담배를 가르쳐쭙니다!"

　"자, 잠깐만! 아무리 그 녀석이라도 그런 짓은 안 한다고! ……아마도."

　"그럼 가이고 임미다! 그 변태가 시쥬마한테 귀갑 묶기를 한 검미다! 그래서 움직이지 못한 검미다!"

　"자, 잠깐 기다려봐 키키! 매저키스트인 가이고가 다른 사람을 묶는 건 말도 안 된다고! 그쪽은 묶이는 게 전문이야!"

　당황해서 고개를 젓는 미온과 주리. 그 미묘한 말이 우리의 불안을 더 부추겼다.

　"혹시 야구자 때문이 아닐까요? 그 드래그 퀸이 시즈마를 꼬드겨서 그쪽 세상으로 끌어들였을지도! 안 돼요, 시즈마! 아직 일러요!"

　엘미라의 의심에 이번에는 키키가 반론했다.

　"야구자는 그런 짓 안 함미다! 분별력 있는 변태임미다!"

　──미온 휘하의 부대장, 매형 사도 제루바.

　──주리 휘하의 부대장, 기린형 사도 가이고.

　──키키 휘하의 부대장, 말벌형 사도 야구자.

　그 부대장 트리오는 이계에서 시즈마의 동료가 되어준

사도들이다. 영상 편지로 인사를 보내온 적도 있다.

분명히 개성적인 멤버들이기는 한데, 아무리 그래도 두 살짜리 아이를 꼬드기는 짓은 안 하겠지. 안 할 거야. 하면 그냥 안 둔다.

완전히 저녁밥이나 먹고 있을 상황이 아니게 된 우리가 거실에서 난리를 치는 와중에.

"정말이지, 뭐가 이렇게 시끄러워…… 잘 수가 없잖아."

내 등에, 덩치 큰 아저씨가 불쑥하고 나타났다.

말할 필요도 없이 혼돈이다. 날 숙주로 삼고 있는 두 번째 【마신】이다.

"오, 벌써 밥때인가. 일어나길 잘했네."

속 편하게 그런 소리나 하는 혼돈. 참고로 【마신】은 둘 중 하나만 완전히 나올 수 있다. 게다가 혼돈은 나온다고 해도 나한테서 3m 이상 떨어질 수 없고.

"지금이 밥이나 먹고 있을 때야! 이봐 혼돈 아저씨, 이번에는 네가 이계에 갔다 와! 시즈마를 찾아오라고!"

눈살을 찌푸리는 혼돈에게 사정을 간단히 설명했다.

그들 【마신】이 이계로 전이할 수 있는 시간은 약 10분. 게다가 한 번 왕복하면 다음에 전이할 때까지 4시간 정도 휴식 시간이 필요하다고 한다.

즉, 도철은 당분간 무리다. 부탁할 수 있는 건 이 【로리콘 마신】뿐이다.

"호오, 시즈마가……. 그런 일이라면 가도 좋지만, 그보다 더 좋은 방법이 있는데 말이다. 이번에는 다 같이 가는 건 어떤가?"

생각지도 못한 말에 우리는 일제히 얼이 빠졌다.

다 같이 이계에 간다고? 무슨 소리야?

"사실은 도령한테 생명력을 잔뜩 받은 덕분에 이미 힘을 절반 가까이 회복했거든. 지금의 이 몸이라면 30분 정도는 문을 열어둘 수 있을 거다."

이계로 통하는 문을 연다── 그것은 【마신】 혼돈이 가진 고유 능력이다.

예전에 시즈마가 이계로 떠난 것도 그 능력 덕분이었다. 그때는 10초 정도가 한계였는데, 설마 그 정도까지 회복됐다니!

"이렇게 생명력을 빼앗는데, 도령은 어떻게 멀쩡한 건지. 정말 대단한 괴물이라니까. 평소에 대체 뭘 먹으면 그렇게 되는 건가?"

"너랑 똑같은 밥이야! 그나저나 지금은 그딴 건 됐어! 좋았어, 당장 문을 열어줘! 다 같이 이계로 쳐들어가자!"

내가 선언하자 삼공주와 엘미라도 동의했다. 여기서 갑작스레 「시즈마 수색대」가 결성됐다.

설마 시마로 모자라 시즈마까지 수색하게 될 줄이야…….

친구 캐릭터 주제에, 결국 이세계 데뷔까지 하게 될 줄이야…….

아들을 위한 일이기는 하지만 또 죄를 짓고 말았다.

3

문으로 들어갔더니 체육관 만큼 넓은 공간이 나왔다.

바닥도 벽도 천장도 전부 돌로 만든. 창문이 하나도 없어서 공기가 고여 있다. 실내에는 책이 가득 채워진 책꽂이가 줄지어 있어서 서점 같은 냄새가 났다.

"뭐, 뭐야 여기는? 도서관……?"

"이런, 계산을 좀 잘못했나. 여긴 아무리 봐도 서고인데."

머리를 벅벅 긁고, 혼돈이 옆에 있는 책장에서 책을 한 권 꺼냈다.

이럴 수가, 그건 내 만화책이었다. 자세히 보니 그것 말고도 게임 공략집이나 프로야구 선수 명감까지 있었다. 잃어버린 줄 알았는데, 【마신】들이 이계에 가져다 뒀던 건가.

"여기는 【마신】이 사는 『나락성』의 한 방이다. 병졸 사도는 허가 없이는 성안으로 들어올 수도 없지. 청소 당번만 빼고."

"전기가 없어도 벽과 천장에서 희미하게 빛이 나서 어둡지가 않습니다. 이 석재는 저희의 사기에 반응해서 빛이 납니다. 원리는 저도 모릅니다만."

그렇게 설명하면서 같이 만화를 읽기 시작하는 혼돈과 도철.

밤에 그 앞으로 지나가면 불빛이 켜지는 집들이 있는

데…… 그거랑 비슷한 느낌이려나.

'이 녀석들 이계에서는 유키미야에게도 뒤지지 않는 호화저택에 살고 있었구나…… 『나락성』이라는 허접한 이름은 좀 그렇지만.'

……이미 들어서 알고는 있었지만, 이계란 축축한 동굴 같은 곳이 아니었다. 평범하게 하늘이 있고 산과 숲이 있고 강과 호수가 있으며, 도시가 하나 있다.

이 『나락성』은 도시 한복판에 있는 【마신】이 사는 성…… 즉 이계의 중추다. 변경에 요새도 몇 군데 있다는 것 같지만, 대부분의 사도는 도시에서 산다고 한다.

'도시가 하나뿐이라니…… 뭐, 사도의 총 숫자는 6천 정도라고 하니까.'

게다가 정확히 따지면 현재 이쪽에 있는 사도는 약 2천. 나머지는 전부 인간계로 쳐들어갔고, 쓰러진 3천은 『혼면전』이라는 곳에서 부활을 기다리는 상태라고 한다.

즉 인간계에 있는 건 약 1천. 궁기한테 회수당한 혼까지 생각하면 더 적겠지.

'이렇게 온 김에 여기저기 관광도 하고 싶지만, 지금은 시간이 없으니까. 혼돈이 문을 열어둘 수 있는 건 30분…… 그동안에 시즈마를 찾아내야 해!'

전에 시즈마는 머지않아 이 『나락성』을 거점으로 삼겠다고 했었다. 그렇다면 이 성 어딘가에 있을 가능성이 크겠지.

'시간제한도 있으니까, 일단 흩어져서 성안을 탐색하는

게 가장 좋겠군.'

그렇게 제안하려고 했는데.

"그럼 도령. 후딱 가서 시즈마를 찾아와. 난 여기서 만화 책이나 읽고 있을 테니까."

"저도 그러겠습니다요. 이 만화, 다음 내용이 궁금했었 거든요."

이럴 수가, 【마신】두 마리가 바닥에 웅크리고 앉더니 본격적으로 만화를 읽기 시작했다. 편의점에서 종종 보이는 예의 없는 손님처럼.

"당신들! 의욕을 좀 보이세요! 시즈마의 안부가 걸려 있지 않나요?!"

"소리 지르지 말라고【주작】. 너와 도령과 삼공주…… 수색대는 다섯 명이나 있으면 충분하잖아. 만약 시즈마가 문을 알아차리면 인간계로 가버릴지도 몰라. 엇갈리기라도 하면 큰일이니까."

"적당히 읽은 다음에 바로 도와드리러 가겠습니다!"

이 중요한 순간에, 이게 무슨 말도 안 되는 짓인지.

시즈마보다 만화가 더 신경 쓰이는 거야! 그렇게 재미있냐! 나도 좀 보자!

"텟짱은 몰라도 혼돈 아저씨는 안 돼! 나랑 따로 행동할수 없으니까 같이 가는 수밖에 없잖아!"

그릇과 떨어져서 움직일 수 있는 건 도철만의 고유 능력. 즉 혼돈은 나한테서 떨어질 수 없다. 같이 가는 수밖에 없다. 그런데.

"그건 인간계에서 얘기고. 이계에 있는 한, 【마신】은 그 릇이 필요 없어. 숙주가 없어도 그냥 존재할 수 있지."

"뭐?"

그제야 알아차렸다. 도철과 아저씨가 동시에 완전히 나와 있다는 사실을.

"그야 당연한 일 아니겠어. 이쪽은 이 몸이 살던 세상이니까. 도령을 남겨둔 채 이계로 전이할 수 있는 것도, 이거랑 같은 원리야."

그랬구나. 【마신】은 이쪽에 오면 아무 조건 없이 실체화할 수 있는 건가.

이 이야기도 꽤 길어졌다. 단행본으로 환산하면 7권쯤까지 온 것 같은 기분이다. 그런 기본 설정은 좀 더 일찍 제시해달라고.

"이쪽에 있는 동안에는 이 몸도 자유롭게 행동할 수 있다는 얘기지. 한마디로 텟짱의 능력은 이계에서 아무 도움도 안 된다는 뜻이야."

"이 자식이! 남이 신경 쓰는 일을 말하지 말라고! 괜찮잖아! 어차피 【마신】은 이계에 돌아오는 일이 거의 없으니까!"

어쨌거나, 노닥거리고 있을 때가 아니다.

프리 토킹을 하는 사이에도 제한 시간은 계속 줄어들고 있다. 【마신】들의 태만을 규탄하는 건 집에 가서 해도 된다.

미온도 같은 판단을 했는지, 날 향해 척척 지시를 내렸다.

"아무튼 우리끼리 시즈마를 찾자. 이치로 군이랑 엘미라는 서고 근처에 있는 방부터 찾아봐. 먼 곳은 우리가 돌아볼 테니까."

그렇게 말하고, 나와 엘미라에게 손전등을 주는 백로 소녀.

이럴 줄 알고 미리 준비해온 걸까. 사도가 아닌 우리한테는 벽이 반응해서 빛나지 않으니까. 항상 생각하지만 정말 배려심이 깊다니까. 분명 좋은 아내가 될 거다.

나와 미온은 그대로 출구를 향해 걸어갔다. 주리, 키키, 엘미라도 그 뒤를 따라왔다.

"이치로 님. 제한 시간 5분 전까지 다시 서고로 집합하도록 하죠."

"꼭 시쥬마를 보호하겠쭙니다! 키키 대장님한테 맡겨만 두십찌요!"

"그런데 제한 시간이 지나면 어떻게 되는 거죠?"

엘미라가 묻자 혼돈이 양반다리를 하고 앉은 채로 대답했다.

"이틀 동안 여기 머물러 있어야 하지. 지금 이 몸이 문을 열 수 있는 건 기껏해야 이틀에 한 번뿐이니까."

우리는 "이럴 때가 아니잖아!"라고 말하며 서고에서 뛰쳐나왔다.

서고가 있는 2층은 엘미라에게 맡기고, 나는 일단 1층에 가보기로 했다.

느긋하게 같은 층을 찾는 건 어리석은 짓이다. 시간제한이 있으니까 대충이라도 많은 곳을 둘러보는 게 좋다고 생각했다.

'그나저나 쓸데없이 커다란 계단이네…… 신데렐라 그림책에 나올 것 같아.'

큰 계단을 내려가자 엄청나게 넓은 홀이 나왔다. 성의 현관이었다.

위쪽은 크게 뚫려 있는데, 손전등으로 비춰 봐도 천장이 안 보일 정도로 높았다. 정면에 있는 거대한 철문은 굳게 닫혀 있어서 바깥 상태가 어떤지는 알 수가 없었다.

'이 성은 아마 약간 높은 언덕 위에 있다고 했었지. 그 주위를 빙 둘러싸는 모양으로 시가지를 만들었다고 들었는데, 한 번 볼 수 있으면 좋았으련만…….'

뭐, 이번에는 참자. 저 문을 열려면 뼈 빠지게 고생해야 할 것 같으니까. 게임에서도 시나리오와 관계없는 곳은 보통 폐쇄하는 법이잖아.

그렇게 생각을 바꾸고, 먼저 오른쪽에 있는 문으로 갔다. 조용한 어둠 속에 내 발소리만 유난히 크게 울렸다.

'시즈마는 이런 데서 사는 건가…… TV도 인터넷도 없어서 너무 심심하겠다. 왠지 불쌍하네.'

어쩌면 그래서 【마신】들도 만화책을 가져다 둔 걸까. 그건 아저씨들의 상냥함이었을지도 모르겠다. 정작 시즈마는 방치하고 만화책만 보고 있으면 주객전도지만.

조금 지나서 문 앞에 도착한 나는 손잡이에 손을 얹었다.

여기는 무슨 방일까? 현관 근처에 있다면 꽤 중요한 방이 아닐까? 게임에서는 보통 이런 데 세이브 포인트가 있는데.

설마 좀비가 있다든지……? 같은 불길한 생각을 한 그 순간.

"……!"

갑자기 머리 위에서 살기가 느껴졌고, 나는 재빨리 뒤로 펄쩍 뛰었다.

그 직후에 파바박! 하고 뭔가가 연속으로 문에 박혔다. 문으로 눈을 돌리니 30cm 정도 되는 긴 젓가락 같은 바늘이 보였다.

"뭐야앙, 내 공격을 피했어?!"

암흑에 휩싸인 천장에서 깜짝 놀란 목소리가 들려왔다. 하지만 어디 있는지는 정확히 알 수가 없었다.

'저, 적의 공격?! 게다가 스나이퍼?!'

두 번째 공격을 피하고자 바로 앞에 있는 문 쪽으로 뛰어갔다. 친구 캐릭터답지 않은 엄청난 반응으로 회피해버렸지만, 반성은 나중에 하자.

홀에는 몸을 숨길 곳이 없다. 여기 있으면 그냥 표적 신세가 될 뿐이다. 일단 저 방으로 피난하자! 가능하면 세이브도 하자!

하지만 그런 내 계획을 저지하려는 것처럼 문이 안쪽에서 난폭하게 열리더니, 거대한 그림자가 튀어나와 이쪽으로 돌진해왔다.

"으아아아악! 역시 좀비가 있었어!"

"누가 좀비야! 네 이놈, 이 성에서 뭘 하고 있냐!"

두 번째 습격자가 호통을 치며 날 향해서 머리를 휘둘렀다. 목이 이상하게 길었다. 마치 기린처럼. ……응? 기린형, 사도?

"이봐 잠깐! 너 혹시——"

대화를 시도해봤지만, 상대는 듣지도 않고 박치기를 날려댔다.

그걸 옆으로 뛰어서 피하고 데굴데굴 구르는 나. 1초 뒤에 뻐억! 하고 돌바닥이 박살 나는 소리가 들렸다. 무시무시한 돌머리다.

"기다리라고 했잖아! 야 기린! 넌 부대장 가이——"

벌떡 일어나서 소리를 질렀을 때, 뒤쪽에서 세 번째 살기가 느껴졌다.

엄청난 속도로 슝! 하고 날아온 새 그림자가 날 날려버리려고 했다. 그걸 종이 한 장 차이로 피하고, 나는 또다시 데굴데굴 구르고 말았다.

"호오, 피했나. 좋은 반응인데~ 침입자."

"이번엔 맞힐 거야~ 각오하라고~"

"너희들은 손대지 마라! 이놈은 이 몸의 사냥감이다!"

제각기 멋대로 떠들면서 날 공격해대는 사도 셋.

파바박! 뻐억! 슈웅! 하면서, 제각기 날 죽이려고 든다. 이쪽은 회피하고 또 회피할 수밖에 없었고, 결과적으로 입구 홀에서 정신없이 돌아다녔다.

"너희들 작작 좀 하라고! 난 평범한 친구 캐릭터야! 계속 이렇게 신이라도 내린 것처럼 움직이게 하지 말라고!"

소리를 질렀더니 계단 난간에 착지한 매형 사도가 흥, 하고 콧방귀를 뀌었다.

"친구 캐릭터라고? 내 친구 중에 너처럼 얼빠지게 생긴 놈은 없다."

이어서 기린형 사도가 나한테 삿대질을 하면서 말했다.

"그 수수한 인간 모습을 보면, 아마도 공벌레나 자벌레, 또는 매끈이송편게형 병졸 사도겠지."

마지막으로 천장에서 말벌형 사도가 우아한 자세로 내려왔다.

"불쌍하지만 혼자서 쳐들어온 게 실수였어~. 얌전히 고슴도치 사도가 되라고~. 아프지 않게 해줄게~."

……틀렸다. 이 부대장 트리오, 남의 말을 전혀 듣질 않아.

날 침입자라고, 이상한 특성의 사도라고 생각하고 있다. 누가 매끈이송편게라는 거냐.

'어쩌지? 이렇게 된 이상 전부 때려줄까? 아들 친구를 때리는 아버지는 윤리적으로 괜찮은 걸까?'

아냐, 그건 최후의 수단이다. 가능하다면 원만하게 해결

하고 싶다.

이 셋이라면 시즈마가 어디 있는지 알고 있을 거야. 정체를 밝히면 이해해 주겠지. 이 녀석들은 영상 편지로 내 얼굴을 봤을 테니까.

그렇게 생각하고, 급하게 손전등으로 내 얼굴을 비췄다. 아래에서 비춘 탓에 무서운 이야기를 하는 사람처럼 돼버렸다.

"제루바, 가이고, 야구자! 난 코바야시 이치로라고 한다!"

나는 그렇게 말하면서 게걸음으로 스스슥 거리를 벌렸다. 매끈이송편게처럼.

"앙? 코바야시 이치로형(形) 사도는 또 뭐야."

"사도가 아니라고! 코바야시 이치로 본인이야!"

매형 사도 제루바…… 이 녀석은 푼수 역인 것 같다.

"그럼 지금 그 게걸음은 어떻게 설명할 거지? 그 매끈매끈한 송편 같은 피부는 어떻게 설명할 거냐?"

"우연이야! 걸음걸이도 피부도!"

기린형 가이고…… 이 녀석도 푼수 역인 것 같다.

"잠깐만. 이렇게 밑에서 조명을 비추고 무서운 이야기를 하는 놈이 있다는 소문을 들은 적이 있는 것 같아. 아마 이나가와 준지라고…… 한마디로 이 사람, 이나가와 준지형 사도 아닐까~?"

"형(形)은 좀 빼라고! 이나가와 준지는 이나가와 준지야! 그 이상도 이하도 아냐!"

말벌형 야구자…… 이 녀석도 푼수 역인 것 같다. 전부 푼수잖아?

이대로 가면 끝이 없다. 역시 한 번 때려줄까…… 하고 생각하던 순간.

"이치로 군! 잠깐만!"

"그만두세요, 당신들! 이치로 님께 손대지 말아요!"

"물러나찝찌요!"

운이 좋게도 삼공주가 와줬다. 아무래도 소란을 알아채고 온 것 같다.

"누, 누님?!"

"여왕님?!"

"키키 님?!"

갑자기 상관들에 부대장 트리오는 동시에 깜짝 놀라면서도 곧장 자리에서 한쪽 무릎을 꿇고서 부하로서 예를 갖췄다.

"제루바, 이 사람은 코바야시 이치로 군이야. 도철 님과 혼돈 님을 『절복』시킨, 겉보기보다 엄청 대단한 사람이라고. 알았으면 사과해."

"오랜만에 만났는데 첫 말씀이 잔소리라니…… 반성할게요."

"가이고, 항상 생각하고 행동하라고 했죠? 부대장 자리에서 자를 거예요? 다시는 내 하이힐을 잔으로 쓰게 해주지 않을 거예요?"

"그, 그것만은 부디 용서를!"

"야구자, 이치로 남작한테 바늘로 엉덩이를 찌르려고 한 걸 사과하는 겁미다."

"알겠습니다~ 에헷미안이에요~."

……어떻게 되나 싶었는데, 간신히 의심은 풀린 것 같다.

이제 매끈이송편게도 이나가와 쥰지도 아니라는 걸 알겠지?

4

"아, 아버님, 어머님? 그리고 누님들도……!"

잠시 후, 뒤늦게 달려온 엘미라와 합류한 우리는 부대장 트리오의 안내를 받아서 시즈마가 있는 곳으로 갔다.

도착한 곳은 왕과 면회하는 곳인 「알현실」. 길게 뻗어 있는 빨간 카펫 저쪽에 거대한 황금 옥좌가 떡하니 자리 잡고 있었다. 저기에 앉을 수 있는 건 【마신】뿐이라는 것 같다. 건방지게.

그 옥좌 뒤쪽. 커튼으로 가려놓은 대기실 같은 작은 방에—— 시즈마가 있었다.

자식이 무사하다는 사실에 안심했지만, 그 안도는 눈 깜박할 사이에 날아가 버리고 말았다.

시즈마는 이불 위에 누워 있었다. 엄청나게 초췌해져서 얼굴도 흙빛이었다. 눈에도 생기가 없고 입술도 버석버석,

한눈에 봐도 많이 야위었다.

그래도 어떻게든 몸을 일으키고 바른 자세로 앉으려 하는 두 살 아이. 아니, 그새 조금 큰 것 같다. 지금은 세 살 아이 정도려나?

"시, 시즈마! 어떻게 된 거야!"

"아아, 이럴 수가……!"

"시쥬마가, 시쥬마가 큰일임미다!"

바로 뛰어가서 몸을 꼭 끌어안는 나, 엘미라, 키키.

미온과 주리도 얼굴에 걱정이 가득했다. 부대장 트리오는 한쪽 무릎을 꿇고 있었다.

"아버님…… 혹시 제가 정기 연락에 못 간 탓에 걱정돼서……?"

"그래. 대체 어떻게 된 거야? 이렇게 야위어서…… 이쪽 음식이 몸에 안 맞았어?"

"아뇨, 그런 게 아니라…… 실은 전투에서, 불꽃 능력을 너무 많이 썼습니다. 그 탓에 에너지를 너무 많이 소모했거든요……."

그럼 쇠약해진 원인이 연료가 떨어져서?

엘미라와 마찬가지로 『상암의 혈족』인 시그마는 불꽃을 다루는 능력이 있다. 그 능력은 혈액을 매개체로 삼는데, 너무 많이 사용하면 빈혈이 일어난다.

"코바야시 이치로! 당장 시즈마에게 피를 주세요!"

"치사량 직전까지 주는 검미다!"

억지로 내 웃옷을 벗기고, 셔츠 단추를 풀고, 상반신을 홀랑 벗겨버리는 흡혈귀 소녀와 에조 늑대 꼬마.

그대로 두 팔을 붙잡고, 머리를 움켜쥐고, 억지로 목을 시즈마 앞에 들이밀었다. 참수형 당하는 것 같아서 기분이 좀 그렇지만, 투덜댈 때가 아니니까 순순히 따르기로 했다.

"시즈마, 일단 내 피를 빨아. 먼저 에너지 보급부터 하자."

"괘, 괜찮겠습니까, 아버님?"

당연히 괜찮지. 엘미라가 말로는 내 피가 맛있다고 하니까. 이런 거로 시즈마가 힘을 낸다면 치사량 직전까지 줄게.

……조금 지나. 조심스레 내 목을 물고 혈액을 보급한 시즈마는 거짓말처럼 안색이 좋아졌다.

눈에 생기가 돌아오고 피부도 매끈해졌다. 다행이다, 이 계에 쳐들어오길 잘했네.

하지만 이번에는 내 얼굴이 흙빛이 됐다. 시즈마도 모자라 엘미라까지 내 목을 물었기 때문이다. 이 녀석을 데려온 건 큰 오산이었다.

"아버님, 정말 고맙습니다. 덕분에 건강해졌습니다."

"그, 그래…… 그거 다행이네……."

일어설 수 있게 된 시즈마에게, 부성이 넘치는 미소로 대답했다. 서 있을 수가 없어서 이번에는 내가 이불을 덮고 누웠다.

"어머님, 누님, 뵙고 싶었습니다."

"저도 그랬어요, 시즈마. 자, 다시 한번 꼭 안게 해주

51

세요."

"키키도 계속 시쥬마가 보고 싶었쭙니다. 영상이나 편지만 가지고는 부족했쭙니다."

시즈마가 다시 어머니 & 누나와의 재회를 기뻐하고 있다. 적당히 때를 봐서, 미온과 주리도 다가와서는 시즈마의 머리를 쓰다듬었다.

"시즈마, 너 많이 컸구나. 이젠 키키보다 더 큰 거 아냐?"

"우후후. 생각했던 대로 순조롭게 내 취향으로 성장했구나. 이제 조금만 더 크면 색(色)을 가르쳐줄게."

"미온 누님, 주리 누님, 오랜만에 뵙습니다. 인사도 못 드리고 떠나서 정말 죄송합니다…… 그리고 제루바, 가이고, 야구자. 걱정 끼쳐서 미안해. 이제 괜찮아."

시즈마의 말을 듣고 부대장 트리오가 동시에 환하게 웃었다. 어느새 그들은 인간 모습으로 변해 있었다.

"괜찮습니다, 도련님. 저희는 도련님 부하 아닙니까."

반다나를 깊이 눌러쓴 뾰족 머리 대학생 같은 형님── 제루바가 그렇게 대답했다. 입에 물고 있던 담뱃대에 불을 붙이려다가, 성냥과 함께 미온한테 압수당했다.

"저희에게 좀 더 힘이 있었다면 도련님이 이런 일을 당하지도 않았을 텐데……."

얼굴에 상처가 잔뜩 있는 외눈의 중년 남성── 가이고가 원통한 목소리로 말했다. 그 커다란 몸에는 갑옷을 걸치고 있는데, 게임에 나오는 중보병 같은 느낌이었다.

"시즈 군이 회복돼서 다행이야~ 헌혈 고마워요~."

아이섀도와 볼터치가 유난히 진한 예쁘장한 남자──
야구자가 몸을 배배 꼬면서 나한테 윙크를 했다. 화장이
너무 진하기는 하지만, 그래도 톳코보다는 잘한 것 같다.

"그래서 시즈마, 무슨 일이 있었나요? 전투가 있었다고
들었는데…… 당신이 상대하기 버거울 만한 사도가 아직
이 이계에 남아 있었던가요?"

엘미라가 묻자, 시즈마의 얼굴이 살짝 어두워졌다.

그리고 우리를 경악하게 만드는, 최악의 한마디를 했다.

"제가 싸웠던 건── 궁기 님입니다. 아무래도 이계에
있다는 걸 들켰는지, 제 앞에 나타났습니다. 지금부터 딱
이틀 전의 일입니다."

"구, 궁기가 이계에 나타났다고?"

"예. 『날 따라와라』, 『슈가 기다리고 있다』…… 그렇게 말
씀하셨습니다."

이럴 수가. 그【쇼타 마신】놈, 시즈마를 노리다니!

이렇게 빨리 시즈마의 위치를 들키다니, 생각도 못 했다.
궁기도【마신】이니까 당연히 전이를 할 수 있겠지만, 설마
그간 계속 이계를 뒤졌던 건가?

"제가 거부하자 전투가 벌어졌습니다.【마신】님이 전이
할 수 있는 건 10분 동안이니, 계속 방어만 해서 어찌어찌
버텼습니다만…… 그 대가로 아까 같은 상황이 돼버렸습
니다."

그것만 해도 대단한 일이다. 【마신】을 상대로 10분이나 버티다니, 역시 이 아이는 백 년에 한 번 나오는 인재다. 내 아들이 아니었다면 친구 캐릭터를 시키고 싶었다.

"이유는 모르겠지만, 아마 궁기 님도 온 힘을 다하지는 않은 것 같습니다. 다행히 두 번째 습격은 아직 없지만…… 다른 의미로 곤란한 사태가 벌어져서."

"어, 어떤 일입니까?"

동생 무릎 위에 가만히 앉은 채, 누나가 눈살을 찌푸렸다.

"이계에 있는 사도들이 대부분 궁기 님 쪽으로 돌아서 버렸습니다. 한때는 저를 따랐던 자들도, 여기 있는 셋을 제외하고는 전부 그쪽에 붙어버렸습니다."

그건 정말 곤란한 일이다.

기껏 시즈마가 지금까지 이계를 정리하기 위해서 열심히 노력했는데…… 【마신】의 위관이란 역시 그만큼 강대한 건가.

"정말 아쉬운 일이지만, 지금 이계는 완전히 궁기 님이 장악하셨고…… 반대로 저희는 이 『나락성』에 몰려 있는 상태입니다. 정말 죄송합니다……."

내 머릿속에, 며칠 전에 아기토가 했던 말이 떠올랐다.

──그보다 넌 다른 걸 걱정하는 쪽이 좋다. 속 편하게 있다가는 큰코다칠 수도 있으니까──

그게 이 얘기였나? 난 또 그 페어한테 당한 거야?

초연하게 어깨를 늘어뜨린 시즈마에게, 미온이 납득할

수 없다는 것처럼 몸을 불쑥 들이밀었다.

"잠깐만 시즈마. 이계에 있는 2천의 사도는 거의 우리 부하일 텐데? 시즈마 뒤에 『나락의 삼공주』가 있다고, 그 녀석들한테 말했지?"

백로 장군이 말하자, 킹코브라 장군과 에조 늑대 장군도 동조해서 고개를 끄덕였다.

"그래. 우리 군은 각각 오백…… 즉 천오백이나 있을 텐데. 각 군에서 총 삼백 정도가 인간계로 무단 출격하기는 했지만."

"그래도 천이백이 이쪽입니다. 키키네 부하 주제에, 어째서 시쥬마 편을 안 드는 겁니까."

……원래 삼공주는 「이계를 관리하는」 것이 주 임무였던 장군이다. 그래서 당연히 그 부하들도 이계에 대기하고 있다.

그게 다가 아니다. 삼백 년 전에 쓰러진 루니에의 부하들도 이미 부활하고 이계에서 대기하는 중일 텐데. 그 녀석들까지 전부 궁기 파벌로 들어갔다는 건가?

그 질문에 대답한 건 부대장 트리오들이었다.

"누님, 그건 무리 아니겠습니까. 【마신】님이 『따르라』고 하시면 따를 수밖에 없겠죠. 장군님보다 높은, 임금님 명령이니까."

"물론 다른 【마신】님들도 눈을 뜨셨다는 것은 저희도 들어서 알고 있습니다. 허나 궁기 님 편에 붙으면 딱 한 번,

페널티 부활할 수 있다는 특전이⋯⋯."

"게다가 궁기 님은 『나락 십본창』이라는 새로운 유닛을 신설했다는 것 같아요~ 지금 신청하면 누구나 그 응모권을 받을 수 있다는 것 같고요~."

역시나 『지혜의 궁기』. 사도들을 낚는 솜씨가 훌륭하네.

사도들은 성격이 프리덤해서 뭉치는 일이 없다고 한다. 출세욕도 강하다고 하고. 그걸 멋지게 자극한, 아주 효과적인 캠페인이라고 할 수 있다.

"그 자식들⋯⋯ 실컷 패주겠어."

"정말 힘 빠지네. 남은 게 각 군에서 딱 한 명씩이라니."

"어째서임니까! 오백 명한테 백인일수를 시킨 게 문제여쭙니까!"

제각기 이를 갈고 으르렁대는 삼공주에게, 시즈마가 추가 보고를 했다.

"현재 이 『나락성』은, 궁기 님의 명령으로 사도 군세가 포위하고 있습니다. 그걸 지휘하고 있는 건 조장(蹀將) 작붕(炸崩) 씨⋯⋯ 이분에 대해서는 누님들이 더 잘 알고 계시겠죠."

조장 작붕.

듣자 하니 『나락 팔걸』 중에 하나고, 맨드릴 개코원숭이 형 장군 사도라는 것 같다.

예전에 인간계에서 류가의 조상님께 져서 긴 잠에 들었는데, 최근에 겨우 부활했다고 한다. 정말 타이밍 못 맞추는 녀석이다.

그 이야기를 들은 삼공주가 동시에 팔짱을 꼈고, 마침내 동시에 탁, 하고 손바닥을 쳤다. 한참 동안 생각이 안 났던 것 같다.

"작붕…… 그러고 보니 있었지, 그런 녀석. 그 자식, 예전에 나한테 고백한 적도 있었어."

"난 팬티를 도둑맞은 적이 있어. 나이트캡으로 쓰려고 했다나."

"실수로 키키 팬티를 훔쳤쭙니다. 『어쩐지 뭔가 허전하더라』면서 돌려줘쭙니다."

……팔걸 중에 멀쩡한 놈은 루니에밖에 없는 걸까.

참고로 그 작붕, 삼백 년 전에 쓰러진 뒤로 백 년이나 늦잠을 잤다고 한다.

좋아하는 음식은 감이고, 취미는 인간계 온천 순례란다. 좀 더 유익한 정보는 없는 거냐고.

5

시즈마를 발견하고 대략적인 이야기를 듣다 보니 어느새 제한 시간이 5분밖에 안 남아 있었다. 슬슬 서고로 돌아가지 않으면 혼돈의 문이 닫혀버린다. 그렇게 되면 이틀이나 이계에 있어야 한다.

'그나저나 사태가 예상보다 귀찮아졌네…… 매번 있는

일이지만, 정말 친구 캐릭터를 안 도와주는 이야기야.'

궁기의 시즈마 습격. 이계 평정 실패. 그리고 조장 작붕의 부활——

안 좋은 뉴스뿐이지만, 시즈마가 살아있으니까 그걸로 충분하다. 궁기가 다시 습격하기 전에 아들을 보호할 수 있어서 정말 다행이고.

'이렇게 된 이상 일단 시즈마네를 데리고 인간계로 돌아가는 수밖에 없어. 시즈마와 부대장 트리오를 쉬게 하고, 류가 일행한테 협력을 요청해서 다시 대책을 짜도록 하자.'

시즈마는 오늘까지 부모 곁을 떠나서 정말 열심히 해줬다. 아빠 감동했어.

부대장 트리오도 동포들과 적대하면서까지 시즈마를 도와줬다. 특전에 낚이지도 않고.

이제 내가 어떻게든 할 차례다…… 그렇게 분발하며, 빈혈을 참고 몸을 일으켰다. 눈앞에서는 시즈마가 바른 자세로 앉아서 엄마가 하는 얘기를 듣고 있었다.

"그렇군요…… 궁기 님이 저를 노린 건, 슈라는 합체 사도의 먹이로 삼기 위한 일이었나요. 궁기 님에게 그런 능력이…….”

"그렇게 됐어요. 이미 바론, 히가이아, 사이힐, 그리고 루니에까지, 『나락 팔걸』을 네 명이나 흡수해버렸어요. 그중에서도 루니에는 시오리 양의 집사인데——”

최근의 이야기를 들은 시즈마가 뭔가 복잡한 표정으로

생각에 잠겼다. 타오르는 것 같은 홍련의 머리카락이 엘미라와 똑같다. 진짜 모자처럼 보이네.

"저기 이치로 군, 이제 시간이 얼마 없어."

"이치로 님, 서고로 돌아가시죠. 뛰어가면 1분도 안 걸릴 겁니다."

미온과 주리의 재촉에, 나는 일어나면서 시즈마에게 제안했다.

"저기 시즈마, 일단 우리랑 같이 인간계로 가자. 자세한 대책은 그 뒤에——"

"아닙니다, 아버님. 그럴 수는 없습니다."

하지만 시즈마는 딱 잘라서 거절했다. 아버지의 전략적 철수 제안을 거부했다.

"어, 어째서 시즈마! 지금 궁기가 네 혼을 노리고 있잖아? 이계에 있다는 걸 들켰으니까⋯⋯."

"그래도 저는 이 성을 지켜야만 합니다."

"왜?! 반항기야? 역시 반항기였어?"

"아, 아닙니다, 아버님. 궁기 님이 사도의 혼을 수집하고 있다면, 『나락성』을 버리는 건 상당히 위험합니다."

시즈마의 의견을 들은 삼공주가 「그건 그렇지」 하고 떨떠름한 표정을 지었다.

그러니까 왜? 아빠랑 엄마가 이해할 수 있게 자세히 가르쳐줘!

"이치로 군한테는 말 안 했던가? 이 성 지하에는 『혼면전』이 있어."

"인간계에서 쓰러진 사도의 혼이 송치되는 사당입니다. 그곳에서 200년 정도 잠든 뒤에 부활하게 되어 있죠."

"작붕 같은 잠꾸러기도 이쭙니다만."

혼면전. 혼이 돼버린 사도가 다시 육체를 되찾는 장소. 거기에는 현재 삼천 가량의 사도가 잠들어 있다고 한다.

……그렇구나. 무슨 말인지 알겠다.

궁기가 원래 가진 고유 능력은 혼으로 변한 사도를 바로 부활시키는 것. 즉 이 성을 빼앗기고 혼면전이 궁기한테 넘어가면——

"자는 사도 삼천이 전부 부활한다는 건가."

아마도 그놈들은 전부 궁기 쪽에 붙겠지. 만약 삼천의 사도를 전부 슈의 재료로 써버리면…….

엘미라도 이해했는지 입술을 깨물고 작은 신음을 냈다.

"하긴, 『나락성』을 궁기에게 빼앗기면 곤란하겠군요. 슈를 비약적으로 강화하는 걸 가만히 보고 있는 꼴이 될 테니까요."

"그렇습니다, 어머님. 그리고 이계의 통제는 제가 먼저 말한 것입니다. 이 정도로 도망칠 수는 없습니다."

시즈마가 의연하게 주장했다. 세 살인데, 실제로는 생후 4개월 정도밖에 안 됐는데, 대단한 책임감이다. 【마신】들도 좀 보고 배웠으면 좋겠다.

"……알겠어요, 시즈마. 그렇다면 저도 남겠습니다. 그게 부모의 역할이니까."

"키키도 남겠쯥니다! 그게 누나가 할 일임미다!"

또 의연하게 주장한 엘미라에 이어서 키키도 힘차게 손을 들었다.

"당신이 위험하다는 걸 알면서 그냥 돌아갈 수는 없어요. 저는 남겠습니다. 예, 당연히 남아야지요."

"지금 남지 않으면 가족도 아닙니다! 피가 흐르지 않는 냉혈동물임미다!"

냉혈동물도 피는 흐르잖아, 라고 한마디 할 틈도 없이.

이럴 수가, 미온과 주리까지 차례로 손을 들고 잔류하겠다는 뜻을 표명했다.

"어쩔 수 없네. 그렇게까지 말하면 남는 수밖에 없잖아."

"저희도 시즈마의 가족이니까요. 코바야시 집안이 단결해서 성을 지키도록 하죠."

……어쩌면 지금, 감동적인 BGM이 흐르고 있는지도 모른다.

어느새 나 말고 다른 사람들은 전부 손을 들었다. 시즈마도, 엘미라도, 부대장 트리오까지 전부 손을 들어서 코바야시 집안의 유대를 보여주고 있다. 내 가족은 무슨 동아리처럼 사람이 늘어나네.

엘미라와 삼공주가 날 빤히 쳐다보았다.

그녀들의 시선이 무언의 압박을 날리고 있었다. '자, 코바야시 이치로. 당신도', '이치로 군, 빨리 손드세요', '이치로 님, 뭐 하시는 건가요', '컴온임미다 이치로 남작!'이라고.

아무래도 다른 선택지는 없는 것 같다. 그래, 좋다. 다들 남겠다고 하는데 가장인 나 혼자 돌아갈 수는 없지.

이 『나락성』, 일단 코바야시 집안이 맡기로 하자. 우리 별장으로 삼자. 뭐, 이틀쯤이야 눈 깜박할 사이야. 성주가 될 기회가 그렇게 흔한 것도 아니고.

"알았어. 남을게. 손들면 되는 거지?"

내가 손을 든 순간, 나머지 사람들이 전부 손을 내렸다.

"예, 그렇게 하세요. 그럼 이쪽은 코바야시 이치로에게 맡기도록 하죠."

"자, 시쥬마, 같이 돌아가는 겁미다."

"저녁밥 다시 데워야겠네."

"다들 서둘러. 이제 3분밖에 안 남았어."

날 놔두고 서둘러 방에서 나가려고 하는 가족들.

나는 그때야 속았다는 걸 깨달았다. 이건 교묘한 함정이었다. 마지막에 손을 든 사람한테 전부 떠넘기는 그런 함정!

"이것들이 웃기지 말라고! 옛날 개그 같은 짓 하지 말란 말이야! 왜 내가 혼자서 성을 사수해야 하는데!"

"그야, 저는 학교에 가야 하니까요."

"그건 나도 마찬가지잖아!"

"키키는 스펙터클 맨을 보고 싶쭙니다."

"나도 보고 싶어!"

"전 에스테 예약이 있어서요."

"나도야!"

"거짓말하지 마."

마지막에 미온이 손등으로 날 때리면서 딴죽을 걸었다.

이어서 사이드 테일 머리의 둘째가 "뭐, 농담은 그만하고" 말하며 두 손을 허리에 대고서 말했다.

"좋아, 내가 남아줄게. 이틀 정도라면 어떻게든 될 거야."

생각지도 못한 미온의 잔류 발언에, 시즈마가 주저하면서 거절했다.

"미온 누님, 마음은 감사합니다. 하지만 제 잘못 때문에 그렇게까지 폐를 끼칠 수는……."

"괜찮아. 이 성은 아마 시즈마보다 내가 잘 알고 있을 테니까. 넌 인간계로 돌아가서 당분간 푹 쉬고 와."

"아, 아뇨. 전 괜찮습니다. 에너지도 보급했으니까요."

필사적으로 매달리는 시즈마의 머리를 쓰다듬어주는 백로 사도. 상냥하게 미소 짓는 그 눈동자에는 진짜 누나 같은 자애가 가득 담겨 있었다.

"이 정도는 너도 알아둬 시즈마. 넌 아직 어린애거든? 혼자 어른처럼 굴지 말고, 좀 더 가족들한테 의지해도 돼."

"…………."

"그리고 이틀이라고 해도 어디까지나 인간계에서 시간이거든? 한마디로 이계에서는 겨우 하루야."

……그게 무슨 뜻이야? 혹시 이계는 인간계랑 시간 흐름이 다른 거야?

삼공주한테 물어봤더니 정말 그렇다는 것 같다. 이계는 인간계보다 시간 흐름이 절반 정도로 느리다고. 그런 설정은 좀 더 빨리 제시해달라고.

'듣고 보니 용궁성과 비슷한 느낌이네. 이쪽에 30분 있었다고 했을 때, 인간계로 돌아가면 한 시간이 지난 건가……'

그렇다면 미온한테 맡기면 될지도 모르겠다. 겨우 하루뿐이니까.

도철과 혼돈한테 교대로 상황을 보고 오라고 하면, 궁기가 나타나더라도 어떻게든 할 수 있겠지. 【마신】이 둘이 있는 이쪽의 이점을 살리는 거야.

【마신】은 한 번 전이하면 네 시간 뒤에나 다시 할 수 있지만, 교대로 하면 두 시간마다 상황을 확인할 수 있다. 이계 쪽에서는 한 시간마다 도철과 혼돈이 온다는 뜻이 된다.

"물론 제루바, 너도 남아. 같이 성을 지키는 거야."

"뭡니까 그게. 한 번이라도 좋으니까 인간계에 가보고 싶었는데……"

직속 상관의 명령에 제루바가 떨떠름한 얼굴로 고개를 끄덕였다. '나도 궁기님 쪽으로 넘어갈까'라고 투덜대면서. ……이 녀석 괜찮은 걸까.

그랬더니 주리도 부하에게 잔류 명령을 내렸다.

"가이고, 당신도 남아주겠어요? 싫다는 말은 안 하겠죠?

이 쓸모없는 오물."

"예! 감사한 말씀입니다!"

아무리 생각해도 감사하지 않은 매도지만, 가이고는 눈을 번뜩이면서 엎드려 절했다. ……이 자식도 불안한데.

그리고 키키도 같은 명령을 내렸다.

"야구자, 미온을 돕는 검미다. 작은 언니라고 생각하면서 모시는 검미다."

"알겠습니다~ 그럼 미온 님, 바로 메이크업부터 하실까요~."

"피, 필요 없어!"

어디선가 메이크업 도구를 꺼내서 미온의 얼굴에 파운데이션을 바르려고 드는 야구자. ……이 녀석도 불안해.

──그 뒤에 우리는 미온과 부대장 트리오의 배웅을 받으며 방에서 나와, 뛰어서 서고로 돌아갔다.

미온을 남겨두는 게 조금 미안하기는 하지만, 어쩔 수 없는 일이다. 시즈마를 데려가려면 트리오를 이끌 다른 지휘관이 꼭 필요하니까.

이야기를 들어보니 【마신】도 이 『나락성』 안으로는 전이할 수 없다고 한다. 성으로 직접 통할 수 있는 건 혼돈 아저씨의 문밖에 없다는 것 같고.

그래서 평소의 정기 연락 때는 항상 성 밖에서 시즈마와 합류했다고 한다. 즉 궁기도 아직 「혼면전에 핀포인트 전이」는 불가능하다는 뜻이다.

성이 함락되지 않는 한 혼면전도 무사…… 심플하게, 그렇게 생각해도 되겠지.

"……오? 늦었잖아, 도령. 슬슬 문 유지가 한계라고."

서고로 뛰어 들어간 우리를 보고, 혼돈이 만화책을 다시 책장에 꽂으며 자리에서 일어났다.

"잠깐! 조금만 더 버텨봐! 이번 권, 이제 다섯 페이지만 보면 되니까!"

서둘러 페이지를 넘기며, 미련을 버리지 못한 도철이 만화책을 계속 보고 있다. 시즈마는 한 번 쳐다보지도 않고.

그런 지극히 무례한 【마신】을, 엘미라가 도끼눈을 뜨고 노려보며 꾸짖었다.

"이 무슨 한심한 【마신】인가요?! 시즈마가 이렇게 왔는데 인사라도 하세요! 당신도 일단은 아저씨가 아니던가요!"

"난 너희랑 달라서 시즈마랑 정기적으로 만나고 있었다고. ……어? 말도 안 돼! 이 만화, 전개가 장난 아니잖아!"

"장난 아닌 전개는 저희 쪽도 마찬가지예요! 이 상황에서 만화나 보고…… 아예 【마신】 자리를 시즈마한테 넘기고 병졸부터 다시 시작하세요! 도철 훈련병부터!"

"말이 심하잖아, 흡혈귀! 통나무로 때려줄까!"

"왜 통나무인 거죠?!"

도철과 엘미라가 그런 말다툼을 하는 사이에 문이 천천히 닫히기 시작했다. 문 너머로 낯익은 우리 집 거실이 보였다. 탁자 위에 차려놓은 저녁 반찬 탕수육도 보였다.

저게 완전히 닫히면 문이 그대로 사라져버린다고 했지. 남은 시간이 10초도 안 될지도 몰라!

시즈마의 손을 잡고, 엘미라와 키키가 문 안으로 뛰어들었다. 나와 주리, 혼돈도 그 뒤를 따라갔다. 남은 건 훈련병뿐이다.

"야 텟짱! 서둘러! 머리부터 슬라이딩!"

"한 페이지만 더! 그것도 권말 보너스 만화입니다요!"

"보너스 만화는 포기해! 대체 그 만화에 얼마나 빠진 거야!"

"좋았어, 다 봤다! 으아아아~! 도철 메테오 다이브으으으으!"

이쪽을 향해 맹렬하게 질주한 도철이 화려하게 도약했다.

하지만 그 전에 문이 닫히고 말았다.

도철 메테오 다이브, 실패.

꽈앙! 하는 격돌음와 "프억!"하는 도철의 비명과 함께, 조금 지나서 문이 스르륵 사라졌다. 우리는 거실에 가만히 서 있었고, 어느새 하나같이 합장하고 있었다.

……참고로 【마신】의 전이는 출발점이 반드시 인간계여야만 한다는 것 같다.

즉, 이계에서 이리로 전이는 불가능. 그래서 도철도 이틀 동안 저쪽에서 보내야 한다.

"도철 남작, 늦었쭙니다……."

"미온한테 귀찮은 일을 하나 더 떠넘기게 됐네."

셋째와 장녀가 둘째가 고생할까 걱정하고 있었다.

"뭐, 잘된 일이라고 생각하죠. 도철이 있으면 궁기도 함부로 성에 손을 쓰지 못할 테니까."

"앙? 궁기 자식이 이계에 나타났다고?"

엘미라가 혼돈에게 사정을 설명해줬다.

그러는 중에. 갑자기 시즈마가 날 보면서 작은 소리로 말했다.

"저기, 아버님."

"왜?"

"도철 아저씨, 그냥 만화책을 이쪽으로 들고 오시면 되는 게 아니었나요……."

그러게. 창피하지만 나도 그 생각은 못 했다.

역시 우리 애는 똑똑하다니까.

6

다음날 이른 아침. 6시가 막 지났을 무렵.

나는 시즈마를 데리고 히노모리 저택으로 향했다. 어젯밤에 바로 류가한테 전화를 해서 대략적인 사정을 말해, 오늘 학교 가기 전에 만나기로 했다.

"시즈마, 졸리지 않아? 어제 엘미라하고 키키랑 꽤 늦게까지 얘기했잖아? 집에서 그냥 자도 됐는데?"

"아뇨, 괜찮습니다. 이번 건을 설명하려면 저도 있는 게 좋을 것 같으니까요."

아직 지나다니는 사람도 얼마 없는 길을, 시즈마와 둘이서 손을 잡고 걸어갔다.

일단은 【마신】과 싸우고도 살아 돌아올 정도의 실력자니까, 진짜 아이 대하듯 굳이 손을 잡고 다닐 필요도 없겠지만…… 이렇게 자식과 단둘이 외출하는 건 내 작은 꿈이기도 했다.

──궁기가 이계에 나타난 것.

──저쪽의 사도들이 일제히 궁기 쪽에 붙어버렸다는 것.

──『나락성』을 지키기 위해서 미온(덤으로 도철)을 두고 왔다는 것.

──따라서 내일이면 다시 이계로 쳐들어가야 한다는 것.

류가한테는 좋지 않은 보고만 하게 됐지만, 그나마 시즈마를 다시 한번 소개할 수 있다는 게 다행이라고 해야겠지.

나는 이 아이를 단순한 게스트 캐릭터로 끝내고 싶지 않다. 앞으로도 주인공 사이드의 도우미로서, 크게 주목받게 하고 싶다.

'그러기 위해서라도 조금 더 류가랑 엮이게 해야 해. 최종장에 와서 이런 기회가 찾아온 건 불행 중 다행이라고 할 수 있어. 그리고 이 아이는 아무래도 류가를 동경하고 있는 것 같으니까.'

그때, 갑자기 배 속에서 꼬르륵 소리가 났다.

그리고 시즈마 배에서도 살짝 꼬르륵 소리가 났다. 쑥스럽게 "에헤헤"하고 수줍게 웃는 얼굴이 얼마나 사랑스러운지, 나도 모르게 꼭 끌어안고 싶을 정도였다.

"미안해 시즈마. 아침도 못 먹고 일찍 나와서…… 류가가 해준대."

"왠지 죄송하네요. 류가 씨한테 폐가 되는 건 아닐까요."

실은 아침을 준비하지 못한 데는 이유가 하나 더 있었다. 토스트용 식빵이 다 떨어진 데다 깜빡하고 밥도 안 지었기 때문이다.

덧붙이자면 빨랫감도 잔뜩 쌓여 있고, 싱크대에는 설거짓거리도 쌓여 있다…… 당연한 얘기지만 미온이 없는 탓이다. 우리 집의 엄마를 이계에 두고 왔기 때문이다.

'설마 이런 형태로 미온의 고마움을 통감하게 될 줄이야…… 그 녀석이 없으면 우리 집은 아무것도 못 한다니까.'

역시 미온한테는 『나락성』이 아니라 우리 집을 지키게 해야 할 것 같다.

오늘 저녁에는 배달이라도 시켜서 어떻게 하는 수밖에 없다. 그리고 도철 훈련병은 계속 이계에 머물러 있게 하는 쪽으로…… 그런 생각을 하면서 류가네 집에 도착했더니.

"이치로, 시즈마 군. 어서오시어요~."

"…………."

저택 현관에서 오이란*이 나왔다.

화려한 기모노를 살짝 풀어 입은 데다 위로 올린 머리카

_____
*花魁, 일본의 기녀 중에서 높은 지위에 있는 사람.

락에는 비녀를 꽂았고, 작은 입술 모양으로 입술연지를 바른 히노모리 류가가 우리를 맞이해줬다.

"어머나 시즈마 군. 한참 못 본 사이에 많이 커졌군요. 한창 자랄 나이라 그러나요~"

넋이 나가 있는 코바야시 무녀 앞에서 우아하게 호호호 하고 웃는 우리의 주인공.

……말할 필요도 없지만 코스프레다. 그것도 온 힘을 다한…….

내심 이렇게 되지 않을까 걱정하기는 했지만, 그래도 오늘만큼은 자중할 줄 알았는데. 내 생각이 어설펐다. 오히려 레벨이 확 올라갔다.

아무리 그래도 오이란은 아니잖아! 시즈마가 말도 못 하고 있잖아! 그렇게 화장까지 잔뜩 하고, 곧 학교 가야 하는데 어쩌려고?!

"아침 식사를 준비했습니다, 어서 들어와서 드시지요~."

"류가. 내가 전에도 한마디 했잖아. 너 요즘 너무 바보가 돼가고 있다고. 그런데 감속은 고사하고 부스터까지 터트리다니, 대체 무슨 생각이야?"

"코스프레가 소녀의 보람이기에. 오늘은 특히 기합이 들어갔지요~?"

"제발 부탁이니까 그런 기합은 최종장을 위해서 발휘해 줘!"

눈물을 글썽이며 질책하는 내 옆에서, 시즈마는 사이비

오이란을 보고 넋이 나가 있었다.

어울리지 않게 입을 헤~ 벌리고, 볼까지 살짝 발그레해져 있다. 숨 쉬는 것도 잊어버린 것 같다. 마침내, 잠꼬대처럼 조용히 중얼거렸다.

"류가 씨, 예쁘다……."

"어머나 기뻐라. 하지만 소녀가 여인이라는 건, 엘과 시오리와 톳코한테는 비밀로 해주시어요~."

류가가 집게손가락을 딱 세우더니 시즈마의 입술에 가져다 댔다.

시즈마가 두근두근 하면서 "아, 예! 알겠습니다!" 차려자세로 대답했다.

……이봐 주인공. 우리 애랑 이상하게 엮이지 말라고.

이래서야 부대장 트리오가 자기 입장을 가장 잘 알고 있는 것 같잖아.

그 뒤에 나와 시즈마는 응접실로 가 일단 아침을 먹었다.

아침 메뉴는 쌀밥, 연어구이, 된장국, 달걀말이 등등 아주 기본적인 구성이었지만, 하나같이 깜짝 놀랄 정도로 맛있어서, 나도 시즈마도 순식간에 다 먹어 치웠다.

"아, 아주 잘 먹었습니다. 정말 맛있었어요."

예의 바르게 식후 인사를 하고, 시즈마가 고개를 깊이 숙였다.

기분 탓인지 아직도 긴장하고 있는 것 같았다. 남의 집을 방문하는 데 익숙하지 않아서 그런 걸까. 아니면 류가가 아직도 오이란 차림새라서 그런 걸까.

"아뇨, 무슨 말씀을. 다시 한번 인사드릴게요, 히노모리 류가의 동생 쿄카라고 합니다."

시즈마한테 차를 새로 따라주며, 쿄카가 환하게 미소 지었다. 언니와 다르게 교복 차림이었다. 상식이 있는 여동생이다.

"예, 알고 있습니다. 쿄카 씨에 대해서는 혼돈 님이 자주 말씀해주셨거든요."

"뭐? 어떻게?"

"요약하자면 『모에』고 『색시』고 『정의』라고…… 그리고 『모성』이라고."

그러자 쿄카가 깊은 한숨을 쉬었다.

쿄카, 그냥 솔직하게 재수 없다고 말해버려도 돼. 오늘 여기 온다고 말을 안 해서 【로리콘 마신】은 세상모르고 푹 자는 중이니 어차피 못 들어.

이어서 이번에는 시즈마가 자세를 바로잡고 히노모리 자매에게 자기소개 했다.

"그럼, 저도 다시 한번…… 코바야시 시즈마라고 합니다. 얼룩말형 사도입니다."

"어, 얼룩말형?"

류가와 쿄카보다 내가 더 깜짝 놀라서 되물었다.

몰랐다. 시즈마는 얼룩말형이었구나. 얼룩말 시즈마였

73

구나.

'생각해보면 사도니까, 당연히 어떤 생물을 모티프로 삼았겠지. 나는 아버지 주제에 아들의 기본 설정도 확인하지 않았었네…….'

혼자서 풀이 죽어 있는 내 옆에서, 시즈마는 지금까지 자지가 해온 활동, 그리고 현재 상황을 자세히 설명했다.

궁기의 습격에 대해. 혼면전에 대해. 조장 작봉에 대해. 부대장 트리오에 대해—— 내가 주석을 달아줄 필요도 없이, 마무리로 도철 메테오 다이브까지 전부 얘기해줬다.

"정말이지…… 여전히 얼간이라니까, 텟짱은."

"아, 아닙니다, 류가 씨. 그 만화는 정말 재미있으니까, 도철 아저씨가 빠져드는 것도 어쩔 수 없는 일입니다."

시즈마의 안타까운 변명에 어깨를 으쓱거린 뒤에, 얼굴이 살짝 진지해진 류가가 "그런데"라고 말하며 팔짱을 꼈다.

다부진 표정이 된 걸 보면 주인공 모드로 들어간 것 같다. 원래는 멋있게 보여야 하는데, 오이란 코스프레가 다 망쳐 났다. 너도 만만찮게 얼간이거든.

"이치로는 내일 밤에 다시 이계에 간다는 거지?"

"그래, 저녁 7시에. 그리고 꼬박 이틀이 지나면 혼돈이 다시 문을 열어줄 수 있어."

물론 그동안에도 혼돈한테는 몇 번인가 전이하게 할 예정이다.

사실은 이미 새벽 1시, 새벽 5시에도 이계 상황을 보고 오라고 했다. 그래서 지금은 정신없이 자고 있고.

"지금까지는 별 이상이 없지만, 아무래도 상대가 『지혜의 궁기』니까. 계속 맡겨두면 미온도 힘들겠지."

사실 백로 소녀가 없어서 가장 힘든 건 우리 집이고, 그건 류가한테 말할 수는 없지만. 삼공주와 같이 사는 건 비밀로 하라고, 시즈마한테도 그렇게 말해뒀다.

"그런데, 그쪽엔 텟짱도 있잖아? 적 사도들도 【마신】이 있는 성에 쳐들어갈 용기는 없지 않을까?"

"『이웃의 텟짱』한테 너무 큰 기대는 하지 마. 그 녀석은 이번 일 때문에 【마신】에서 훈련병으로 강등됐어."

시즈마가 당황해서 "아니에요, 아닙니다"라고 도철을 감싸줬다.

"도철 아저씨는 틀림없이 미온 누님이 걱정돼서 일부러 남았을 겁니다. 그걸 솔직하게 말하는 게 부끄러워서, 일부러 늦은 척 연기한 게 아닐까요."

눈물이 날 정도로 기특한 생각이지만, 아쉽게도 동의해주는 사람은 없었다.

아들아, 이제 됐다. 사실은 너도 알고 있잖아?

약간 탈선한 얘기를 원래대로 되돌리려는 것처럼, 류가가 느릿한 말투로 선언했다.

"이치로. 다음에는 나도 같이 갈게."

"뭐?"

"나도 이계에 간다고. 궁기가 이계를 장악했다면 적의 본거지를 치는 것도 괜찮을 것 같아. 어때?"

이계에 난입하는 건, 역대 히노모리 중에서도 이 녀석이 처음이겠지.

"지금 히노모리가 궁기 이외의 【마신】들과 화해했다는 걸 알면, 다시 이쪽에 붙는 사도가 나올지도 몰라. 이계의 지배권을 되찾을 수만 있다면 시즈마도 계속 인간계에 있을 수 있고."

……뭔가 묘안 같다는 생각이 든다.

어쨌거나 『나락성』에 대한 포위망을 약하게 해서 손해 볼 건 없으니까. 궁기가 언제 나타날지는 모르겠지만, 어차피 녀석이 이계에 있을 수 있는 시간은 10분밖에 안 된다. 그리고 귀찮은 그릇, 아기토를 데려올 수도 없고.

이 어드밴티지를 최대한 살려야 한다. 무엇보다 시즈마가 임무에서 해방되고 집에 돌아올 수 있다는 게 상당히 매력적이다.

"그래, 알았어 류가. 내일 저녁 7시에 다시 여기로 올게. 마당 같은 데서 혼돈한테 문을 열어달라고 하자."

"그냥 내가 이치로네 집에 갈게. 하는 김에 저녁밥도 차려주고."

"아냐, 됐어! 우리 집 지금 엉망이니까! 손님을 부를 상태가 아니니까!"

"아직도 엉망이야? 여름부터 계속 그랬잖아?"

그야 당연하지. 삼공주랑 같이 시작한 게 여름방학 때부터니까. 한때는 엘미라에 유키미야도 있었고. 게다가 지금은 흡혈귀가 거실에서 자고 있고.

……어쨌거나 필사적으로 변명해서 히노모리 저택에서 하기로 했다.

게다가 내일 저녁밥도 이쪽에서 해준다고 했다. 주리, 키키까지 같이. 거듭거듭 죄송할 따름이다.

'하는 김에 내일은 코스프레를 자제해줬으면 고맙겠는데 말이야…….'

그런 내 생각은 알지도 못하고, 류가와 시즈마는 어느새 잡담으로 돌아가 있었다.

사이비 오이란의 질문에 바른 자세로 앉아서 척척 대답하는 세 살 아이. 비현실적인 광경이었다.

"시즈마는 장군급 사도였지? 아직 어린데도 대단하네."

"아, 아닙니다. 저는 아버님과 비교하면 아직 한참 미숙합니다."

"별명은 있어? 장군들한테는 있다고 들었는데."

"별명이라…… 그런 거창한 것, 저한테는 아직 이릅니다. 정식으로 장군이 된 것도 아니고…….."

그 말에 나는 움찔했다.

그래. 시즈마한테 멋진 별명을 지어줄 예정이었지. 이 화제, 나도 참가해야 한다. 아버지로서, 스토리 플래너로서.

"저기, 『여장 시즈마』는 어떨——"

"그럼 말이야, 『국화장 시즈마』*는 어때? 시즈마는 말이니까."

내 의견과 동시에, 류가가 아이디어를 제시하고 말았다. 너무나 우스꽝스러운 이름을.

야 주인공! 네이밍 센스가 어떻게 된 거 아냐! 생각 없이 말하지 말라고!

"고맙습니다. 감사히 받겠습니다."

야 아들! 감사히 받지 마! 얼룩말은 경주마가 아니라고!

안 되겠다. 이대로 가면 시즈마가 개그 캐릭터가 돼버리겠어. 제발 이 아이만은 용서해줘! 코미디하고 상관없는 삶을 살게 해줘!

애원하는 내 시선을 눈치챈 주인공이 "응?" 하고 고개를 갸웃거렸다.

그래, 류가. 너라면 알아차릴 거야. 우리는 누구보다 깊은 인연으로 맺어져 있어. 눈빛만 가지고도 통할 수 있는 사이일 거야!

"이치로는, 그러니까……『잔념장』**이면 어때?"

"난 장군이 아니라고! 코바야시 이치로형이 아니란 말이야!"

하나도 안 통했다. 「나한테도 재미있는 별명 지어줘」라

---

*일본 중앙 경마의 '국화상(菊花賞)'과 '국화장(菊花將)'의 발음이 같다.
**우리말의 '아차상'에 해당하는 '잔넨쇼(残念賞)'와 '잔념장(残念將)'의 발음이 같다.

고 받아들였다.

이제 최종장인데, 슬프다 류가! 난 네 세미 남자 친구거
든!

어깨를 부들부들 떨고 있었더니, 옆에서 쿄카가 살짝 귀
엣말을 해줬다.

"괜찮아요, 코바야시 오빠. 언니도 그냥 농담으로 한 얘
기일 테니까요."

"그럴까……."

"걱정 마세요. 시즈마도 코바야시 오빠도, 제가 제대로
된 별명을 생각해둘게요. 그러니까 기분 푸시고요."

동생도 잘못 이해했다. 『잔념장』이 마음에 안 들어서 그
러는 거라고.

아니, 난 별명 같은 거 필요 없다니까…….

그런 게 있는 친구 캐릭터는 이상하잖아?

제2장 크레바스를 찾아라

1

"쿄카땅! 보고 싶었어어어어!"

지난번 이계 방문에서 드디어 이틀이 지난 오늘 저녁.

나는 어제에 이어서 오늘도 히노모리 저택에 왔다. 주리, 키키, 시즈마, 그리고 혼돈을 데리고.

오랜만에 만난 옛 숙주를 보자마자 두 팔을 벌리고 돌진하는 【아저씨 마신】. 그 마신한테서 도망치기 위해 현관에서 뛰어다니는 쿄카. 그리고 그걸 막는 나.

그런 뻔한 장면을 연출한 뒤에, 코바야시 일가 일행은 응접실로 안내받았다.

응접실에는 초밥이 놓여 있었다. 그것도 상당히 고급스러운 녀석으로.

성게, 연어알, 대뱃살…… 내가 먹어본 적도 없는 초밥들이 초밥 상자에 꽉꽉 들어차 있었다. 옆에서 바가지 머리꼬마가 "키키가 아는 초밥이랑 다릅니다"라고 중얼거렸다.

'이렇게 많은 사람이 왔는데, 정말 미안하네. 그리고 텟쨩을 이계에 두고 와서, 정말 다행이다.'

자리에 앉으라고 권하면서, 류가가 빙긋 웃었다.

"처음에는 직접 만들까도 했는데, 삼공주랑 시즈마와의

친목도 다질 겸 호화롭게 해야겠다 싶어서. 미온 건 따로 챙겨놨어. 오늘 돌아오는 거지?"

"그렇게 신경 써주지 않아도 되는데. 그냥 김밥만 있어도 충분했어."

황송해하면서도, 나는 대뱃살과 제일 가까운 자리를 확보했다. 어디까지나 은근슬쩍.

"키키와 시즈마는 고추냉이 빼주는 게 좋으려나? 원래는 애들도 전부 부를까 했었는데, 이번에는 일단 적진 시찰이니까 참아달라고 했어."

이건 이미 히로인즈에게 승낙을 받은 일이다. 여기에 엘미라가 없는 것도 그런 이유 때문이다.

다 같이 이계로 쳐들어간답시고 인간계를 텅 비워두는 건 좋은 생각이 아니다. 궁기가 이쪽에 나타나지 않는다는 보장이 없으니까.

하지만 이번 멤버는 류가, 나, 그리고 주리뿐. 시즈마는 휴양을 위해서 히노모리 저택에서 대기 한다. "시쥬마랑 같이 있겠쯉니다"라고 해서, 키키도 남기로 했다.

"미안하지만 도령, 이 몸은 이번에도 문 앞에서 기다리겠다. 이계 상황보다 쿄카땅이랑 지내는 시간이 더 중요하니까."

"전 이계에 가는 거 아니죠? 문 앞에서 얘기만 하는 거 맞죠?"

"물론이지 쿄카땅! 이 몸은 저쪽 세계에 가야만 도령과 따로 행동할 수 있거든! 문 바로 앞까지만 오면 돼! 안에 데리고 들어가진 않는다!"

중학교 2학년 소녀를 필사적으로 유혹하는 아저씨를 반찬으로 삼아서 나는 특상급 초밥을 배가 터질 정도로 먹었다.

순식간에 저녁 7시가 됐다.

"자, 열어 놨다. 잘 갔다 오라고."

"언니, 힘내."

"역시 저도 가야……."

"안 됩니다! 시쥬마는 쉬는 겜미다!"

남아 있는 사람들의 격려를 받으며 문을 지나자—— 그곳은 전에 봤던 작은 방이었다.

예전에 시즈마와 재회했던, 「알현실」 뒤쪽에 있는 작은 방이다. 하지만 아쉽게도 미온도 부대장 트리오도 도철도 보이지 않았다.

"먼저 그 녀석들하고 합류해야겠지. 그럼 류가, 잠깐 성 안을 좀 돌아보자."

흥미롭다는 듯이 두리번거리는 류가를 데리고 방 출구 쪽으로 갔다. 혼돈과는 여기서 헤어졌다.

"대단해, 진짜 성이다…… 우와, 옥좌가 있잖아? 푹신푹신한 카펫도."

손전등으로 주위를 비추면서, 류가가 일일이 감탄하는 중에.

"——이치로 님. 기다려 주십시오."

제일 뒤에서 따라오던 주리가 갑자기 날 불렀다.

뒤를 돌아보니 킹코브라 장녀가 멈춰 서 있다. 블론드 머리카락을 쓸어 올려서 한쪽 귀를 드러내고, 가만히 뭔가를 듣고 있었다.

"왜 그래 주리? 무슨 소리라도 들려?"

"예. 수많은 발소리와 고함, 격돌하는 소리가…… 아무래도 전투가 시작된 것 같습니다."

그 보고에 나와 류가는 깜짝 놀라서 얼굴을 마주 봤다.

전투가 시작됐다고? 한마디로 지금 공성전이 한창이라는 거야? 그래서 미온네가 없었던 건가?!

"당장 가세하러 가자! 장소는 어디야?!"

다급한 나와 반대로, 주리는 아주 냉정했다. 태산처럼 차분하다.

역시나 장군, 전쟁이 익숙한지도 모르겠네. 아니, 그만큼 미온이나 부대장 트리오를 믿고 있다는 건가.

"일단 들어 주세요.『나락성』에는 문이 두 곳—— 정면과 뒤쪽에만 있습니다. 그곳 외에는 깊은 해자가 있고, 눈에 보이지 않는 장벽 때문에 침입할 수가 없습니다."

"정면과 뒤쪽…… 그래서, 어느 쪽으로 쳐들어온 건데?"

"양쪽 모두입니다. 희미하게 느껴지는 사기를 보면 정면에 미온, 뒤쪽에 부대장 세 명이 대응하고 있는 것 같습니다. 공격할 때는 단번에…… 작붕도 그 정도는 알고 있군요."

팬티 도둑 주제에, 썩어도 일단은 장군이라는 얘긴가.

"다행히 궁기 님의 기척은 느껴지지 않습니다. 그렇다면 처음 예정대로 적 세력을 칠 좋은 기회가 아닐까요. 저는 뒤쪽을 맡을 테니, 두 분께 정면을 부탁드려도 될까요?"

한마디로 나와 류가는 미온을 도와주면 된다는 얘기지. 알았어.

"저기 주리. 텟짱은 뭐 하고 있어?"

류가가 묻자 킹코브라 사도가 갑자기 입을 다물었다. 조금 전의 냉정한 모습은 어디로 가버렸는지, 몹시 당황한 눈치였다.

"이봐 주리. 그 녀석은 정면이랑 뒤쪽, 어느 쪽에 있어?"

"……도철 님의 기척은, 서고에서 느껴집니다. 아마도 아직 만화책을 읽고 계시지 않을까 싶습니다."

정말 답이 없는 녀석이네. 나중에 류가의 잔소리를 듣게 해주마.

우리는 각자 전투를 지원하기 위해 그 자리에서 둘로 갈라졌다.

설마 갑자기 배틀 파트로 들어가게 되리라고는 상상도 못 했지만, 일이 이렇게 됐으면 어쩔 수 없다. 최종장의 전초전으로서, 주인공이 활약하게 해주자.

'지난번 문화제 때, 류가는 폐공장에서 있었던 슈와의 싸움에 끼질 못했으니까. 그걸 메우기 위해서라도『히노모리

류가가 여기에 있다』하고 어필해줬으면 싶은데.'

초밥까지 얻어먹은 입장에서 미안하기는 하지만, 나는 말 그대로 응원에만 전념해야겠다. 분수를 파악하고『코바야시 이치로는 여기에 없다』고 어필하겠다.

류가와 같이 「알현실」에서 뛰쳐나와, 그대로 큰 계단을 뛰어 내려갔다.

1층에 도착하면 그곳은 성의 현관에 해당하는 입구 홀. 지난번과 달리 거대한 철문이 열려 있었다. 시나리오적으로 봤을 때 밖으로 나가도 된다는 뜻이다.

"류가, 네 이계 데뷔전이야. 화끈하게 한 방 날려줘!"

내가 고무해주자, 류가가 고개를 크게 끄덕이고 엄지손가락을 세워 보였다. "그래, 맡겨만 둬!" 같은 씩씩한 응답을 기대했는데.

"맡겨만 주시어요~"

오이란 모드가 튀어나왔다. 씩씩하기는커녕 간드러졌다. 지금은 남자 교복인데.

"그건 이제 됐어! 공사를 구별하라고! 지금부터 중요한 장면이란 말이야!"

"어제부터 조금 중독이 됐사와요. 이런 류가는 싫으신지요~?"

아아, 주인공이 심각하게 바보가 돼가고 있다!

2

"내 군에 있던 놈들, 앞으로 나와! 제일 먼저 때려줄 테니까!"

성에서 나오자마자 그런 고함이 들려왔다.

거대한 철문 앞에는 돌바닥 길이 똑바로 뻗어 있었다. 그 너머에 있는 쇠창살 성문 너머에는 계곡처럼 깊은 해자에 걸려 있는 돌다리가 있고. 때려도 부서지지 않을 만큼 튼튼해 보인다.

'다리 길이는 50m, 폭은 4m 정도인가…… 정면에서 성으로 진입하려면 여기를 지나갈 수밖에 없겠지.'

그 다리 한복판쯤에.

백로 사도가 종횡무진 날아다니며 몰려오는 적들을 쓰러트리고 있었다.

유상무상의 이형들이 미온 한 사람한테 압도당해서 허둥대고 있었다. 게다가 쓰러진 동료들이 걸림돌이 돼서 다리 위는 엄청난 교통체증 상태. 지형의 이점을 살린 훌륭한 대처였다.

"겁먹지 마라! 상대는 겨우 하나뿐이다! 이 다리만 돌파하면 성은 우리 것이나 마찬가지다!"

"그럼 네가 가라고! 우리는 저분이 얼마나 무서운지 징글징글하게 잘 알고 있단 말이다!"

"그래! 어차피 네놈들은 콘서트에서 예쁘게 춤추는 미온 님밖에 모른다! 그딴 건 환상이다! 숨겨진 얼굴을 보면 환멸한다!"

"으아아! 또 누가 해자로 떨어졌다!"

"괜찮아, 부대장 자모스다! 저 사람은 청새치니까 헤엄
칠── 크허억!"

다리 위는 혼란에 빠져 있었다. 우리가 그리로 가는 동
안에도 한 사람, 또 한 사람, 사도가 해자로 떨어졌다. 사
나운 백로 소녀한테 당해서.

"겨우 전력 수백 가지고 나한테 이기겠다는 거야?! 이
남장 미온을 얕보지 말라고! 그리고 『숨겨진 얼굴을 보면
환멸한다』고 말한 놈, 당장 앞으로 나와!"

'이건 위험한 상황이군.'

이대로 가면 미온 혼자서 이겨버릴 거다. 그건 곤란하다.
기껏 주인공을 데리고 왔는데!

"이치로, 먼저 갈게. 미온을 도와주러."

짧게 말하고, 옆에서 달리던 류가가 속도를 올렸다. 순
식간에, 날 놔두고 질풍처럼 다리를 향해 돌진했다. 자기
차례가 없을지도 모른다고 걱정한 걸까.

"거기까지다! 『나락의 사도』들!"

용감하게 소리치며 적들 속으로 뛰어들어서는 바로 앞
에 있던 사도 몇 명을 쓸어버리는 류가. 공중으로 날아가
버린 불쌍한 희생자들이 저 밑에 있는 해자에 떨어졌다.

"어? 히노모리 류가? 너까지 이쪽으로 온 거야?"

갑작스러운 난입자를 보고 놀란 건 적들뿐만이 아니었다.

"그래. 이 성을 지키기 위해 나도 협력할게. 뒤쪽에는 주리가 갔어."

"어, 어째서 너 같은 거랑 같이 싸워야 하는데."

"그야 당연히, 동료니까. 내 등 뒤, 부탁할게."

"어쩔 수 없네…… 고맙다는 말은 안 할 거야! 귀 청소는 해주겠지만!"

특징인 츤데레 근성을 발휘하면서, 어쩔 수 없이 류가와 나란히 서는 미온.

이 상황이면 난 참가할 필요 없겠지. 나는 일단 다리 기슭에 있는 돌기둥 뒤에 숨어서 지켜보기로 했다.

"들어라, 사도들! 나는 『용신의 계승자』 히노모리 류가다! 나는 도철, 혼돈, 도올과 강화를 맺고, 지금은 우호적인 관계다!"

류가의 포효를 듣고 동요하는 사도들. 효과는 확실했다.

숙적인 【황룡】이, 사흉 중에 셋과 손을 잡았다…… 그렇다면 궁기에게 승산이 있을까? 특전이 수지가 맞는 걸까? 그런 고민이 엿보였다.

"자, 지금이라면 늦지 않았다! 쓸데없는 싸움은 그만두고 공존의 길을 모색하자! 군을 물려 주시어요!"

야 류가! 오이란 모드가 나와버렸잖아!

"여기서 물러난다면 용서해줄게. 단, 『숨겨진 얼굴을 보면 환멸한다』고 말한 놈은 남아! 내 뭘 봤다는 건지 말해!"

야 미온! 뒤끝이 너무 길잖아!

두 사람이 앞으로 걸어가자 사도들이 뒤로 물러났다. 지금 적들의 사기는 밑바닥. 전선이 다리 3분의 1 이상까지 밀려났다.

'이대로 가면 류가가 제대로 싸워보지도 못하고 배틀 장면이 끝날 텐데…… 좀 더 힘내라 사도들! 이 국면을 타개할 강자는 없는 거야?!'

내가 적군을 응원하고 있던 그때.

반대쪽 다리 기슭에서 누군가가 크게 도약했다.

'응? 뭐지?'

그대로 사도들 사이를 폴짝폴짝 뛰면서 엄청난 속도로 이쪽을 향해 다가왔다. 마지막에는 유난히 크게 점프해서 순식간에 전선까지 도달했다.

"우캬아아아아!"

그 녀석은 원숭이 같은 소리를 내며, 봉 같은 무기를 내리쳤다. 자기를 바라보는 류가의 머리를 향해.

"죽어라! 히노모리이이이!"

"느리잖아."

하지만 류가는 살짝만 움직여 공격을 간단히 피해버렸다.

그리고는 답례라는 듯 전광석화 같은 발차기를 날렸지만, 적도 엄청난 도약을 보여주며 류가의 공격을 피했다. 원숭이는 빙글 공중제비를 돌더니, 류가와 미온한테서 몇 미터 떨어진 곳에 착지했다.

'저 몸놀림, 그리고 원숭이 같은 캐릭터…… 설마 저놈이

조장 작봉인가?'

포위군을 지휘하고 있는 『나락 팔결』 중에 하나. 백 년이나 늦잠을 잤다고 하는, 미온한테 고백했다가 차였다고 하는, 감을 아주 좋아한다는, 맨드릴 개코원숭이형 장군 사도──.

아마 틀림없겠지. 손오공의 여의봉 같은 무기도 들고 있으니까.

"우캬야야! 이번 히노모리가 설마 여자일 줄이야! 그것도 내 취향인 미소녀가 아닌가!"

"아쉽게도 난 남자야."

딱 잡아떼며 주장한 류가에게, 미온이 "역시 남자로 밀어붙이려는 거구나……" 라고 중얼거렸고, 이어서 큰 소리로 외쳤다.

"작봉! 히노모리 류가는 그렇다 쳐도, 이쪽에는 도철 님과 혼돈 님, 게다가 도올 님까지 계신다고! 그래도 적으로 삼겠다는 거야?!"

"우캬캬캬! 아무리 미온이 말한다고 해도, 인간과 화해는 없다! 우리는 궁기 님 쪽에 붙기로, 이미 결정했다!"

백로 사도의 말을 일축하고, 다시 류가를 덮치는 맨드릴 개코원숭이 사도.

미온에게 「끼어들지 마」라는 눈짓을 보내고, 류가가 거기에 맞섰다. 난전이 순식간에 대장들 간의 일대일 대결이 되어버렸다.

'다행이다. 여기서 류가가 작붕을 쓰러트리면 주인공으로서 큰 볼거리가 돼. 잘만 되면 포위망도 와해할 수 있으니까 일거양득이지!'

조용히 미소 지으며 그렇게 생각했지만.

의외로 두 사람의 배틀은 일진일퇴의 공방전이었다. 류가가 간단히 쓰러트릴 줄 알았는데, 의외로 막상막하의 대결을 벌이고 있다.

이건 나도 예상하지 못한 전개였다. 설마 작붕 녀석, 의외로 대단한 실력자인가? 팬티를 나이트캡으로 쓰는 놈인데?

'아니, 그게 아니야. 작붕이 강한 게 아니라 류가의 움직임이 둔해진 거다!'

지금까지 몇 번이나 류가의 싸움을 실황중계 해왔던 나는 알 수 있다. 오늘의 류가는 분명히 힘을 아끼고 있다. 펀치나 발차기의 위력도 평소의 절반 이하다.

대체 어떻게 된 거야 류가! 아까 초밥을 너무 많이 먹은 탓인가!

"뭐야 히노모리! 왜 그런 원숭이한테 고전하고 있는데! 묘지에서 나랑 키키를 상대했을 때는 훨씬 징그럽게 공격했었잖아!"

미온도 같은 걸 느꼈겠지. 상태가 안 좋아 보이는 주인공에게 엄한 질타를 날렸다.

"그러면 우리 삼공주가 약한 것처럼 보이잖아! 빨리 해치워버려! 그리고 빨리 집에 가! 숙제는 끝냈어?!"

중간부터 잔소리하는 엄마처럼 돼버린 백로 사도에게, 류가는 "아니, 그게……" 하면서 곤란한 표정을 지었다.

"진짜로 싸우면, 죽여 버릴지도 모르니까."

"그게 어쨌다는 건데! 지금까지 실컷 해왔잖아!"

"그건, 그렇긴 한데…… 전에 말하지 않았나? 이계에서 죽은 사도는 영영 부활하지 못한다고."

……그랬다. 사도는 이쪽에서 목숨을 잃으면 다시는 부활할 수 없다. 정말로 죽어버린다.

류가의 움직임이 날카롭지 못했던 건, 그런 이유 때문인가. 작봉을 걱정해서 힘을 다 쓰지 못한 탓이구나.

"그냥 죽여버려도 돼! 그 자식 팬티 도둑이니까!"

"예전하고는 사정이 달라. 지금 우리는, 인간과 사도의 화해를 목표로 삼고 있어. 장군 클래스를 죽이기라도 하면, 큰 불화가 생기지 않겠어?"

"그래서 봐주고 있다는 거야?!"

"응. 사실은 한 방에 쓰러트릴 수도 있는데……."

"전부 작봉이 약한 탓이라는 거야?!"

"저쪽도 열심히 하는 것 같긴 하거든."

"우캬아아아아! 뭘 쓸데없이 신경 쓰고 있냐! 그런 건 본인한테 안 들리는 데서 말 하라고오오!"

작봉이 화를 내면서 여의봉을 마구 휘둘러댔다. 반쯤 울면서.

하지만 류가한테는 맞지도 않았다. 눈에 보이지도 않는 흉기의 눈물을, 아주 간단하고 가볍게 피하고 있다. 미온이랑 말까지 하면서.

"그럼 히노모리, 다리 밑으로 떨어트려버려!"

"아, 그렇구나."

"우캬아아아아! 이쪽 보란 말이야아아!"

"다리 밑은 물이니까 안 죽어! 올라올 때까지 몇 시간은 걸리고!"

"그렇게 할까. 이쪽의 시간제한은 30분이니까 말이야. 시간을 낭비하면 안 되겠지."

"우캬아아아아! 제발! 이쪽 좀 봐!"

"그런데, 앞으로 얼마나 더 있을 수 있어?"

"그러니까…… 잠깐만."

"우캬아아아아! 휴대전화 꺼내지 마라아아! 시계 보지 말라고오오오!"

"아, 히노모리. 입에 밥풀 묻었다."

"저, 정말? 뭐야, 진짜."

"우키야아아아아! 손거울 꺼내지 마! 하는 김에 앞머리 다듬지도 말고――"

이젠 맨드릴 개코원숭이 사도가 완전히 불쌍해 보일 지경이 된 순간.

내리친 여의봉보다 빠르게, 류가가 발차기를 날렸다.

"크허캭!"

배에 카운터 공격을 맞고, 맨드릴 개코원숭이 사도가 날아가 버렸다. 열심히 평영 동작을 하고 있지만, 거기는 이미 난간을 한참 지난 허공. 남은 건 해자로 떨어지는 것뿐이다.

"우캬아아아아! 두고 보자 히노모리! 죽여 버릴 테니까 아아아! 그리고 미온! 나랑 사귀자아아아!"

"싫어."

백로 사도의 쌀쌀맞은 대답은 듣지도 못하고, 작붕은 밑으로 떨어져버렸다. 첨벙 소리가 들린 걸 보면 무사히 물에 떨어진 것 같다.

약간 코미디 같은 분위기이기는 했지만, 이걸로 적장은 제거했다.

이렇게 됐으면 사도들도 철수하는 수밖에 없지. 좋았어, 슬슬 달려가 볼까…… 라고 생각하면서, 내가 돌기둥 뒤에서 몸을 내민 순간.

"——이거 참, 정말 대단한데 히노모리 류가. 조연치고는 좀 쓸만했어."

그런 어린애처럼 새된 목소리와 짝짝짝, 박수 소리가 들려왔다.

그 목소리를, 나는 잘 알고 있다. 잘못 들을 리가 없다. 어딘가 남을 무시하는 것 같은, 괜히 짜증이 나는 이 말투를.

……어느새 사도 무리가 다리 양쪽으로 비켜서 길을 열어두고 있었다.

일부 사도들은 다리 위에 누워 있는 동포를 급하게 들쳐 메고 있었다. 왕의 행진을 방해하지 않기 위해, 길을 치우는 것처럼.

그것을 슬쩍 보며, 그 녀석은 느긋하게 이쪽으로 걸어왔다. 순백색 털을 휘날리며, 아홉 개의 꼬리를 꿈틀거리며, 짐승 같은 발로 타박타박.

'아직 전초전인데, 정말 분위기 파악 못하는 놈이네⋯⋯.'

금세 류가와 미온 앞까지 다가온 【마신】은, 일단 주위를 슬쩍 둘러봤다. 유난히 여유 있는, 이마와 볼에 문양이 들어간 여우 가면 얼굴로.

"어라, 시즈마는 없어? 그 녀석 때문에 왔는데."

말할 필요도 없이, 궁기였다.

히노모리 류가가 쓰러트려야 할, 마지막 【마신】. 이 시리즈의 마지막 보스다.

3

갑자기 등장한 궁기를 보고, 나는 바로 뛰쳐나갔다.

저 녀석이 나온 이상 팔자 좋게 응원이나 하고 있을 상황이 아니었다.

내키지는 않지만 이건 내가 대응하는 수밖에 없다. 라스트 배틀을 시작하기는 아직 이르다. 최종장의 결전이란 좀더 철저히 준비한 뒤에 해야 한다고!

내가 가는 동안에도 류가와 궁기는 험악하게 눈싸움을 벌였다.

"안녕, 처음 뵙겠습니다, 히노모리 류가. 내가 최강의 【마신】 궁기야."

"네가, 궁기……."

"그나저나 마음에 안 드네. 내가 생각한 스토리에서 너는 그다지 중요한 인물이 아니거든. 멋대로 활약하지 말아 줬으면 좋겠어. 그런 말괄량이는 시집도 못 가거든?"

"듣던 대로 잘 떠들어대는 【마신】이네. 당대의 히노모리 가문을 너무 얕보지 않는 게 좋을 거야—— 신위 해방!"

익숙한 소리와 함께, 류가의 온몸에서 황금색 오라가 발산됐다.

평소라면 머리 위에 20m나 되는 【황룡】이 나타났었는데, 오늘은 아니었다. 오라가 류가의 두 팔에 모여서 금색의 투박한 방어구로 변화했다.

'저건 쿠로가메가 【현무】로 썼던 기술……! 벌써 익혔나!'

꽤 초기에 설명한 일이라 다들 이미 잊어버렸을지도 모르겠지만, 류가는 올마이티 이능력자다.

유키미야처럼 치유 능력도 쓸 수 있고, 아오가사키 선배처럼 진공파도 날릴 수 있고, 엘미라처럼 불꽃을 조종할 수도 있다. 그것들 보여줄 기회가 부족한 것은, 본가인 동료들의 능력에는 약간 못 미치기 때문이다.

'위험해. 류가 녀석, 작붕 때랑 달리 제대로 싸울 생각

이야. 여기서 결판을 내는 건 참아줘! 사신 히로인즈가 하나도 없는데! 친구 캐릭터가 있는데!'

재빨리 뛰어가서, 그대로 류가 옆에 섰다. 그리고 전방에 있는 괴물 여우를 꾸짖었다.

"야 인마! 아직 나오지 말라고! 라스트 보스라면 좀 더 뜸을 들이란 말이야!"

"아, 있었구나, 코바야시 소년. 안녕, 잘 있었어?"

"네가 무슨 내 친구냐! 네 스토리는 기각이라고 했잖아! 그리고 너, 왜 우리 애를 괴롭히——"

거기까지 말하고, 하던 말을 멈췄다.

혀가 꼬인 게 아니다. 대사를 잊어버린 것도 아니다. 그건—— 궁기 뒤쪽으로 뻗어 있는 대리 위로, 한 남자가 걸어오는 모습을 봤기 때문이다.

순백색 교복을 입은, 왼손에 오픈 핑거 글로브를 낀, 바로 며칠 전까지 같은 반이었던, 여기 있을 리가 없는 꽃미남 전학생이.

"아, 아기토?!"

"텐료인?!"

나와 같은 타이밍에, 류가도 경악해서 소리를 질렀다.

텐료인 아기토였다. 몇 번이나 주인공한테 성희롱을 저질렀던 궁기의 그릇이다.

"……오랜만이구나 히노모리. 내가 오메이 고등학교를 떠나서 꽤 슬퍼하고 있겠지. 밤마다 눈물로 베개를 적시고,

나한테 안기는 망상을 하면서 자신을 달래고 있겠지."

입을 열자마자 성희롱 발언을 했지만, 류가는 따지고 들지 않았다. 나도 가만히 있었다.

그런 걸 신경 쓸 때가 아니다. 어째서 아기토가 이계에 있는 거지?

궁기한테는 혼돈처럼 「이계와 연결되는 문을 여는 능력」이 없다. 따라서 이쪽으로 오려면 「전이」라는 방법을 쓰는 수밖에 없다.

하지만 전이는 어디까지나 【마신】 하나만 전이할 수 있는 수단일 텐데. 그릇이 같이 올 수 없다는 건 나 자신이 너무나 잘 알고 있다.

"어째서 네가 이계에…… 대체, 어떻게……."

갈라진 목소리로 묻자, 그제야 아기토가 내 쪽을 봤다. 여전히 적개심으로 가득 찬, 얼음으로 만든 칼날 같은 눈으로.

"어리석은 질문이군, 코바야시. 【마신】 이외의 존재가 이계와 인간계를 오가는 방법은 하나밖에 없을 텐데?

이어서 【마신】이 킥킥 웃고는 손으로 브이 사인을 했다.

"사실은 오늘, 찾아냈거든. 새로운 『크레바스』를 말이야."

"크레바스……?"

내가 복창한 것과 동시에, 미온이 깜짝 놀랐다.

크레바스—— 원래는 쌓인 눈이나 빙하 등에 생기는 균열을 가리키는 말이다.

하지만, 바로 이해했다. 여기서 말하는 「크레바스」가 어떤 의미인지. 궁기가 말하는 「그것」이 어떤 것인지.

"시공의 틈새인가……!"

어떤 이유로 드물게 발생하는, 이계와 인간계를 이레귤러적인 게이트. 혼돈의 문과 또 다른, 비공식적인 샛길.

예전에 몇몇 사도들이 그걸 통해서 인간계로 왔다. 그것이 「히노모리 류가의 배틀 스토리」의 시작이었다고 할 수 있지.

참고로 그때의 크레바스는 쿠로가메가 봉인해줬다. 그것이 【현무】계승자의 능력이고 『성벽의 수호자』의 역할이다.

"어, 어째서 그런 게, 이런 타이밍에 딱 맞춰서……."

"사실은 예전부터 찾아다니고 있었거든. 시공의 크레바스는 말이야, 【마신】이 부활하는 조짐으로서 발생해. 사흉이 전부 눈을 뜬 지금, 다른 크레바스가 존재할 가능성이 크다고—— 아기토가 그렇게 조언을 해줬거든."

혼을 믹스하는 것도 그렇고, 정말이지 쓸데없는 조언만 해주는 그릇이다.

"이걸로 나는 전이의 시간제한이나 간격을 신경 쓰지 않고 이계에 올 수 있게 됐어. 게다가 이렇게, 아기토도 같이. 아, 당연한 얘기지만 크레바스가 어디 있는지는 비밀이야."

……최종장이 시작된 이래로 제일 큰 배드 뉴스다.

파티를 맺고 이계에 올 수 있는 게 우리의 어드밴티지였는데. 그게 없어지고 말았다.

'아냐, 없어진 정도가 아니야. 오히려 이쪽이 절대적으로 분리해.'

혼돈은 문을 30분밖에 열어둘 수 없다. 그 시간이 지나면 우리는 이틀 동안 이곳에 남아야 한다.

반대로 궁기와 아기토한테는 그 제한이 없다. 크레바스를 통해서 언제든 마음대로 오갈 수 있고, 무제한으로 이계에 머물 수 있다. 게다가 이쪽에 있는 사도들을 인간계로 불러들이는 것도 가능하다.

'솔직히 말하자면, 아까 마음에 걸렸었거든. 미온이 다리 밑으로 떨어진 사도가, 어디서 들어본 이름이라서.'

──또 누가 해자로 떨어졌어!

──괜찮아, 부대장 자모스다! 저 사람은 청새치니까…….

청새치형 자모스. 생각해보면 그 녀석은 아기토네 맨션 관리인이었잖아? 난 그 녀석에게 잡혀 맨션 앞에서 쫓겨났었고?

'그 녀석이 이계에 있다는 걸, 더 이상하게 생각했어야 했어…… 사도 중에도 동성동명인 녀석이 있을지 모른다고 혼자서 완결 지을 일이 아니었다고…….'

난 결국, 또 이 페어한테 한 방 먹은 건가. 벌써 몇 번째야. 학습 능력이라는 게 없는 거냐고!

통한의 표정을 짓고 있었더니, 미온이 정렬해있는 사도들에게 소리쳤다.

"너희들! 그쪽에 붙어 있으면 먹이가 될 거야! 궁기 님은 혼화한 사도를 합체시켜서 슈라는 괴물은──"

하지만 궁기는 당황하기는커녕 팔자 좋게, 쓸쓸하게 웃음을 보여주었다.

"아하하. 뭐, 당연히 그 얘기를 하겠지. 특히 미온은 부하를 아끼기로 유명하니까. 오늘도 죽은 사도는 없는 것 같고…… 응, 훌륭한 츤데레야."

"궁기 님. 죄송하지만 저는 당신께 충성을 맹세하지 않습니다. 사도의 혼을 가지고 노는 당신은 왕의 자격이 없습니다. 여기 있는 자들도 궁기 님이 한 일을 알게 되면──"

"그거 말인데, 난 더 이상 슈의 먹이를 모을 생각이 없어. 회개하고 부하들을 소중히 여기기로 했거든."

태연하게 말하는 궁기를 보고, 미온이 갈라진 목소리로 "예?" 소리를 냈다.

"원래 내가 원했던 건 장군 클래스의 혼뿐이거든. 너희 삼공주, 날 배신한 시마, 그리고 시즈마…… 그리고 아직 행방을 모르는 팔걸 중에 나머지 두 명, 사츠키와 바츠와나의 혼만 얻으면 충분해."

사츠키와 바츠와나…… 한마디로 그 장군 두 명은 궁기의 휘하가 아니라는 뜻인가?

이제 최종장인데, 어디서 노닥거리고 있는 거야? 이렇게까지 등장을 늦출 가치가 있는 놈들인가? 미안하지만 이제 팔걸한테는 크게 기대 안 하거든.

"그러니까 날 따른다고 해도, 뒤에 있는 자들에게는 위

험할 일이 없어. 맨션에 있던 150의 사도들도 전부 무사
해. 소중한 부하들을 해치는 짓은, 난 도저히⋯⋯."

마음에도 없는 소리를 하기는⋯⋯ 하지만, 아쉽게도 저
녀석의 헛소리를 반증할 방법이 없다. 정말 교활한 여우다.

"맨션 주민들은 이미『나락성』포위군에 가담해 있거든.
시마 때문에 스무 명 정도는 이탈했지만."

아무래도 그 치타 사도, 지난번에 폐공장에서 도망치자
마자『메종 나락』으로 돌아가서 주민들에게도 이탈하라고
했던 모양이다.

하지만 스무 명 남짓이라는 건 그 말을 들은 것은 그녀
의 몇 안 되는 부하들뿐이었다는 거겠지. 이미 궁기의 꼬
드김에, 주민들이 전부 넘어가 있었는지도 모른다.

"자, 코바야시 소년. 지금부터는 너희가 대응하기 힘들
거야. 성이 함락되고 혼면전이 우리 손에 들어오면, 난 더
큰 전력을 얻을 수 있어. 그렇다고 이계에 정신을 팔고 있으
면 인간계 쪽이 허술해지고. 수세에 몰릴 수밖에 없겠지."

분하지만, 그 말대로다.

이계와 인간계, 어느 쪽의 경계도 지금까지 이상으로 철
저히 해야 한다. 저쪽에는 궁기와 아기토에다【마신】조차
도 상대하기 힘든 슈까지 있다.

"말했잖아? 난 기대 이상의 마지막 보스가 될 거라고."

그렇게 말하고, 궁기가 몸을 빙글 돌렸다.

우리에게 가볍게 손을 흔들면서 온 길을 되돌아갔다. 정

렬해있는 사도들에게 "오늘은 일단 퇴각해"라는 지시를 내리며.

"그럼 코바야시 소년. 최종 결전, 우리가 멋지게 장식해 보자고."

"기다려, 궁기! 돌아갈 거면 주인공한테 인사는 하고 가야지!"

"지금 했잖아?"

"나 말고! 류가 말이야!"

"나한테는 네가 주인공이야."

크으윽, 하고 신음하며 노려보는 날 무시하고, 궁기는 가버렸다.

조금 지나서, 아기토도 몸을 돌렸다. 마지막으로 류가에게 작별 인사를 고하며.

"그럼, 또 만나자 히노모리. 그 손의 장갑, 그만 해제하지 그래? 너한테는 무장보다 고양이귀 메이드가 더 어울린다."

"난 남자다! 기다려라, 텐료인! 나와 싸워라!"

"사양한다. 너와 싸우면 후쿠시가 슬퍼할 테니까."

"후쿠시가 누군데!"

"나와 너 사이에, 장래에 태어날 아이다."

"머, 멋대로 정하지 마! 기다려! 역시 한 방 때려줘야겠어!"

당장이라도 아기토에게 달려가려는 류가를, 나와 미온

이 다급히 붙잡았다. 그러는 사이에 어느새 사도 군세는 저 멀리까지 철수했다.

'일이 귀찮아졌네. 이건 한시라도 빨리 대책을 마련해야 해. 메인 캐릭터들이 전부 모여서 작전회의를 해야……!'

"우키야아아아아! 누가 날 구해라! 난 헤엄을 못 친다고 오오!"

아직까지 동요가 가라앉지 않은 내 귀에 그런 원숭이의 비명이 저 멀리서 들려왔다.

아니야, 잘못 들었겠지.

4

그 뒤에. 이래저래 30분의 제한 시간이 다 돼서, 우리는 어쩔 수 없이 히노모리 저택으로 귀환했다.

뒤쪽에 있는 적군을 격퇴해준 주리와 부대장 트리오는, 사정을 이야기하고 『나락성』에 남아달라고 부탁했다. 하는 김에 도철도 보험 삼아 두고 왔다.

인간계로 돌아왔더니 역시나 한 시간이 지나 있었다.

『나락성』에 텃짱이 있다는 건 궁기도 기적으로 알아차렸을 거야. 성을 공격할 때는 신중하게 움직이려 할 테지. 함부로 부하들을 잃는 어리석은 짓은 저지르지 않을 거야.'

그렇게 생각하고. 우리는 바로 작전회의를 열기 위해 사신 히로인즈를 히노모리 저택으로 긴급 소집했다.

곧 전원이 모였고, 응접실에 메인 캐릭터들이 줄지어 앉았다.

주력 멤버인 류가, 유키미야, 아오가사키 선배, 엘미라, 쿠로가메.

서브 멤버인 혼돈, 미온, 키키, 시즈마.

그리고 서포터인 나와 쿄카── 총 11명에 의한 디스커션이었다.

"……사정은 알았다. 정말 귀찮은 일이 돼버렸군."

팔짱을 낀 채로 턱에 손을 얹고, 아오가사키가 씁쓸한 얼굴로 중얼거렸다.

"혼면전을 빼앗기지 않으려면 『나락성』의 방위는 필수지만, 그쪽만 신경 쓰다 보면 인간계가 위험하다는 말이군요."

심홍색 웨이브 헤어를 만지며, 엘미라도 상황을 정리하려는 것처럼 중얼거렸다.

"【마신】이 이계에서는 그릇이 필요 없다는 것도 문제네요. 안 그래도 슈는 궁기와 따로 행동할 수 있는 것 같은데…… 텐료인 씨도 그렇고, 적은 임기응변으로 편성할 수가 있어요."

유키미야는 곤란하다는 것처럼 탄식했다. 그리고 그 직후에, 그 얼굴이 달라졌다.

"게다가 내랑 시오리한테는, 개인적으로 루니에를 구해야 한다는 비원도 있지 않갔소. 가뭄 때 농사꾼마냥 골치가 아픕네다…….”

아주 잠깐 도올이 나오더니, 그런 코멘트를 남기고 들어가 버렸다. 그래, 이 녀석도 있었지. 총 12명이었다.

그때 아오가사키 선배가 맞은편에 있는 백로 소녀 쪽을 봤다.

“그런데 미온. 왜 아까부터 너 혼자 초밥을 먹고 있지?”

“성을 지켜낸 상이야. 신경 쓰지 말고 계속해. 쿄카, 차 좀 줄 수 있어?”

“아, 예. 가져다드릴게요.”

특상급 초밥을 맛있게 먹으며, 주인공의 여동생에게 차까지 부탁하는 미온.

하지만 사랑스러운 쿄카한테 심부름을 시킬 수는 없다고 혼돈이 대신 차를 가져다줬다. 결과적으로 【마신】을 부려먹은 꼴이 됐다.

“여러분. 부디 『나락성』의 수비는 이 시즈마에게 맡겨 주세요. 무엇보다 이계의 문제를 처리할 책임은 제게 있으니까요.”

“시쥬마. 이젠 상황이 달라져쭙니다. 그리고 진짜 책임은 키키네한테 이쭙니다. 이계를 감독하는 건 삼공주의 역할이어쭈니까요.”

시즈마의 머리를 쓰다듬으며, 키키가 그렇게 타일렀다. 오늘따라 유난히 누나처럼 보인다.

참고로 쿠로가메는 무슨 이야기인지 이해하지 못하고

계속 고개만 갸웃거리고 있었다. 이 녀석은 안 불러도 됐을 것 같다.

……일동의 이야기를 어느 정도 들은 뒤에. 류가가 자기 소견을 말했다.

"아무튼, 우리의 급한 임무는 궁기가 발견했다는 크레바스를 봉인하는 거야. 그게 있는 한, 우리는 계속 수세에 몰리는 수밖에 없어."

역시 류가야, 나도 지금 똑같은 말을 하려고 생각했는데.

문제의 근원은 오로지 크레바스라는 존재다. 그것만 봉인해버리면 궁기는 전이를 통해서만, 즉 「4시간 간격으로 10분 동안」만 이계에 갈 수 있다.

사도들도 양쪽을 오가는 게 불가능해져서 운용법이 제한된다. 혼돈의 문이라는 우리 쪽의 어드밴티지를 다시 찾을 수 있다.

"그래서 우리는 당분간 인간계에 비중을 두자. 최대한 인원을 나눠서, 인간계 쪽에서 크레바스를 찾는 거야."

류가의 플랜은 하나같이 적절했다.

이계 쪽에서 크레바스를 찾는 건 비현실적이다. 이계에 갈 수 있는 건 이틀에 한 번. 그것도 30분뿐이니까

하지만 인간계라면 우리 쪽에 제약은 없다. 타깃이 크레바스인 이상, 반드시 이쪽에도 입을 벌리고 있을 테니까…… 아마도 이 지역 어딘가에.

그 제안에 이의를 제기하는 사람은 없는 것 같았다.

특히 쿠로가메는 "그러자! 응, 그러자!" 하고 엄청나게 기뻐하면서 납작한 가슴을 탁 쳐 보이기까지 했다.

"크레바스 봉인이라면 나한테 맡겨둬! 이 『성벽의 수호자』한테!"

굳이 말할 필요도 없이, 크레바스를 닫을 수 있는 건 쿠로가메 뿐이다.

한마디로 이번 사태의 키 퍼슨은 이 거북이라는 얘긴가. 최종장에 와서야 겨우 필요한 캐릭터가 됐네. 축하해 거북이.

"그런데 나, 크레바스의 위치까지 알아내는 능력은 없거든. 삼공주나 【마신】이라면 알 수 있나?"

기대하는 시선으로 쳐다보자, 미온과 키키가 관자놀이를 벅벅 긁었다.

"솔직히, 미묘해⋯⋯ 최소한 30m까지는 다가가야 하거든."

"인간보다는 잘 알아차리지만, 범위가 너무 넓쭙니다. 수색은 상당히 곤란함미다."

당연한 일이지. 예전에 삼공주는 크레바스의 존재를 전혀 알아차리지도 못했고, 그래서 일부 부하들의 무단 출격을 용납하고 말았다. 그만큼 눈에 띄지 않는 틈새라는 뜻이겠지.

"아쉽지만 이 몸도 모른다."

"내도 모름네다."

마찬가지로 혼돈과 톳코도 관자놀이를 벅벅 긁었다. 【마신】은 사도들보다 크레바스 감지 능력이 떨어지는 것 같다. 자신의 강대한 기운이 방해하는 탓이라나.

마무리로 시즈마가 크레바스에 대해 보충 설명을 해줬다.

"전에 제루바네한테서 들었습니다만…… 크레바스는 어른 한 사람이 지나갈 정도의 구멍이라는 것 같습니다. 게다가 상당히 불안정해서 매일매일 크기가 달라진다고 하더군요. 때로는 어린아이도 못 지나갈 만큼 좁아진다고도 했습니다."

어느 정도 정보가 모였을 때, 류가가 다시 입을 열었다.

"크레바스를 찾아내는 건 상당히 힘들 것 같지만…… 그래도 해야만 해. 시간이 갈수록 우리가 불리해지니까."

제일 먼저 찬동한 사람은 엘미라와 유키미야. 삼공주가 우리 집에서 살고 있다는 걸 알고 있는, 그리고 류가가 여자라는 걸 아직도 모르는 두 사람이었다.

"저도 같은 의견이군요. 그리고 크레바스를 찾는 건 삼공주가 적임이라고 생각해요. 일단 주리도 돌아오게 하고, 『나락성』수비는 저희가 맡도록 하죠."

"그래요. 저희보다 예민하다면 그쪽이 더 나을 것 같아요. 그럼 사신 중에서 두 명을 선발해서, 이틀씩 교대로 성을 지키는 건——"

곳곳에서 토론이 시작됐을 때. 나는 천천히 슥, 손을 들었다.

모두가 이쪽을 주목하는 중에 조용히 일어섰다. 확실히 들어달라고.

……향후 대응책은 지금 말한 방향성으로 가면 좋을 것 같다.

먼저 「크레바스 발견」을 우선할 것. 그래서 인간계에서 최대한 멤버를 나눌 것. 거기에는 이의가 없다.

그걸 바탕으로, 꼭 제안하고 싶다. 내 나름대로 도출한 최고의 인사를.

친구 캐릭터, 스토리 플래너, 그리고 아버지…… 그 모든 입장에서.

"──크레바스를 발견할 때까지, 『나락성』은 나랑 시즈마가 지킬게."

결연하게 말하자, 동시에 "뭐?"라고 말하는 관계자들.

"자, 잠깐만 이치로. 아무래도 그건 너무 극단적이잖아……."

"류가. 아까 너도 말했던 것처럼 우리는 되도록 신속하게 크레바스를 발견해야만 해. 그러기 위해서는 대담한 인사 배치도 어쩔 수 없는 일이겠지."

진지하게 말한 내 목을, 【주작】께서 꽉 졸라대셨다.

"시즈마를 또 『나락성』으로 데려가겠다니, 대체 무슨 생각인가요?! 궁기가 이 아이를 노리고 있다고요! 그러고도 당신이 아버지인가요?!"

"그건 이쪽에 있어도 마찬가지잖아? 이계로 가건 인간

계에 있건, 어쨌거나 시즈마가 위험한 건 변함이 없어. 그
렇다면 내가 성과 시즈마를 지키면 돼. 난『수호』, 다른 사
람들은『수색』…… 역할을 확실하게 나누는 거야."

탁자를 탁탁 치며 굴하지 않고 주장했더니. 아오가사키
선배까지 난색을 보였다.

"하지만 코바야시, 전력이 너무 편중되는 게 아닌가? 류
가, 사신, 삼공주까지 전부 크레바스를 찾으러 다니면, 만
약 성이 총공격이라도 당했을 때 대응할 수 있을지……."

"괜찮아요. 당연한 얘기지만 혼돈도 텟짱도 같이 있으니
까. 수색 반에 있어도 크게 도움이 안 되는 멤버들끼리 성
을 지킬게요."

코바야시 부자와【마신】두 명…… 전력으로서는 충분할
것 같다.

무엇보다 이 안에는 나한테 좋은 점이 세 가지나 있다.

──첫 번째, 친구 캐릭터로서 좋은 점.

메인 캐릭터들을 전부 인간계에 남겨두고 크레바스를
찾게 하면…… 틀림없이 그쪽이「이야기의 메인」이 된다.
이계 쪽은 백스테이지가 될 테고.

즉 코바야시 이치로는 손을 크게 흔들면서 표면 무대에
서 모습을 감출 수 있다. 그대로 페이드아웃 할 수도 있고
한 번 더 등장할 수도 있다.

──두 번째, 스토리 플래너로서 좋은 점.

류가 쪽과 삼공주, 이 두 진영이 협력하게 하면…… 고

생하지 않고 양쪽의 유대를 다지게 할 수 있다. 다양한 조합으로 다양한 에피소드가 발생하겠지.

때로는 서로 다투고, 때로는 화해하면서, 멋지게 크레바스를 발견해줬으면 싶다. 부디 사이좋게 싸워줬으면 싶다. 톰과 제리처럼. 클린스만과 마테우스처럼*.

──세 번째, 아버지로서 좋은 점.

류가 일행이 스토리를 진행하는 동안, 나는 이계에서 시즈마와 여유 있는 시간을 보낼 수 있다. 지금까지 이루지 못했던 아버지와 아들의 관계를, 이 기회를 이용해서 만끽할 수 있다.

『나락성』에 어느 정도 익숙해지면 부대장 트리오도 인간계로 보내자. 숫자가 많으면 많을수록 크레바스를 찾아낼 확률도 높아질 테니까.

'이렇게 하면 『이계로 가고 싶다』는 시즈마의 부탁도 들어줄 수 있어. 굳이 문제가 있다면 내가 당분간 학교를 쉬어야 한다는 점이겠지.'

하지만 그런 건 미미한 대가다. 덤프트럭에 치였다고 둘러대든지 하면 된다. 이세계에 가는 거니까.

어때, 이 훌륭한 구상. 나는 넘어져도 평범하게 일어나지 않는다고…… 이것이 코바야시 이치로의, 이 역경을 뒤집을 기사회생의 한 수다!

"이치로, 정말 그래도 되겠어? 시즈마 군은 어때?"

---

*독일의 축구선수 위르겐 클린스만과 로타어 마테우스.

류가가 묻자, 시즈마는 망설이지 않고 고개를 끄덕였다.

"아버님의 결정에 제가 감히 이의를 제기할 수는 없습니다. 크레바스만 발견하고 봉인하면 인사는 얼마든지 재검토할 수 있으니까…… 지금 상황에서는 최선의 대책이라고 생각합니다."

고마워 시즈마! 이계에서 실컷 놀자!

"톳코. 뭔가 의견이 있나요?"

유키미야가 자기 자신에게 말을 걸자 또다시 톳코가 나왔다. 【춘티 마신】도 고개를 끄덕여서 내 생각에 찬성해줬다.

"좋슴네다! 만약 인간계에 큐짱이 나타나면, 내가 가만안 두갔시요! 호박으로 머리통을 후려치고, 슈한테서 루니에도 찾아올 겁네다!"

그 의기는 인정하지만, 궁기 타도는 주인공 파티한테 양보해줘. 톳코는 슈를 맡아줬으면 고맙겠고.

실제로 그렇게 되면 내가 없는 데서 최종장이 끝나게 되겠지만…… 그건 그것대로 올바른 흐름이다.

나는 친구 캐릭터니까. 라스트 배틀에 엮일 필요는 없다.

"……알았어, 이치로. 하루라도 빨리 크레바스를 찾아낼 테니까, 당분간 이계를 부탁해. 모두 힘을 합쳐서 열심히 하자! 이치로를 위해서도!"

류가가 큰 소리로 말하자 모두가 "와~!" 하고 주먹을 높이 들어 올렸다. 그리고 그녀들은 그대로 조 편성 검토에 들어갔다. 최대한 신선한 조합을 희망한다.

'궁기, 이번에는 한 방 먹을 각오를 해두라고. 네가 주인 공이라고 생각하는 코바야시 이치로는 최종장에서 활약하지 않아…… 이계에서 슬로 라이프를 즐기고 있을 테니까!'

……하지만 며칠 뒤. 나는 완벽하다고 생각했던 이 작전을 후회했다.

스토리의 바깥 무대에서 모습을 감춘다── 그것이 어떤 뜻인지, 뼈저리게 깨닫고 말았다.

하지만 이때의 나는 그런 사태가 기다리고 있다는 걸 털끝만큼도 모르고 완전히 바캉스 기분이 되어 있었다.

'여행 가방을 어디에다 뒀더라? 과자는 300엔어치가 넘어도 되겠지? 꽤 오래전에 사뒀던 알로하셔츠, 아직 입을 수 있으려나.'

튜브에 수영복도 가지고 갈 생각까지 하면서.

5

모두 모여서 긴급회의를 열고 앞으로의 방침을 정한 날부터 이틀 뒤.

여행 준비를 마친 나는 시즈마를 데리고 이계에 가기로 했다. 어젯밤에는 너무 기대돼서 잠도 제대로 못 잤다.

"자, 가자 도령. 빠트린 물건은 없지?"

우리 집 거실에서 문을 연 혼돈이 혼자서 후딱 들어가 버렸다. 쿄카가 배웅하러 와주지 않았다고 상당히 실망했었다.

하지만 어쩔 수 없는 일이다. 쿄카를 부르면 필연적으로 류가도 불러야 한다. 그렇게 되면 삼공주와 같이 사는 걸 들킬테고, 그땐 여행이 문제가 아니게 된다.

……류가 일행은 이미 시간이 허락하는 한 시내를 샅샅이 뒤지고 있는 것 같다. 저녁 7시인 지금도 한창 수색하는 중이라서, 엘마라도 어쩔 수 없이 시즈마의 배웅을 단념했다.

"이치로 군, 잘해야 해. 크레바스 찾는 건 맡겨두고. 집도 맡겨두고."

"시쥬마, 위험할 때는 무리하지 말고 도망치는 검미다. 정 안 되면 도철 남작을 방패로 삼는 검미다."

그래서 배웅하는 사람도 미온과 키키 뿐이었다. 두 사람도 이 뒤에 바로 크레바스 수색 반에 합류할 예정이라고 한다.

'왠지 미안하네. 다른 사람들이 열심히 일하는 동안에 우리 둘만 푹 쉬는 게.'

뭐, 나도 『나락성』을 지킨다는 사명이 있기는 하지만.

"하아, 역시 우리 집에 제일이야."

혼돈과 교대해서, 주리가 문밖으로 나왔다. 흔한 대사를 말하면서 음~하고 크게 기지개를 켰다.

지난번 회의 내용은 당연히 킹코브라 장녀에게도 전해 됐다. 항상 했던 것처럼, 최근 이틀 동안 혼돈한테 몇 번이나 전이하게 해서.

"수고했어 주리. 미안하지만 이번에는 이쪽에서 크레바스 찾는 걸 도와줄래?"

"예. 사정은 들었어요. 그럼 이치로 님, 성 수비를 잘 부탁드려요. 가이고네는 부하라고 생각하고 마음대로 부려 주시고요."

"죄송합니다, 주리 누님. 이번 일은 제 고집 때문에……"

얌전한 얼굴로 사과하는 시즈마의 코를 손가락으로 콕, 찌르는 폭유 누나.

"신경 쓰지 마 시즈마. 귀여운 동생을 위해서라면 뭐든지 할 수 있으니까. 필요하다면 팬티라도 벗어줄 수 있어."

갑자기 장녀가 타이트스커트 자락을 치켜올리는 바람에 나와 시즈마는 곧장 그녀를 말려야 했다. 지지 않겠다고 팬티를 벗으려고 들었던 셋째는 둘째가 말려줬다.

"아, 팬티 하니까 생각났는데, 작붕한테 움직임은 없었어?"

"저녁쯤에 정면에서 공격해 왔었어요. 백 명도 안 되는 숫자였으니까 정찰이 목적이었겠죠. 작붕을 해자에 떨어 트렸더니 바로 후퇴하더군요."

그 녀석 또 떨어졌나. 헤엄도 못 치는데, 불쌍한 원숭이다.

"그럼 시즈마, 슬슬 가볼까."

"예, 아버님."

바퀴가 달린 여행 가방을 끌고, 문 안으로 발을 들였다.

삼공주들의 성원을 받으며.

"이치로 님, 무운을 빌어요. 그쪽은 휴대전화 전파가 안 터지니까 주의하시고요."

"시즈마, 언제든지 돌아와. 집안일 도와주는 사람은 너밖에 없으니까."

"이치로 남작, 선물 기대하겠쯥니다!"

각자 인사를 한 뒤에, 삼공주는 바로 거실에서 나갔다. 크레바스 수색에 나서기 위해서.

'선물이라고 해도 말이야. 특산품이 뭔지도 모르고, 애당초 『나락성』 밖으로 나갈 수도 없고…… 애초에 이계는 너희 고향이잖아.'

이계에 도착해 주변을 둘러보자, 수많은 촛불이 잔뜩 줄지어 있는 모습이 눈에 들어왔다.

전방, 그리고 좌우에도 창백한 불꽃이 도깨비불처럼 흔들리고 있다. 불꽃 크기는 제각기 다르고, 게다가 초에는 각각 이름이 적혀 있었다.

"여기는……."

"혼면전입니다. 혼돈 님의 문이 성의 지하에 열렸나 봅니다."

얼이 빠져 있는 나한테 시즈마가 그렇게 설명해줬다.

그렇구나, 여기가 그 혼면전인가. 혼으로 변한 사도가 부활할 때까지 잠드는 사당인가.

방의 면적은 농구 코트 정도. 각 벽에 열 단 정도의 선반

이 있고, 거기에 초가 빼곡하게 들어차 있다. 분명히 지금은 삼천이나 되는 사도가 잠들어 있다고 했지.

"이 초는 사도들의 혼입니다. 불꽃이 클수록 부활이 가깝다는 의미입니다. 숨을 불어도 꺼지지 않으니까 괜찮습니다."

"호오…… 그러고 보니 시즈마, 여기에 레이다의 혼도 있었어?"

"저는 여기 와본 게 이제 겨우 두 번째입니다. 절반 정도는 확인했습니다만…… 어머니 이름은 찾지 못했습니다."

시즈마가 말하는 「어머니」란 엘미라가 아니라 레이다라는 이름의 사도다.

시즈마의 친어머니이고, 그녀는 인간으로서 살아가려고 했기 때문에 동포들에게 숙청당했다.

'그래서 레이다의 혼도 원래는 이 혼면전에 있어야 하는데…… 역시 궁기한테 흡수당했나?'

그 【마신】은 호리병에 사도의 혼을 보관해둘 수 있다. 만약 레이다의 혼이 녀석의 손에 있다면…… 그걸 인질로 삼을 가능성도 없다고 할 수는 없다.

"좋았어, 시즈마. 그럼 성에 있는 동안 나머지 초들을 살펴보자. 나도 도와줄 테니까."

"아닙니다. 어머니의 혼을 찾는 건 이계의 통제가 일단락된 뒤에 할까 합니다. 이건 제 개인적인 사정이니까요……."

"무슨 소리야. 미온도 말했잖아? 넌 아직 어린애니까, 좀 더 가족한테 의지해도 된다고. 특히 나한테 의지해도 돼."

억지로 시즈마를 납득하게 만들고, 일단 혼면전에서 나왔다. 아무래도 일단 혼돈&도철&부대장 트리오와 합류해야 하니까.

혼면전 문을 열려고 했을 때, 거기에 여러 장의 종이가 붙어 있는 걸 발견했다.

부적인가 싶었는데, 「부활 축하해!」「다음엔 당하지 마세요」「진 이유를 잘 생각해」「먼저 이를 잘 닦고, 얼굴도 씻은 다음에 나오는 검미다」 등등이 적혀 있었다.

마지막 건 틀림없이 키키군.

"아, 나리. 오랜만입니다요."

시즈마와 함께 「알현실」에 왔더니, 거기에 우리 집 【마신】들이 있었다.

있었는데, 나는 인사하는 대신에 "어라?" 하고 얼빠진 소리를 냈다.

……거기에 있는 건, 이마에 뿔이 하나 달려 있고 근육이 불끈불끈한 대장부. 그리고 박쥐 같은 날개가 달린, 그림자 같은 칠흑의 청년.

혼돈과 도철이, 어째선지 전투 버전이 돼 있었다. 평소의 중년 아저씨와 나랑 똑같이 생긴 모습이 아니었다.

"너희들, 왜 전투 버전이 되어 있어?"

"아아, 그건 오해다, 도령. 전투 형태가 우리 【마신】의 원래 모습이거든. 도령이 말하는 모습은『절복』되면서——"

"뭐, 지금은 그쪽이 더 익숙해졌지만 말이죠. 하지만 기껏 이계에 왔으니, 가끔 원래 모습도 괜찮겠지 않겠습니까."

"야 인마, 내 말 자르지 말라고. 솔직히 네놈은 이미【마신】도 아니잖아. 훈련병이지."

"누, 누가 훈련병이야! 그럼 넌 뭔데!"

"이 몸은 네놈보다 훨씬 도움이 되고 있단 말이다!"

질리지도 않고 싸워대는 혼돈과 도철. 모습은 달라졌지만 하는 짓은 평소와 다를 게 없었다.

그런【마신】들을 달래기 위해, 시즈마가 부드럽게 이야기를 꺼냈다. 이 나이에 벌써 사교적인 미소까지 익혔다니.

"그, 그런데 혼돈 님. 전에 뵀던 때보다 몸집이 작아지신 것 같은데…… 크기도 바꾸실 수 있으십니까?"

"그렇지 뭐. 너무 크면 생활하기 불편하잖아? 이게 최소 크기다."

그래도 2m는 돼 보이는 도깨비 같은 덩치 큰 남자가, 발을 돌려서 옥좌로 가더니 그대로 털썩 앉았다. 그러자 갑자기 도철이 화를 버럭 냈다.

"야 혼돈! 멋대로 내 옥좌에 앉지 마!"

"뭐? 이건 내 옥좌잖아."

"내 거야! 항상 내가 앉았다고!"

"나도 앉았단 말이다."

끝난 줄 알았던 싸움이 다시 시작되고 말았다 그러고 보니 저 금색 의자, 【마신】만 앉을 수 있다고 했지. 왕이 둘 이상 있는 사태의 문제점이 다시 부상했다.

"야 너희들, 일단은 【마신】인데 쓸데없는 일 가지고 싸우지 말라고. 그런데 부대장 트리오는 어디 갔어?"

"그 녀석들은 교대로 보초를 서고 있습니다. 하나는 정면을, 하나는 뒤쪽을, 나머지 하나는 잠을 자고 있습죠. 빨리 비켜 혼돈! 넌 저기 방석에나 앉아 있어!"

아무래도 부대장 트리오는 성실하게 임무를 수행하고 있는 것 같다.

이대로 가면 그쪽도 힘들 테니까, 보초 편성표를 다시 정하자. 물론 혼돈과 도철도 넣어서.

도철은 여전히 옥좌를 빼앗으려 하고 있었다. 억지로 엉덩이를 밀어 넣고, 박쥐 같은 날개를 재주도 좋게 퍼덕여서 혼돈의 뺨을 때렸다.

"좋았어, 혼돈. 이렇게 되면 【마신】답게 실력으로 결판을 내자!"

"재미있는데. 뭐, 어떤 승부건 이 몸이 이기겠지만."

"시즈마! 미안하지만 오클라호마 믹서를 좀 불러줘! 콧노래라도 좋으니까!"

뜬금없는 도철의 요청에 "예? 예?" 하고 곤혹스러워하는 얼룩말 사도. 그렇겠지. 나도 곤혹스러우니까.

"오클라호마 믹서요……?"

"노래하다가 적당한 타이밍에 손뼉을 치는 거야!"

"아, 예. 명령이시라면."

시즈가마 착하게도 오클라호마 믹서를 흥얼거리기 시작하자, 혼돈과 도철이 옥좌 주위를 빙글빙글 돌기 시작했다. 곡에 맞춰서 경쾌한 스텝까지 밟으며.

뭘 하려는 건가 싶었더니, 그냥 「의자 뺏기 게임」이었다.

"그게 어디가 【마신】다운 실력 승부야! 하다못해 평소 모습으로 해! 지금 너희들, 도저히 눈 뜨고 못 봐줄 정도로 한심하다고!"

포위당한 이계의 성안에서, 우리는 대체 무슨 짓을 하는 걸까. 이 상황에 부대장 트리오가 돌아오기라도 하면 궁기 쪽으로 돌아설지도 모른다.

……결국, 옥좌에는 나, 코바야시 이치로가 앉기로 했다.

일단 부대장 트리오를 「알현실」에 모이도록 했다. 오늘부터 며칠 동안 같이 성을 지켜야 하니까. 인사만이라도 해둬야겠지.

"안녕하심까, 대장. 부르셨다고 듣고 왔습니다."

"오래 기다리셨습니다, 코바야시 경. 가이고, 분부대로 대령했습니다."

"파파 씨, 무슨 일이야~?"

바로 나타난 제루바, 가이고, 야구자가 일렬횡대로 한쪽 무릎을 꿇었다.

부대장 트리오 얼굴에는 「왜 이 사람이 옥좌에 앉아 있는 거지? 왜 【마신】님들은 그 옆에서 방석에 앉아 계신 거지?」하는 당혹감이 어렴풋이 엿보였다.

"셋 모두 일하는 중에 불러서 미안하다. 오늘 저녁, 이미 한 번 습격이 있었다고 들었다. 지휘관 작붕이 해자에 빠졌다는 것도. 그렇다면 적은 당분간 움직이지 않을 테니, 이 틈에 인사라도 해둘까 해서 말이다."

"하긴, 저쪽은 지금 구조 활동을 하느라 정신이 없어요. 설마 작붕 님이 개시 3분 만에 떨어질 줄은 몰랐을 테니까."

"저희 여왕께서 다리 밑으로 팬티를 던졌습니다. 그것을 본 작붕 님이 그걸 차지하기 위해 스스로 그 몸을 던지셨습니다."

"그런데 그거, 그냥 손수건이었거든요~. 역시 주리 님은 책사라니까요~."

대체 무슨 전투야. 성보다 팬티가 메인이 돼버렸잖아.

"그렇군. 뭐…… 사정은 이미 알고 있겠지만, 나도 오늘부터 이쪽에서 신세 지게 됐어. 잘 부탁해."

내가 고개를 꾸벅 숙여 인사하자 "예" 하고 멋지게 화음을 이루는 부대장 트리오.

원래는 소속 부대가 다르고 영상 편지만 봐도 사이가 안 좋아 보였는데, 지금은 일치단결한 것 같다. 장군급을 따르는 맹자라고 하니까 상당히 믿음직한 존재겠지.

"누님 명령이라고 해도, 인간의 부하가 되는 건 복잡한 기분이지만……."

작은 소리로 중얼거린 뾰족 머리 형씨를 눈을 부릅뜨고

노려보는 외눈의 중보병.

"제루바. 코바야시 경이 마음에 안 든다면 적으로 돌아서도 상관없다. 거치적거리는 놈은 필요 없다."

"뭐? 말 다 했냐 인마. 이 매저키스트 기린 자식. 거치적거리는 건 너 같은 둔탱이지."

일촉즉발의 상태가 된 두 사람을 보고, 화장이 진한 드래그 퀸께서 한심하다는 듯이 어깨를 으쓱거렸다.

"정말 싫다니까~ 거친 사람들은. 미온 님과 주리 님, 부대장들 교육을 어떻게 하신 건지~"

"시끄러워 이 벌 자식아. 뒤에 숨어서 몰래 저격이나 하는 놈이, 남의 군 트집 잡지 말라고."

"애당초 키키 님의 군은 이계에서도 제일가는 방임주의가 아닌가! 연습인가 싶었더니 소풍이었던 적이 셀 수가 없다! 내 동료 타후이도 완전히 질렸다고 했다!"

"그, 그게 뭐!『다들 사이좋게』가 우리 신조거든! 키키 님을 모욕하면 엉덩이에 침으로 찔러버릴 거야!"

좀 전에 한 말 취소. 일치단결이 아니었다. 아까 그【마신】들도 그렇고, 집안싸움이 끊이지 않는 동료들뿐이라 너무 슬프다.

그때, 시즈마가 한 발 앞으로 나서서 부대장 트리오를 엄하게 꾸짖었다.

"제루바, 가이고, 야구자. 싸우면 안 된다고 했을 텐데요. 아버님, 총사령관님 앞입니다."

세 살 아이의 일갈에 당황해서 "예" 하고 화음을 맞추는 부대장 트리오. 그럴 때만 호흡이 맞는다니까.

'그러고 보니까 이 셋, 이계에서는 시즈마 밑에서 일했었지. 역시 내 아들, 훌륭한 지도력이라니까.'

그런데 시즈마, 날 총사령관이라고 부르는 건 그만두면 안 될까?

아빠, 그런 사람 아니야. 그냥 친구 캐릭터야.

"……그런데 대장, 하나 물어봐도 되겠습니까."

시즈마가 도와준 덕분에 조용히 인사를 마친 뒤에.

문득 매 사도가 옥좌를 올려다보며 물었다.

"뭔데, 제루바. 사양 말고 질문해봐."

"당신—— 누님과 어떤 사이야?"

꽤 직설적인 질문이었다.

이어서 기린 사도와 말벌 사도가 "저희 여왕과는 어떤 관계신지?" "키키 님과는 어떤 관계인가요~?" 라는 질문을 했다.

당연한 의문인지도 모른다. 아무리 【마신】의 그릇이라고 해도, 우는 아이도 뚝 그치는 『나락의 삼공주』가 왜 이렇게 시시한 남자를 좋게 봐주는지…… 계속 이상하다고 생각했겠지.

이 셋은 삼공주의 오른팔 격인 존재다. 각각 상관에 대한 경의나 사모하는 마음도 있을 테니까, 함부로 대답할 수는 없다.

"아, 아니, 딱히 이상한 관계는 아니라고? 같이 살고 있으니까, 뭐 다소 친해졌다고나 할까…… 그래, 말하자면, 그 녀석들은 전우이자 동지——"

그때 옆에서 【마신】들이 끼어들었다.

"나리께는 종종, 미온이 귀 청소를 해드리고 있지. 무릎베개 해주면서."

제루바가 "그럴 수가?!" 하고 여실하게 동요했다.

"주리는 몇 번이나 침소 침입을 했었지."

가이고가 "흐억?!"하며, 경악해서 눈이 휘둥그레졌다.

"키키는 가끔 같이 욕실에 들어가고."

야구자가 "뭐양!" 하면서 두 손을 뺨에 대고 몸을 뒤로 젖혔다.

야 【마신】들! 너무 있는 그대로 말하지 마! 반감을 사잖아!

엄청나게 넓은 「알현실」에, 잠시 침묵이 찾아왔다. 어색한 공기가 감도는 속에, 시즈마의 "역시 아버님은 대단하세요"라는 순진한 칭찬만이 울렸다.

10초 정도 지났을까. 갑자기 부대장 트리오가 자세를 바로잡고 날 똑바로 바라봤다.

내가 변명해야 하나 고민하고 있자니, 그들이 갑자기 고개를 깊이 숙였다.

"저희가 실수했습니다."

훌륭한 화음이었다. 갑자기 부대장 트리오에게 인정받았다.

……이계의 중추인 『나락성』에서 황금 옥좌에 앉아서 【마신】을 양옆에 거느리고 사도들을 부복하게 만드는 친구 캐릭터.

아아. 여기가 백스테이지라서 다행이다.

만약 본편 파트였다면 자결해야 할 뻔했어.

6

같은 시각. 이 도시 어딘가에 있을지도 모르는 크레바스를 찾아서, 히노모리 류가는 끈기 있게 순찰을 계속하고 있었다.

오늘의 파트너는 【현무】의 계승자 쿠로가메 리나. 인원이 여덟 명이었으므로, 각 두 명씩 팀을 나눠 총 네 팀으로 수색에 나서기로 했다.

제1팀, 히노모리 류가&쿠로가메 리나.

제2팀, 유키미야 시오리&미온.

제3팀, 아오가사키 레이&키키.

제4팀, 엘미라 매카트니&주리.

약간 신기한 조합이기는 하지만, 이건 이치로의 열망이었다.

어째선지 '가능한 참신한 페어로 순찰해줘! 보는 사람의 관심을 끌기 위해서!'라고 말하면서 큰절까지 했다. 여전히 특이한 남자 친구였다.

'이치로를 이틀이나 못 보네…… 전화나 문자메시지도 안 되겠지…….'

일단 혼돈이 문을 열 때마다 상황을 보고 확인하러 가기로 했으니 모레면 만날 수 있지만, 이계는 공평하게 일단 두 명씩 순서대로 가기로 했으니, 그 뒤로는 한참 못 만난다.

'한마디로 일주일은 이치로 얼굴을 못 보게 되겠지……『이치로 결핍증』에 걸릴 것 같아.'

자기도 모르게 한숨을 쉬었더니, 옆에 있는 소꿉친구가 크게 하품을 했다.

아직 오후 8시가 조금 지났을 뿐인데, 벌써 졸린 것 같았다. 고등학생치고는 일찍 자는 편이지만, 그렇다고 일찍 일어나는 건 아니었다. 잠꾸러기라는 점에서 보면 조장 작붕한테도 지지 않을 것 같다.

"왠지 눈이 막 감기려고 해……."

"정신 똑바로 차려『성벽의 수호자』. 이번 작전의 핵심은 리나잖아?"

"으하~ 주역은 참 힘드네."

그녀의 수호신인【현무】라는 영수는【백호】【청룡】【주작】과는 크게 다른 특징이 있다.

【현무】는「계승 가문을 정하지 않는 수호신」이다.

다른 유키미야 가문, 아오가사키 가문, 매카트니 가문(구 아카토리 가문)처럼 하나의 가문에 대대로 이어져 내려오는 영수가 아니다. 약 백 년 간격으로 계승 가문을 바꿔버린다.

'그래서 대대로 【현무】의 계승자는 일행에 합류하기가 가장 어려웠다고 하지…… 실제로 나도 설마 옆집에 사는 리나가 『성벽의 수호자』일 거라고는 생각도 못 했었고.'

한마디로 현재 쿠로가메 가문에 【현무】가 있는 것은——그야말로 그냥 우연이었다.

솔직히 「그럴 것 같은 이름」이기는 하지만, 그것도 그냥 우연이었다.

"저기 리나. 앞으로는 쿠로가메 가문에서 【현무】를 계승해줄 수는 없을까? 가메오 군한테 그렇게 부탁할 수 없겠어?"

참고로 「가메오 군」이란 리나가 수호신에게 지어준 이름이다. 【현무】는 꼬리가 뱀인데, 그쪽은 「꼬물스케」라고 한다.

"글쎄. 나중에 부탁해볼게. 그보다 저쪽에서 사도가 여러 번 나타났었는데, 좀 수상하지 않아?"

"듣고 보니 수상하네…… 응, 왠지 그럴 것 같아! 틀림없이 크레바스는 저기에 있을 거야!"

단순한 소꿉친구 때문에 씁쓸하게 웃으며, 금세 폐공장에 도착하기는 했지만 아쉽게도 꽝이었다. 그럴듯한 틈새는 찾아볼 수 없었다.

'역시 쉽게 찾아낼 수는 없나. 애당초 크레바스가 이 도시에 있다는 것도 그냥 추측일 뿐이니까.'

하지만 이대로 가면 이치로가 이계에 있는 기간이 더 늘어나게 된다. 원래 성격이 응석받이라서 그런지 원거리 연애는 힘들었다. 궁기와 텐료인이 너무나 원망스러웠다.

"하는 수 없지. 그만 가자 리나. 돌아갈 때는 다른 길로 돌아서——"

그렇게 말한 순간. 뒤쪽에서 작은 소리가 났다.

"!"

리나도 들었는지, 재빨리 몸을 돌려 자세를 잡았다. 어둠 속을 눈을 크게 뜨고 가만히 쳐다봤다.

'저건…… 비닐 시트?'

텅 빈 실내 한쪽에, 이불만 한 크기의 파란 시트가 놓여 있었다.

공사 현장에서 자재가 젖지 않게 덮어둘 때 쓰는, 폴리에틸렌으로 만든 물건이다. 아마도 자재 위에 덮어놨던 걸 그냥 버린 것 같았다.

'근데 저런 게 여기 있었던가? 분명히 소리는 저기서 났는데…….'

리나에게 눈짓하고, 기척을 죽이면서 가까이 다가갔다.

만약 어디서 노숙자가 들어온 것뿐이라고 해도 조심하라고 말은 해줘야 한다. 여기는 사도가 자주 출몰하는 곳이니까.

폐공장, 강가, 그리고 묘지…… 이 세 곳은 오메이초의 『3대 위험 스팟』으로 지정하는 게 좋을 것 같다. 알고 지내는 경찰서장분께도 다음에 그렇게 말씀드려야지.

만에 하나의 기습에 경계하면서, 3m 앞까지 다가갔을
때, 갑자기 시트 밑에서 누군가 벌떡 몸을 일으키더니 이
쪽을 향해 말을 걸었다.

"……혹시, 히노모리 류가야?"

"어?"

갑자기 내 이름이 나와 깜짝 놀랐다.

심지어 노숙자일 줄 알았더니 여자애의 목소리였다. 그
것도 어디선가 들어본…….

"하항~ 경찰이라도 왔나 하고 깜짝 놀랐네. 미안하지만
난 너랑 싸울 생각 없어. 솔직히 싸울 상태도 아니고."

──만장 시마였다.

예전에 궁기의 부하였던, 볼링장에서 만난 적이 있었던,
텐료인의 밴드 멤버였다고 하는 치타형 장군 사도였다.

"어라? 혹시 코바이치랑 유키미야한테 못 들었어? 내가
팔걸이라는 얘기."

"아니…… 들어어. 네가 슈의 존재를 알고 궁기를 떠났
다는 것도."

"하항. 그렇다면 얘기는 간단하지. 일단 뭔가 먹을 것 좀
줄 수 있어? 돈이 떨어져서 사흘이나 아무것도 못 먹었거
든. 과잉 다이어트야."

예상도 못 한 전개였다. 크레바스를 찾으러 왔다가 흑갸
루를 찾고 말았다.

역시 사도들은 이 폐공장을 좋아하는 것 같다.

생각지도 못하게 시마를 보호한 류가는, 일단 레이네 저택으로 향했다.

굳이 그곳으로 향한 건 여기서 제일 가까운 곳이 그녀의 집이었기 때문이었다. 연락했더니 「아버지께 문을 열어두라고 전화할 테니까, 먼저 도장에 가서 기다려라. 나도 바로 돌아가겠다」라고 했다.

시마가 「걸을 수 없다」고 해서 어쩔 수 없이 리나와 교대로 업어줬다.

그녀의 몸은 그야말로 만신창이었다. 일주일쯤 전에 주리 일행과 같이 슈와 싸우면서 심하게 당했다고 듣긴 했지만. 사이힐과 루니에가 쓰러진 상황에서 시마가 살아남은 건 행운이라고 해야겠지.

"이거, 정말 미안하게 됐네, 히노모리 류가. 이건 내가 빚진 거로 해둘게."

류가의 등에 업힌 은발 흑갸루가 밝은 목소리로 말했다. 중간에 편의점에 들러서 사준 삼각 김밥을 먹으면서…….

"시마. 네가 슈한테 당한 건 그 폐공장이었잖아? 굳이 거기에 숨다니, 너무 경솔한 거 아냐?"

"하항. 등잔 밑이 어둡다고 하잖아? 궁기 님도 내가 그리로 돌아올 거라고는 생각도 못 할 거야."

경계심이 큰 건지 작은 건지 모를 치타 사도의 말을 듣고 탄식하는 사이에. 어느새 아오가사키 저택 바로 앞까지

도착했다.

정말로 문이 열려 있어서, 정원을 지나 별채인 도장 쪽으로 갔다. 불을 켜고 다시 확인해보니, 시마의 개조 교복이 엉망진창이었다.

"우와…… 상태가 심해. 레이 선배에게 갈아입을 옷이 있으려나."

"야, 히노모리 너무 빤히 보지 마. 여자처럼 생긴 주제에, 꽤 밝히나 보네?"

시마가 항의해서 내키지 않지만, 시선을 돌렸다. 그렇다. 당연한 얘기지만 시마는 이쪽을 남자라고 생각하고 있다.

"내가 이래 봬도 한 사람밖에 몰라. 평생을 같이할 상대는 이미 정해뒀다고."

"……그거, 설마 이치로는 아니겠지?"

그러고 보니 이 사람, 볼링장에서도 이치로한테 달라붙어 있었지. 그날 일도 한마디 해주고 싶지만, 지금은 남자라서 그런 말을 할 수가 없었다.

삼각 김밥을 다 먹고 빵을 우걱우걱 먹으면서, 치타 사도가 고개를 저었다.

"음~ 뭐 코바이치도 내 취향이긴 한데…… 지금은 더 좋아하는 사람이 있어. 그쪽이 진짜야."

그러자 리나가 몸을 앞으로 내밀고 눈까지 반짝반짝 빛나면서 "어, 누군데? 누구야?"라고 물었다.

리나도 연애에 관심이 있는 건가?

"──오래 기다렸지 류가. 지금 왔다."

"제3팀, 귀환해쭙니다."

그때 레이가 도장 입구로 들어왔다.

어째선지 파트너인 바가지 머리 꼬마를 목말까지 태우고.

"레, 레이 씨, 어째서 키키랑 그러고 있는 거야?"

"이 응석받이 사도가 끈질기게 졸라대서 말이다. 시야가 높아야 크레바스를 찾기 쉽다고."

그렇다면 수색하는 동안 계속 목말을 태우고 있었다는 얘긴가.

레이는 평소에도 초등학생들에게 검도를 가르치고 있으니까, 애들을 좋아하는 건지도 모른다. 그리고 가슴이 크니까 모성이 강할지도.

"그보다 시마, 계속 얘기해주겠나. 네가 진짜로 좋아하는 게 누군지."

"조금 전부터 다 들었습니다. 자, 빨리 자백하는 겁미다!"

레이와 키키까지 눈이 번뜩이고 있었다. 목말을 탄 채로, 태운 채로.

그보다 다른 질문을 먼저 해야 하는 게 아닌가도 싶지만…… 솔직히, 나도 궁금했다. 여자들은 모두 이런 이야기를 좋아하니까.

"뭐, 뭐야 너희들. 왜 그런 걸 말해야……."

시마가 얼굴이 새빨개질 정도로 창피해하면서 몸을 꼬물거리고 있다. 외모는 잘 놀게 생겼는데, 내면은 순진한 것 같다.

……예전에 류가가 이치로에게 말한 적이 있다. 「겉모습만 보고 판단하면 안 돼. 여자한테는 의외의 측면이 잔뜩 있으니까」라고.

그것도 시마를 가리키면서 했던 말인데, 역시 맞는 말이었다.

"시마. 먹을 것 사준 빚은 지금 당장 갚아줘야겠어. 곧 시오리가 와서 널 치료할 거야. 이 정도 대가면 싼 거라고."

그렇게 말했더니 시마는 포기한 것처럼 한숨을 쉬었다. 무릎을 꿇고 안은 상태로 허벅지 사이에 두 손을 집어넣고, 몸을 더 열심히 꼬물거리면서, 마침내 아주 작은 소리로 중얼거렸다.

"……도, 도철 님……."

"누구?"

"그러니까, 도철 님…… 나한텐 이제, 그분밖에 없어."

내가 잘못 들었나?

도철이라면, 텟짱이잖아? 아냐, 그건 말도 안 돼!

"사실은 나, 도철 님을 섬기고 싶어서 코바이치네 집을 찾아다녔거든. 가능하다면 부하보다는 연인 쪽이 더 좋지만……."

레이, 리나, 키키가 하나같이 입을 떡 벌리고 있었다. 아마 나도 같은 표정이겠지.

긴 침묵이 흘렀다.

우리는 입을 모아 물어보았다.

"······왜?"

"왜긴, 진짜 멋지잖아!"

"누가?"

"도철 님 말이야! 강하고, 늠름하고, 상냥하고, 엄청 장
난꾸러기고······ 난 이제, 도철 님만 따를 거야! 그분의 뜻
이라면 인간이랑 공존도 받아들이겠어!"

"아니, 농담하지 말고."

"농담 아니야! 진짜라고! 너희들, 다른 사람한테 말하면
그냥 안 둔다?! 여기서만 하는 얘기야! 그리고, 내가 도철
님이랑 사귈 수 있게 협력을──"

그 뒤로 시오리 일행이 올 때까지 걸즈 토크가 계속됐다.

수학여행 때, 밤에 하는 얘기가 이런 걸까 생각하며, 히
노모리 류가는 기분이 살짝 들떴다.

제3장 남겨진 우라시마 이치로

1

내가 이계에서 맞이하는 첫 번째 아침이 왔다.

하지만 이계에는 태양이 없기에 낮도 밤도 없다. 하늘은 항상 밤하늘이고, 유일하게 떠 있는 새빨간 보름달이 차고 기우는 것으로 아침, 낮, 밤을 구분하고 있다.

'뭐, 휴대전화가 있으니까 시간은 알 수 있는데…… 그나저나 시간 표시가 유난히 느리게 바뀌니까 기분이 묘하네…….'

그리고 무엇보다, 심심하다.

내가 여기에 온 뒤로 포위군 쪽에는 아무런 움직임도 없었지만, 시즈마는 열심히 경계를 서느라, 나랑은 거의 놀아주지 않았다.

이럴 줄 알고 여행 가방에 만화책을 잔뜩 담아놓았지만, 막상 가방을 열었을 때는 만화책이 몽땅 교과서와 참고서로 바뀌어 있었다.

『이치로 군에게. 만화책은 몰수합니다. 열심히 성을 지키도록! 시간이 나면 공부도 하고! 미온.』

교과서 하나에 그런 메모가 끼워져 있었다. 우리 집 차녀의 소행이었다.

대체 어디까지 엄마 속성인 거냐고. 왜 바캉스 와서까지 자율학습을 해야 하는데! 휴대전화 전파도 안 터져서 다른 오락거리도 없단 말이야!

'혼면전도 진작에 다 체크해버렸다고…… 헛수고였지만.'

아쉽게도 결국 레이다의 초는 찾아내지 못했다.

그럼 역시 궁기에게 혼을 흡수당한 건가……

옥좌에 앉아서 얼굴을 찌푸리고 그런 생각을 하고 있자니 수건으로 얼굴을 벅벅 문지르며, 도철이「알현실」로 돌아왔다.

"흐이~ 개운하다. 나리도 목욕 좀 하시지 그러십니까?"

전투 버전은 벌써 질렸는지, 나와 똑같은 비주얼로 돌아와 있다.

……참고로『나락성』의 목욕탕이란 지하에 있는 샘을 말한다.

이계에는 계절이 없어, 낮에는 따뜻하고 밤에는 조금 서늘한 게 전부다. 그러다 보니 밤이 되면 공기가 차가워 자연스럽게 따뜻한 아침에 씻게 된다.

"아니, 난 됐어. 지하까지 내려가는 것도 귀찮고."

옥좌 오른쪽 옆에 있는 방석에 앉으면서 "에~ 기분 좋은데요"라고 말하는 도철. 왼쪽 옆에 있는 방석은 혼돈 자리다. 거기가 완전히【마신】들의 제자리가 돼 버렸다.

"그러고 보니까 나리. 어젯밤에 잠이 안 와서『나락성』밖에 나가봤거든요. 정면 쪽 다리를 건너서, 시내도 조금 돌아다니다 왔습니다."

"뭐? 포위군이 있는데?"

"있었죠. 절 보고는 전부 바닥에 엎드렸습죠.『수고가 많으십니다!』라면서."

아무리 적이라고 해도, 역시 【마신】한테는 거역하지 못하는 것 같다.

너희들이 더 수고가 많을 텐데 말이야. 이 녀석은 성안에서 벌렁 드러누워서 만화책만 보고 있거든. 최신간까지 전부 다 읽었어.

"텟짱이 말하는 시내라는 게,『나락성』주위에 있는 도시를 말하는 거지? 꽤 큰 도시 같던데, 면적이 얼마나 되는 거야?"

아무래도 성 주변에 건물에 밀집돼 있고, 중심지에서 멀어질수록 농지나 목초지가 많아지는 것 같다. 시내에는 큰 길이 몇 개 있고, 그것들이 전부『나락성』으로 통하는 돌다리에 직결돼 있다.

"아마 오메이초와 비슷한 정도가 아닐까요. 한 시간쯤 걸으면 교외까지도 갈 수 있습니다. 기왕 나간 김에 삼공주네 자택들도 돌아보고 왔습니다."

듣자 하니 사도들에게는 전부 꽤 큰 집을 준다는 것 같다.

병졸 클래스는 단층집이지만, 장군 클래스쯤 되면 귀족 같은 대저택에 산다고 한다. 이계에도 격차 사회가 존재하는구나.

"장군 중에서는 유일하게 미온만 교외에 있는 단층집에 살고 있었습니다. 한마디로 시골이죠."

"그 녀석은 절약하는 성격이니까…… 거지 근성이라고도 할 수 있지만."

"그러고 보니 미온네 집에서 팬티를 가지고 왔습니다. 지난번에 하나 더 있었으면 싶다고 했었거든요. 저는 부하를 아끼는 [마신]이니까요."

"돌려놓고 와! 멋대로 뒤진 걸 들키면 아무리 [마신]이라도 그냥 안 둘 거야!"

"주리 것도 가져올까 했는데, 하나도 없었습니다. 거기서 만난 작붕도 실망했었지요."

"대체 왜 그런 곳에서 적장이랑 마주치는 건데!"

전혀 움직이는 기척이 없다 싶었더니, 설마 지휘관이 현장을 벗어났을 줄이야…….

"아, 마주친 김에 『넌 궁기가 혼을 노리지 않냐?』라고 물었더니, 『팔걸은 일곱 명 분량이면 충분하니까, 저는 면제시켜준다는 것 같습니다. 그보다 도철 님, 제발 부탁이니까 성으로 돌아가 주세요』라고 했습니다."

팬티 도둑들끼리 진지한 얘기 하지 말라고.

"괜찮으시다면 나리도 같이 산책하시렵니까? 제 행세를 하면 그냥 지나갈 수 있을 겁니다. 그러고 보니 저 포위군도 교대제인지, 천 명도 안 돼 보였습니다. 이쪽이 먼저 공격하는 것도 괜찮을 것 같은데 말이죠."

"그만두자. 공성전은 지키는 쪽이 압도적으로 유리한 법이야. 물자 걱정도 없으니까, 상황을 지켜보자."

……오늘 저녁 7시, 항상 그랬던 것처럼 혼돈이 문을 열었다.

혼돈이 능력을 쓸 수 있는 건 이틀에 한 번. 하지만 그것은 인간계에서의 시간 개념이다.

그쪽의 이틀은 이쪽의 하루. 즉 문은 매일 저녁 열린다. 그 사이에 인간계 쪽에서 대표 두 명이 상황 보고&물자를 보급해주러 오기로 했다.

그래서 식량도 갈아입을 옷도 걱정이 없다. 휴대전화도 충전할 수 있다. 시계 기능밖에 못 쓰지만.

"하아. 만화책도 다 읽었더니 심심하네요…… 류가땅, 지금쯤 뭐 하고 있으려나."

"이 시간이면 학교에 갔거나 크레바스를 찾고 있겠지."

어떤 페어로 돌고 있을까. 신선한 콤비는 짧으려나.

개인적으로 상당히 궁금하다. 하지만 더 이상 본편 파트에 개입해서는 안 된다. 코바야시 이치로 따위가 화면에 나와서는 안 되니까.

'생각해보면 매일 저녁 7시에만 연락을 할 수 있는 것도 조금 답답하네. 긴급사태에 대비한 핫라인이 있었으면 좋겠는데 말이야.'

뭔가 묘안이 없을지 생각에 잠겨 있는데, 어느새 빨간 카펫 위에 큰 대자로 누운 도철이 이리저리 데굴데굴 굴러

대며 나한테 투덜대는 소리를 했다.

"솔직히, 전 벌써 사흘이나 이쪽에 있지 않았습니까? 인간계로 환산하면 엿새 아닌가요? 저기요 나리. 오늘 밤에, 저만 인간계로 돌아가면 안 될까요?"

기각하려다가, 말하기 직전에 입을 다물었다.

'잠깐만. 그렇게 되면 텟짱을 핫라인으로 쓸 수 있을지도……?'

인간계에서 이계로 오는 거라면, 도철이 전이할 수 있다. 비상사태가 벌어지면 가르쳐주러 올 수 있다.

물론 연락을 받는다고 내가 달려갈 수 있는 건 아니다. 이쪽에 비상사태가 일어났을 때도 류가 쪽에 연락할 수는 없다.

하지만 그것도 없는 것보다는 낫겠지. 특히 「크레바스를 발견했다」는 보고는 신속하게 받을 필요가 있고. 이 녀석은 이계에 있어봤자 데굴거리기만 할 뿐이고.

"텟짱의 요망, 들어줄 수도 있는데…… 그게 가능한 거야? 너 혼자 인간계로 간다는 건, 최소한 이틀은 나랑 떨어져야 한다는 뜻인데?"

이계와 달라서, 인간계에서 【마신】이 존재하려면 그릇이 필요하다.

분명히 도철은 그릇과 따로 행동할 수 있긴 한데, 그렇게 오랫동안 떨어져 있어도 괜찮은 걸까? 과거의 경험을 생각해보면 서너 시간 정도는 멋대로 돌아다닌 적이 있기는 한데…….

"그리고 인간계에서 【마신】은, 하루 대부분을 그릇 안에서 잠들어 있잖아? 그거, 배터리 성능이 휴대전화보다 못한 거 아냐?『이치로 결핍증』에 걸리는 건 아냐?"

"이틀 정도라면야, 뭐 어떻게든…… 집에서 가만히 있기만 하면 괜찮습니다요. 게임이랑 인터넷만 하면 되니까."

"무슨 방구석 폐인이냐."

"절 인간계로 보내면 나리한테도 득 되는 게 있습니다요. 미온 몰래 만화책과 휴대용 게임기를 조달할 수 있습니다."

"…………."

"이번 주『주간 소년 선데이』도 사 올 수 있습니다."

"……좋다. 귀환을 허가한다."

도철이 기뻐하면서『예이이!』하고 엎드려 절한 순간.

"안녕하십까, 대장. 잠깐 괜찮습니까."

매 사도 제루바가 왔다. 잠깐 【마신】 쪽을 보고, 「이 사람은 왜 이러고 있는 거야?」라는 당혹스러운 표정을 짓더니, 나한테 편지 한 장을 내밀었다.

"이건?"

"조금 전까지 정문 쪽을 감시하다가 야구자랑 교대했는데 말이지. 임무 중에 적군 쪽에서 사자가 와서 그걸 주고 갔다. 같은 미온군 부대장이었던 카니바라는 자식이 보낸 서간이다."

듣자 하니 한때는 시즈마를 따랐지만, 궁기 편으로 갈아 탄 낙타형 사도라고 한다. 서간의 내용은…… 간단히 말하자면 배반 타진이었다.

『미온 장군에 충의는 이해하지만, 너도 인류와 화해 따위는 바라지 않을 것이다. 제루바여, 지금 당장 시즈마라는 꼬마를 깨우고 포박해서 작봉 님께 투항하라.』

편지를 소리 내 읽는데, 그 소리를 들은 도철이 벌떡 일어나서는 매 사도에게 헤드락을 걸었다.

"제루바아아아아! 배신한 거냐아아아!"

"아야야야! 진정하십시오 도철 님! 그럴 생각이었으면 서간을 보여드리지도 않았습니다!"

"멋대로 적과 접촉하다니, 이게 무슨 짓이냐아아아!"

"어젯밤에 성 밖에 나가서 산책하셨잖아요?! 적하고 수다 떨었잖아요?!"

"【마신】은 무슨 짓을 해도 괜찮다아아아아!"

부조리한 핑계를 대며 부대장을 괴롭혀대는 훈련병을, 내가 바로 질책했다.

"그만해, 텟짱. 제루바의 보스는 미온이잖아? 만약 이르기라도 하면 네 용돈이 삭감당할걸?"

"그, 그건 안 되지…… 제루바아아아아! 지금 그 상사의 갑질, 미온에게는 말하지 마라아아아아!"

시끄러운 도철은 내버려 두고, 나는 제루바에게 물었다.

"궁기 성격을 봤을 때 이 정도는 할 줄 알았는데…… 그래서 제루바, 넌 이쪽에 남아 있을 거지?"

"이미 대답은 했다. 『그런 시시한 이유로 도련님을 깨울
수 있겠냐 이 멍청아』라고."

흐트러진 뾰족 머리를 바로잡으면서, 제루바가 무뚝뚝
하게 보고했다.

"누님에게는 신세를 많이 졌으니까. 우리 장군이 이쪽에
붙는다면 나는 거기에 따를 뿐이야. 가이고와 야구자도 마
찬가지고."

역시 부대장 트리오는 신용할 수 있는 녀석들 같다. 이
상황에서 궁기 쪽으로 넘어가지 않을 정도면 루니에에 버
금가는 충신이다.

"그리고 우리는, 시즈마 도련님이 마음에 들었으니까.
창피한 얘기지만, 예전에 나는 그 아이에게 도전했다가 호
되게——"

"제루바아아아! 난 널 믿었다아아아아!"

매 사도의 말이 끝나기도 전에, 이번엔 도철이 베어 허
그를 걸었다.

"끄아아아악! 그냥 배신할 거어어얼!"

몸통에서 뿌득뿌득 소리를 내고, 결국에는 눈이 까뒤집
힌 채로 기절한 제루바. 안심해, 이건 미온한테 일러줄 테
니까.

그 뒤에. 나는 제루바를 어깨에 메고 뒤쪽에 있는 대기
실로 데려가서 눕혀줬다.

오늘 밤에 도철이 인간계로 돌아간다는 얘기를 해줬더니 엄청나게 좋아했다.

2

그 뒤로 얼렁뚱땅하는 사이에 저녁 7시가 됐다.

나와 도철과 시그마, 그리고 제루바가 모여 있는 「알현실」에서 도철이 문을 열어줬다.

'자…… 저쪽 상황은 어떻게 됐으려나. 설마 벌써 크레바스를 찾아낸 건 아니겠지? 찾기 시작한 지 벌써 나흘째지만…….'

나로서는 너무 간단히 발견해도 곤란하다.

왜냐하면, 이 크레바스 수색에는 류가를 비롯한 메인 캐릭터들의 교류라는 의미도 담겨 있으니까.

최종 결전을 앞두고 사이를 다지면서, 「다양한 조합에 의한 다양한 에피소드」를 보여줬으면 싶다. 내가 엮이지 않는 데서.

'처음에는 어떤 페어가 오려나? 쿠로가메와 키키의 『시끄러운 콤비』도 재미있겠네. 아니면 아오가사키 선배와 주리의 『GI포(가슴 사이즈 톱)』이라든지?'

두근두근하면서 기다리고 있자 문 너머에서 류가가 뛰어 들어오더니 그대로 날 덥석 끌어안았다.

"오랜만이야 이치로~! 이틀이나 못 만나서 너무 쓸쓸했어~!"

내 가슴에 얼굴을 묻고 볼을 비벼대는 주인공. 아니, 여기서는 이틀이 아니라 겨우 하루였는데 말이야. 이틀이라고 해도 그렇게 오랜만도 아닌데 말이야.

"자, 머리 쓰다듬어줘! 어깨 안아줘! 볼에 쪽 해줘! 시간이 30분밖에 없으니까, 효율적으로 알콩달콩 할래!"

"이, 일단 떨어져, 류가! 나, 목욕도 안 했다고!"

남들 눈도 꺼리지 않고 응석을 부리는 『용신의 계승자』를 어떻게든 떼어내려고 하는데.

"이치로 군, 공부는 잘하고 있어?"

이어서 미온이 두 손 가득 짐을 잔뜩 들고 건너왔다. 아마 갈아입을 옷과 식료품 같은 것들을 가지고 왔겠지.

······류가와 미온 페어인가. 나쁘지 않은 조합이군.

우리 집 차녀는 아오가사키 선배와 라이벌 관계다. 삼공주를 이끄는 역할이니까, 한 번쯤 주인공과 엮이는 에피소드가 있는 것도 좋겠지.

"오, 수고했어. 크레바스 수색은 어때?"

내가 묻자 미온이 제루바한테 짐을 넘기면서 어깨를 으쓱했다.

"생각했던 대로 쉽게 보이진 않네. 내일부터는 수색 범위를 넓힐 생각이야······ 아 맞아, 하나 보고할 게 있어. 크레바스 대신 시마를 발견했어."

"뭐, 그 녀석을 찾았다고?"

그건 좋은 소식이다. 완전히 잊고 있었는데, 그 치타 사도도 수색 대상이었다.

시마도 궁기가 슈의 먹이로 삼으려고 노리고 있었으니까. 폐공장 싸움에서 엉망이 돼버려서 안부가 걱정됐었는데…… 찾았다니 다행이다.

시즈마한테 초코볼 상자를 세 개 주면서, 미온이 계속 보고했다.

"시마는 이치로 군네 집에서 쉬고 있어. 상처는 다 나았지만, 영양실조는 치유의 능력으로 고칠 수 없으니까. 그래서 우리도 이치로 군네 있어."

"아, 그래, 그렇구나. 마음대로 써도 괜찮아."

은근슬쩍 우리 집에서 사는 걸 정당화한 백로 소녀를 보며, 나는 남몰래 감탄했다.

그런 이유라면 류가네도 불만은 없겠지. 바로 며칠 전까지 궁기의 부하였던 치타 사도를, 아무리 그대로 메인 캐릭터네 집에 묵게 할 수는 없으니까.

"이렇게 된 김에, 그냥 이치로 군네 집에 눌러살까."

"그건 안 돼! 여자랑 동거라니, 이 히노모리 류가가 용서 못 합니다! 집에 있어도 되는 건 이치로가 돌아올 때 까지만이야!"

류가가 곧장 반대했다.

미온은 답답한 듯 탄식을 흘리더니 찰싹 붙어 있는 우리를 흘겨봤다. 기분 탓인지 약간 발끈한 것처럼 보였다.

"저기 류가, 인제 그만 떨어지지 그래. 보고는 나한테 다 시켜놓고, 자기는 재미 보고…… 그거, 네 나쁜 점이라고?"

지극히 정당한 설교였지만, 그 속에서 미묘하게 위화감이 느껴졌다.

'지금……『류가』라고 불렀지?'

내가 기억하는 한, 미온은 류가를 「히노모리」나 「히노모리 류가」 등, 거리를 두는 호칭으로 불렀다. 물론 다른 사신에게도 그랬고.

예외적으로 엘미라만 이름으로 불렀지만, 그건 서양식 이름이라서 그랬겠지. 나도 흡혈귀 소녀만은 이름으로 부르니까.

'벌써 뭔가 친해지게 되는 에피소드가 있었던 건가? 생각해보면 이 츤데레 사도는 비교적 쉽게 넘어가는 경향이 있으니까…….'

그랬더니 이번에는 류가가 말했다. 위화감 정도가 문제가 아닌 한 마디를.

"아하하. 질투하지 마, 미오."

세상에! 별명이라고?!

제루바도 깜짝 놀라고 있었다.

"벼, 별로 질투하는 거 아니거든!"

"혹시 낮에 내가 공주님처럼 안아준 것 때문에 가슴이 찡했어? 하지만 안 됐네요, 류가는 여자랍니다."

"나도 알아! 어제 목욕탕에서 확인했으니까! 서로 씻어

줬잖아!"

잠깐만 기다려봐 너희들! 아무리 그래도 너무 친해진 거아냐? 대체 요 며칠 동안 무슨 일이 있었던 거야?!

"이치로는 모르겠지만, 미오는 벗으면 정말 엄청나. 옷입으면 말라 보이는 타입이었어."

"그, 그만 하라니까 류가. 그리고 바니걸 의상은 절대로 안 입을 거야!"

그러니까 대체 어쩌다 그렇게 된 거냐고! 그 에피소드를 처음부터 설명해줘!

'아무리 그래도 여기까지는 예상하지 못했는데…… 그나저나 너희들, 크레바스 수색은 제대로 하는 거지? 본래 목적을 잊어버린 건 아니지?'

내가 이렇게 되도록 꾸미기는 했지만, 왠지 답답한 기분이다.

이 감각은 그거다. 애니메이션이나 드라마에서 한 화만 놓쳤을 뿐인데 캐릭터들의 관계성이 달라져서 「지난번에 대체 무슨 일이 있었던 거야」라고 곤혹스러워지는 현상이다.

무엇보다 가장 큰 문제는 이 이야기가 리얼 드라마라는 점이다. 나중에 DVD나 블루레이로 다시 볼 수가 없다. 재방송도 VOD도 없다.

"저, 저기 말이야 너희 둘. 그쪽에서 일어났던 일들을, 가능한 한 자세히 가르쳐줬으면 싶은데."

"그것보다 이치로, 이쪽은 어땠어?"

"맞아. 적의 습격은 없었어? 궁기 님이나 슈는 나타나지 않았고?"

"그래, 평화로웠어. 그보다 너희가 같이 목욕하게 된 경위를……."

내가 필사적으로 에피소드를 확인하려고 했더니.

"류가땅! 나도 껴안아 줘! 난 목욕 확실하게 했으니까!"

도철이 맹렬하게 뛰어와서 이쪽으로 다이빙했다.

하지만 류가가 바로 펄쩍 뛰어서 피한 탓에, 나만 【마신】한테 깔리는 결과가 벌어졌다. 도철 메테오 다이브, 또 실패.

"왜, 왜 피하는 거야 류가땅! 나랑도 알콩달콩 해줘!"

"안 돼. 도철하고 그런 짓을 하면 시마가 화내니까."

"뭐? 시마? 왜 걔가 화를 내는데?"

멍하니 있는 도철을 무시하고, 류가와 미온이 뭔가 소곤소곤 이야기를 시작했다.

"저기 미오. 시마는 정말로 텟짱을 좋아하는 걸까……."

"그 녀석은 불량배 같은 성격이라서, 거친 남자를 좋아하는 게 아닐까? 도철 님이 태생은 고귀하지만, 성장 과정은 한없이 비속하니까."

"뭐야, 주인한테 그런 말을 해도 되는 거야?"

"물론 비밀이지. 류가, 너니까 솔직하게 말하는 거야."

젠장, 무지무지 친해져서 날 빼놓고 여자들끼리만 얘기하다니…… 어떻게 해야 그렇게까지 친해지는 거냐고! 겨우 한 화만 못 봤을 뿐인데!

그 뒤에도 어떻게든 자세한 얘기를 들어보려고 했지만, 시간이 너무 빨리 가서 벌써 제한 시간이 다 됐다.

문 너머에 있는 쿄카와 얘기하던 혼돈이 이쪽을 보면서 말했다.

"어이 너희들, 슬슬 문 닫힐 때 됐다. 빨리 안 가면 이틀 동안 여기 있어야 해."

그 말을 들은 류가가 낙담한 것처럼 탄식했다.

"하아, 벌써 시간이 다 됐나…… 이치로한테 더 응석 부리고 싶었는데."

"넌 차라리 다행이지. 난 거의 하지도 못했잖아."

"왜 미오가 그러는 건데?! 이치로 여자 친구는 나거든!"

"그래, 알았어. 열심히 우겨봐. 그럼 달링, 일주일 뒤에 또 봐."

"달링은 또 뭐야?! 거기서, 미오! 설명하라고!"

류가가 뒤에서 끌어안았지만 무시하고 문 쪽으로 걸어가는 백로 소녀. 끝까지 아주 재미있으십니다, 두 분.

"기, 기다려 류가땅! 나도 돌아갈 거니까! 그럼 나리, 이틀 뒤에 다시 오겠습니다요! 이쪽 시간으로 따지면 내일까지 오겠습니다! 만화책이랑 휴대용 게임기 가지고!"

류가&미온에 이어서 도철도 황급히 문으로 들어간 순간. 게이트가 휙, 하고 사라졌다.

조금 전까지 떠들썩했던 게 거짓말이라도 되는 것처럼,

주위에 정석이 감돌았다. 뒤쪽 대기실로 갔던 제루바가 "짐, 저쪽에 놔두고 왔습니다"라고 말했다.

'결국 그 녀석들한테 무슨 일이 있었는지는 못 들었네…… 무지무지 궁금한데…….'

어깨를 축 늘어트린 내 옆에서, 어째선지 시즈마도 어깨가 축 처져 있었다.

류가와 거의 얘기도 못 했다고 풀이 죽었을까? 라고 생각했더니, 아들은 깊은 한숨과 함께 초연하게 중얼거렸다.

"왠지 그럴 것 같기는 했지만…… 역시 류가 씨, 아버님을 좋아하셨구나…… 당연한 일이지, 아버님은 나보다 몇 배나 멋지니까……."

결국에는 알현실 한쪽 구석으로 가서 쭈그리고 앉은 시즈마를, 내가 열심히 달래주는 꼴이 됐다.

——괜찮아. 아빠는 류가한테 어울리지 않으니까.

——널 위해서라도 재혼(?)은 안 할 테니까.

——애당초 난 하나도 안 멋있으니까. 총사령관도 아니니까—— 라고.

사춘기 아이를 둔 부모의 마음고생을 잘 알게 된 것 같은 기분이 들었다.

우리 아이는 아직 생후 4개월 정도밖에 안 됐지만.

3

"오랜만임네다 이치로성! 잘 지내셨습네까?"

"시쥬마, 누나가 와쭙니다!"

다음 날 저녁 7시.

또 혼돈이 문을 열자마자 촌티 나는 말투의 미소녀와 혀 짧은 소리의 바가지 머리 꼬마가 앞다퉈서 뛰어 들어왔다. 말할 필요도 없이 톳코(유키미야)와 키키였다.

'오늘은 이 두 사람인가…….'

이것도 흥미로운 조합이다. 이 두 사람을 한 번에 챙겨 야 한다니, 유키미야가 엄청나게 힘들지 않았을까.

"먼저 시쥬마한테 보고임다! 이번 주『스펙터클 맨』에 이럴 수가, 지저 괴수 벨베른 2세가 나타났쭙니다! 1세보 다 혓바닥이 김니다!"

"그, 그렇군요…… 벨베른은 역시 인기가 좋구나."

"시즈마 군, 다시 한번 인사 합세다! 내레【마신】도올이 라요! 편하게 톳코라고 부르시라요!"

"아, 예. 알겠습니다, 톳코 님. 앞으로 잘 부탁드리겠습 니다……."

바로 두 사람한테 붙잡혀서 열심히 대응하는 시즈마. 실연에서 의외로 빨리 회복한 건, 역시 아직 어려서 그런 걸까.

……보고에 의하면 크레바스 수색은 역시나 난항 중이 라고 한다.

매일 콤비를 바꿔서 밤 10시까지 돌아다니고 있다는 것

같지만, 전혀 찾을 기미가 보이지 않는다는 것 같다. 수색을
시작한 지도 인간계 시간으로 엿새…… 벌써 일주일이다.

'한마디로 그만큼, 메인 캐릭터들이 다양한 페어로 엮이
고 있다는 뜻이겠지…… 그걸 감수하지 못하는 게 괴롭기
는 하지만.'

그때, 시즈마한테 「이번 주의 스펙터클 맨」 이야기를 다
해준 에조 늑대 사도가, 갑자기 생각났다는 것처럼 탁, 하
고 손바닥을 쳤다.

"맞다, 이치로 남작. 보고할 게 있쭙니다."

"뭐, 뭔데? 사소한 일이라도 좋으니까, 최대한 자세히
가르쳐줘. 누구랑 누가 친해졌다든지, 아니면 싸웠다든지,
뭐든——"

"우리 집에 군식구가 늘어쭙니다."

잡아먹을 기세로 물어봤지만, 그 내용을 듣고 바로 실망
했다. 뭐야, 치타 사도 얘기잖아.

"아, 시마 얘기라면 이미 들었어. 우리 집에 있지?"

"그렇쭙니다. 완전히 건강해져서, 크레바스 수색 반에도
들어가게 해쭙니다. 다들 의욕이 넘침미다."

"그렇구나. 그거 다행…… 응? 다들?"

"시마랑, 그 부하 스무 명임미다. 그래서 우리 집은 지금
합숙소가 돼쭙니다."

"군식구가 그거였냐! 전부 쳐들어오지 말란 말이야!"

시마를 따라서 궁기 진영을 이탈한 부하들이 전부 우리

집에 있다는 얘기잖아?!

"덕분에 식비가 아주 난리가 나쪘니다."

"당연하지! 그걸 어떻게 다 먹여 살려!"

우리 집이 엄청난 상태가 돼버렸다. 설마 인간계를 비워둔 대가가 이런 식으로 돌아올 줄이야! 가계에 직격탄을 맞을 줄이야!

난 정말로, 이대로 이계에 있어도 되는 걸까? 이 생각은 정말로…… 최선의 대처법이었을까?

지금 당장 문 너머로 뛰어들고 싶은 충동에 사로잡혔을 때, 갑자기 유키미야가 "코바야시 씨. 그 건에 대해서 말인데요……"라고 했다. 어느새 톳코와 교대한 것 같다.

"안심하세요. 미온과 주리랑도 얘기해서, 시마와 그 부하들은 유키미야 가로 모시기로 했어요."

"어?"

"스무 명이 코바야시 씨 댁에서 사는 건 사실상 불가능하니까요…… 생활비도 그렇고."

지당하신 말씀입니다. 하지만 그건 유키미야네 집도 마찬가지 아닌가?

그야 우리 집이랑 비교하면 경제력이 수천 배는 되겠지만, 스무 명씩이나 되면 식비도 엄청나게 든다. 그걸 그냥 떠맡겨도 되는 걸까…….

"사실은 이번에, 그 사도 스무 명을 경비원으로 고용하기로 했어요."

"겨, 경비원?"

목소리가 갈라진 나한테, 싱긋 웃으면서 "예, 경비원이요"라고 말하는 유키미야.

"코바야시 씨도 알고 계시듯, 집이 조금 넓어서…… 집밖에 나가는 데도 자동차가 필요할 정도니까요."

알고 있습니다. 그쪽 집은「조금 넓은」수준이 아니니까. 집 마당 안에 번지수가 여러 개 있는 사유지는 처음 봤으니까.

"그래서 부모님이, 숙식으로 일하는 경비원을 고용하시기로 했어요. 마침 부지 안에 전용 숙소도 세워놨고, 스무 명 정도 구인 공고를 내려던 참이었으니까요."

"그 스무 명에, 사도를 채용한다고……?"

"예. 실력은 보증된, 어떤 의미에서 보면 현역이니까요. 아마도 인간보다 믿음직할 거예요."

……이건 이것대로 생각지도 못한 전개였다.

내가 없는 사이에 유키미야네 집이 제2의「메종 나락」이 돼가고 있었다.

"다만, 시마는 거절했어요. 아무래도 시마는 도철 씨 곁에서 떨어지고 싶지 않은 것 같아서…… 삼공주도 곤란해 하고 있어요."

"시마는 틈만 나면 도철 남작한테 붙어 이쭙니다. 그래서 도철 남작도 짜증 내고 이쭙니다. 게임에 집중할 수 없다고."

161

그러고 보니 도철, 그 치타 사도랑 플래그를 세웠었지.

시마는 슈의 공격에서 자기를 지켜준 도철에게 캐릭터가 변해버릴 정도로 반해버렸다. 어제 류가와 미온이 소곤소곤 말했던 이야기가 그런 내용이었다.

"그런데 오늘, 그 문제도 해결됐어요. 도철 씨가 『유키미야 가문에서 일하도록 하라』는 명령을 해서 시마도 저희 집에서 일하겠다고, 어쩔 수 없다는 느낌이기는 했지만 승낙하셨어요."

아무리 생각해도 귀찮아서 치워버린 것 같은데, 나로서도 잘된 일이다. 주로 재정적으로 잘된 일이다.

"일단 시마한테는 제 전속 메이드를 맡기기로 했습니다. 나중에는 세바스찬과 함께 저와 톳코를 도와줬으면 싶어서요."

그 거친 흑갸루가 메이드 일을 할 수 있을까…… 뭐, 전에 타줬던 커피는 맛있었지만.

"괜찮쯥니다. 미온 정도는 아니지만, 그래 보여도 시마가 집안일을 잘 함미다. 틀림없이 우수한 메이드가 될 검미다."

빨간 카펫 위에서 뒹굴며, 키키가 낙천적인 코멘트를 했다. 어느새 도화지를 꺼내서 시즈마랑 같이 그림을 그리고 있었다.

'역시 인간계 정세는 시시각각 달라지고 있어. 나는 스토리 플래너면서도 그걸 사후보고로만 확인할 수 있고……

이계에 있는 한은.'

　생각지도 못한 딜레마였다.

　지금 상황은 「친구 캐릭터」로서는 좋은 상황이다. 하지만 「스토리 플래너」로서는 좋지 않다. 나는 이대로── 본편을 몇 편이나 계속 놓쳐버려도 되는 걸까?

　갈등하는 나한테, 『축명의 무녀』가 자세를 살짝 바로잡고 말했다.

　"그렇게 됐으니까 코바야시 씨. 만장 시마와 그 휘하 스무명── 이들과 함께 『신생 톳코군』을 일으켜볼까 합니다."

　유키미야 그룹, 결국 사설 군대까지 보유하고 말았다. 그것도 『나락의 사도』로 구성된.

　"인간을 지키는 사도 조직…… 훌륭하지 않은가요? 그들의 존재는 틀림없이 인류와 사도가 서로 이해하는 데 있어 크나큰 한 걸음이 되겠죠."

　기분 탓인지 유키미야가 콧김을 거칠게 내뿜고 있다. 의외로 남자다운 성격이 이상한 형태로 표출되고 있다.

　"언젠가 세바스찬도 돌아오면, 저희 군은 더더욱 반석이 되겠죠. 유키미야 그룹이 세계를 장악하는 것도 꿈이 아닐 거예요."

　그만둬! 인제 와서 갑자기 마지막 보스 플래그를 세우지 말라고! 이 이야기에서 제4부는 이미 없어졌으니까!

　"더 나아가서는 이계 쪽에도 인프라를 정비해서, 보다 살기 좋게 만들도록 하겠습니다. 물론 저희 유키미야 그룹에서 협력해서요. 아니, 독점하도록 하겠어요."

새로운 사업까지 전개하지 마! 따듯한 물이 나오는 건 조금 기대되지만!

결국에는 벌떡 일어나서「지크 유키미야!」소리까지 하는 시오리 각하를 보고, 키키와 시즈마도 완전히 질려버렸다. 당연히 나도 질려버렸고.

"괜찮으시다면, 시즈마 군도 장래에 저희 군에 들어오지 않으시겠어요? 환영할게요."

"아, 아뇨. 저는 장래에 지방 공무원이 될 생각이라⋯⋯."

유키미야, '우리 군'이라고 하지 마. 우리 아이를 헤드헌팅 하지 말고.

그리고 시즈마, 아직 어린데 너무 견실한 거 아냐? 엘미라는 너를 모 아이돌 소속사에 들여보내고 싶다고 했었는데.

내가 씁쓸한 표정을 짓고 있자 그림을 그리고 있던 키키가 벌떡 일어났다.

"그런데 유키미야 선배, 전에 약속했던『그 물건』은 가지고 오셨쭙니까?"

"예. 비매품 소프트 비닐 인형, 전광 괴수 피카루볼 말이죠?"

전광 괴수 피카루볼. 그것은 스펙터클 만에 딱 한 번 등장한, 유난히 조명 장식이 요란한 괴수다. 소프트 비닐 인형도 아예 상품화가 안 됐다.

하지만 소프트 비닐 인형 자체는 존재했다. 그리고 유키미야는 그 환상의 피카루볼을 가지고 있었다. 그『스펙터클맨』의 메인 스폰서가── 유키미야 그룹이기 때문이었다.

"그, 그렇쭙니다! 피카루볼임미다! 정말 받아도 되겠쭙니까?"

"물론이죠. 저쪽에 두고 온 가방에 있으니까, 돌아가면 드리도록 할게요."

"고맙쭙니다! 지크 유키미야!"

완전 신이 나서, 큰 소리로 유키미야 가문을 찬양하는 에조 늑대 사도. 톳코 군으로 이적해버릴 기세였다.

"조금 전에 말했던 벨베른 2세도, 한정판으로 딱 열 개만 만들었다는 것 같아요. 그것도 하나 받을 수 있대요."

"베, 벨베른 2세?! 그걸 가지고 있는 사람은, 마니아 중에 마니아임미다……!"

"만약 손에 들어오면 키키한테 드릴게요. 저는 가지고 있어봤자 소용이 없으니까."

"지크 유키미야! 지크 유키미야!"

현재 에조 늑대 사도는 유키미야한테 완전히 심취해버렸다.

이 이야기를 여기서 들어 다행이다. 사연도 모르는 상황에서 키키가「지크 유키미야!」같은 소리를 했다면, 내 혼란은 절정에 달해버렸을 테니까.

"코바야시 씨. 크레바스는 끈기 있게 찾을 테니까, 당분간 참아 주세요. 수색대가 스물한 명이나 늘어났으니까, 가까운 시일 내에 좋은 소식을 전해드릴 수 있을 거예요."

"응, 잘 부탁할게."

"…………."

어째선지 유키미야가 날 빤히 쳐다봤다.

"믿고 있어 유키미야. 시마랑 사도들도 잘 부탁해."

"…………."

그러자 유키미야가 도리도리 고개를 저었다. 「제가 듣고 싶은 말은 그런 게 아닙니다」라는 의사가 눈빛을 통해 날아왔다. 설마…… 저걸 나보고 하라고?

"지, 지크 유키미야……."

어쩔 수 없이 그 말을 추가했더니, 유키미야는 만족스레 "예, 맡겨만 주세요"라면서 가슴을 활짝 펴 보였다.

……그렇게 해서, 제한 시간 30분이 다 지났다.

유키미야와 키키는 인간계로 돌아갔다. 처음 인사할 때와 마지막에 5분 정도만 나왔던 톳코가 「오랜만에 성에 왔는데」라며 아쉬워했다.

'그러고 보니 텟짱은 어떻게 된 거야? 한 번도 안 보이던데.'

그런 생각을 하고 있는데. 문이 닫히기 직전에 도철이 이리로 넘어왔다. 항상 그랬던 것처럼 문 앞에서 쿄카와 얘기하고 있던 혼돈의 어깨에 기대며.

"나리, 역시 이틀이나 그릇에서 떨어져 있는 건 힘들었습니다…… 아주 죽겠습니다요."

도철의 안색이 이상할 정도로 안 좋았다. 다리도 후들거리고 있었다. 눈 밑에 다크서클이 있는 건 쇠약해진 탓일까. 아니면 밤새 게임을 한 탓일까.

"더 떨어져 있으면 큰일 날 것 같으니까, 이대로 이계에 머물겠습니다. 하루만 푹 자면 회복될 것 같으니까요……."

아무래도 핫라인으로 활용하는 건 무리였던 것 같다. 뭐, 약속대로 만화와 휴대용 게임기와 『소년 선데이』를 가지고 왔으니까 이걸로 만족하는 수밖에.

옥좌 앞에 이불을 깔고 잠옷으로 갈아입으면서, 도철이 계속 투덜거렸다.

"하아, 불량배 여자는 끈질기게 달라붙고, 정말 고생했습니다…… 제가 기력이 없다는 걸 알자마자 절 덮치려고 했다니까요……."

역시 시마는 도철한테 반한 것 같다. 시마가 위험할 때, 계장 사이힐도 같이 도와줬는데…… 그 장수풍뎅이 사도한테 왠지 미안하네.

"게다가 얼굴에 가슴을 들이대고, 귓불을 빨아대고, 그러다가 게임기 코드를 뽑아버리고…… 그 치타, 괜히 구해줬습니다요."

너까지 그런 러브 코미디를 벌이다 온 거냐. 코바야시 이치로가 없는 인간계에서.

최종장의 진행 상황이 점점 더 불안해졌다.

4

이계에 온 지 사흘째. 나는 나날이 인간계의 상황이 더 궁금해지고 있었다.

크레바스를 찾는 과정에서 발생하는 메인 캐릭터들의 교류…… 그 발상 자체는 잘못되지 않았을 것이다. 「류가&미온의 목욕 장면」이라는 서비스 편은 여러분도 상당히 기뻐하셨겠지. 하지만.

'그걸 사후보고로 들어야만 한다는 게, 이렇게 답답할 줄이야…….'

나는 지금까지 이야기의 사정을 거의 파악해왔다. 칭찬받을 일은 아니지만, 스토리에 가장 정통한 인물이었다.

하지만 지금은 아니다. 「목욕 이벤트」도 「시마 가입 이벤트」도, 전부 놓치고 말았다.

이러고 있는 사이에도 인간계에서는 다양한 에피소드들이 전개되고 있다. 간신히 「지크 유키미야 이벤트」는 볼 수 있었지만, 그건 딱히 못 봐도 되는 이벤트였다.

'완전히 우라시마 타로*가 된 기분이야. 누가 정리 블로그라도 작성해주지 않을까…… 있다고 해도 인터넷이 안 돼서 못 보지만.'

---

*일본 옛날이야기의 주인공. 용궁에서 며칠 동안 있다가 왔더니 바깥 세상에서는 300년이 지났다고 한다.

답답함만 늘어나는 와중에 오늘도 저녁 7시가 찾아왔고, 문에서 두 사람이 나타났다.

"시즈마, 엄마가 왔어요. 자, 안아보게 해주세요."

"수고가 많으십니다, 이치로 님. 이상은 없으신가요?"

이번 보고 멤버는 엘미라와 주리였다.

날 무시하고 시즈마한테 달려가는『상암의 혈족』. 엘미라가 그러거나 말거나 프린트 용지 다발을 나한테 내미는 킹코브라 사도.

"저기 주리, 이건……."

"오늘까지 나온 숙제입니다. 계속 학교를 쉬고 계시니까, 숙제만이라도 해 두세요."

그렇게 말하면서 싱긋 미소를 지은 주리의 얼굴은 헤비즈카 선생님의 얼굴이었다.

참고로 주리의 세뇌술 덕분에 선생님이나 반 친구들은「내가 장기 결석 중이다」는 사실 자체를 인식하지 못하고 있다는 것 같다. 여전히 학교에 나오는 줄 알고 있단다.

"너도 그렇고 미온도 그렇고, 이상한 데서 성실하다니까…… 그런데, 크레바스 수색 쪽은 어때? 시마 일행도 도와주고 있다며?"

"아쉽게도 아직 발견하지는 못했습니다. 슬슬 오메이초 이외의 지역까지 가봐야 하는 게 아니냐는 의견이 어제 전체 회의에서 나왔습니다."

약간 실망했다.

이대로 계속 크레바스를 찾지 못한다면, 최종적으로 한 쿨 정도를 놓치게 될 우려가 있다. 역시 부대장 트리오도 수색 반으로 보내야 하려나…….

"시즈마한테 들었습니다만, 이쪽에서도 여전히 움직임이 없다고요?"

아들의 손을 잡고, 엘미라도 이쪽으로 다가왔다.

자세히 보니 시즈마가 목에 직접 짠 목도리를 두르고 있었다. 이계의 밤은 춥다면서, 엘미라가 밤마다 열심히 짰다는 모양이다.

"인간계에서도 전혀 나타나지 않고, 【마신】 궁기는 대체 무슨 생각인 걸까요? 저희가 크레바스를 찾아다니고 있다는 걸, 분명히 알아차렸을 텐데 말이죠."

"엘미라 말대로 궁기 님께는 뭔가 생각이 있는 것인지도 모릅니다. 조심하는 쪽이 좋겠죠."

주리의 말에 고개를 끄덕이면서도, 마음속으로는 안도하고 있었다.

다행이다. 주리는 지금까지랑 똑같이 「엘미라」라고 불렀다. 만약에 「엘」이나 「에루룽」이나 「에짱」 같은 호칭으로 부르면 어떻게 하나 싶었는데.

"코바야시 이치로. 미안하지만 조금만 더 『나락성』을 부탁할게요. ……자, 그건 그렇다 치고."

갑자기 흡혈귀 소녀가 나한테 유리병을 내밀었다.

꿀이었다. 라벨에 아카시아라고 적혀 있는 비싸 보이는

물건이었다.

"응? 뭐야 이거?"

"선물이에요. 제 고향의."

"이런 타이밍에 귀성하지 말라고!"

소리 지른 나한테, 엘미라가 의외라는 것처럼 반론했다.

"귀향한 게 아니에요. 할머니께서 일본에 놀러 오셨다고요."

"어느 쪽이건 배드 타이밍이야! 안 그래도 우라시마가 된 기분인데, 본 적도 없는 캐릭터를 등장시키지 말라고!"

엘미라가 말하는 할머니란, 한마디로 조모님을 말한다. 당연히 흡혈귀고 나이는 이미 백 살이 넘으셨다던가. 선대 【주작】 계승자인지도 모른다.

"할머니가 아쉬워했어요. 코바야시 이치로를 만나고 싶었다고 말이죠. 증손자 시즈마도 만나고 싶었다면서."

그렇게 말하면 내가 엘미라 남편인 것 같잖아.

아닙니다, 할머니. 그냥 형식적인 그럴듯한 관계일 뿐입니다. 당신이 시즈마의 증조할머니가 될 수는 있지만, 제 처조모는 아닙니다.

"시즈마의 영상 편지를 보여드렸더니, 『정말 귀여운 아이구나』라면서 흐뭇한 표정을 지으셨어요. 하는 김에 코바야시 이치로의 사진을 보여드렸더니, 『정말 흔하게 생긴 아이구나』라면서 눈이 휘둥그레지셨죠."

날 흔하게 생겼다고 평가하다니…… 꽤 보는 눈이 있는

데. 왠지 뵙고 싶어졌다.

어쨌거나 할머니는 이미 동유럽으로 돌아가셨다고 하니, 일단 다행이라고 해야겠지. 내가 없는 동안에 새로운 캐릭터가 등장한 건 크게 유감이지만.

그런데 그때.

엘미라가 주리에게 아주 놀랄만한 이야기를 꺼냈다.

"그러고 보니 주리. 라이언은 어떻게 됐나요?"

──할머니로 끝난 게 아니었어! 또 뭔가 새로운 캐릭터가 있었다니!

누군데 라이언! 엘미라네 친척이야?! 아니면 사도야?! 혹시 새로운 전학생 캐릭터야?!

"그 뒤로 못 봤어. 참 곤란하다니까, 라이언."

주리도 라이언을 알고 있는 것 같다. 설마 친구 캐릭터는 아니겠지……?! 돌아갔더니 누가 내 포지션을 차지하고 있는 건 아니겠지?!

'이름을 보면 미국 사람?! 이미 내 안에서는 일본 문화에 관심이 많은, 여성에 대해 유난히 개방적인, 캘리포니아 출신의 밝은 캐릭터라는 이미지가 정착돼가고 있어!'

아마도 성조기 무늬 셔츠를 입었겠지. 금발에 체격이 좋고 엉덩이 턱이다. 그리고 틈만 나면 아메리칸 조크를 날려댈 게 틀림없다. 아버지는 군인일 테고.

난 인정 못 해. 그렇게 캐릭터가 강한 녀석이 친구 캐릭터 노릇을 할 수 있겠어? 이 포지션은 흔하게 생긴 사람만

해야 하는 거라고!

"두 사람, 제발 부탁할게. 그 라이언 존즈에 대해 자세히 가르쳐줘!"

눈에 핏발까지 세우며 소리친 나를 의아하다는 얼굴로 쳐다보는『상암의 혈족』과 킹코브라 사도.

"라이언에 대해 알아서 뭘 어쩌겠다는 건가요?"

"이치로 님. 라이언은 너무 신경 쓰지 마세요."

"라이벌이 신경 쓰이는 건 당연한 일이잖아! 그 녀석, 류가하고도 교류하고 있어?"

"어…… 주리, 어떤가요?"

"히노모리 류가는 라이언보다 오히려 알렉스랑 잘 놀았던 것 같은데."

아악, 또 나왔잖아! 새 캐릭터 러시가 멈추질 않아!

이럴 수가 있는 거야? 이야기에서 조금 빠져 있는 사이에 할머니, 라이언, 알렉스 3연타가 날아올 수가 있는 거냐고? 벌써 최종장이라고! 그런 녀석들하고 엮일 시간 없단 말이야!

엄청난 소외감에 사로잡혀 있는 나를 보며, 어째선지 엘미라와 주리가 나란히 씁쓸한 미소를 지었다.

"그나저나 코바야시 이치로. 당신은 여전히 기묘한 사람이군요. 강아지를 라이벌로 여기다니."

"라이언과 알렉스는 최근 들어 오메이 고등학교에 눌러살기 시작한 주인 없는 강아지예요. 히노모리 류가는 물론이고 전교생의 사랑을 받고 있죠."

'개'라고?

듣자 하니 이름에 어울리지 않는 국산 잡종견이라는 것 같다. 아마도 형제인 것 같고.

둘 다 사람을 잘 따르고, 학교 건물에는 절대로 들어가지 않는 똑똑한 아이들이란다. 선생님들한테도 인기가 좋아서, 새 학생회장 미야모토 치즈루 양이 학교에서 기를 수 있게 손을 썼다는 것 같다.

'뭐야, 괜히 겁먹었네…… 골든레트리버나 도베르만이라면 모를까, 설마 잡종개한테 농락당할 줄이야…….'

하지만 「할머니 이벤트」를 놓쳐버린 것도 사실이다. 이 계에 있는 이상, 나는 점점 인간계의 사정에 어두워져만 간다.

이것이 「바깥 무대에서 모습을 감춘다」는 것── 생각보다 많은 스트레스가 쌓인다.

……그리고 눈 깜박할 사이에 30분이 지나, 엘미라와 주리가 돌아갈 준비를 시작했다.

"시즈마. 절대로 무리하면 안 돼요. 건강 잘 챙기고 아침, 점심, 저녁마다 꼭 아빠 피를 먹어야 합니다."

"예, 어머님."

흡혈귀 모녀가 한 번 더 포옹하는 중, 허겁지겁 달려오는 발소리가 들려오더니 갑옷을 입은 중보병이 「알현실」로 뛰어 들어왔다.

"오오! 이 기척, 역시나 여왕님이셨습니까!"

기린형 사도 가이고였다. 잠시 교대하고 왔겠지. 자기 상사를 보고 너무 기뻐하며 단숨에 달려왔다. 하지만.

바로 앞까지 다가온 충신의 뺨을, 주리가 갑자기 짜악! 하고 때렸다.

"흐억!"

"수고가 많아 가이고. 임무를 잘 수행하고 있는 것 같네. 역시 내 오른팔이야."

치하의 말과 함께 또다시 가이고의 뺨을 때리는 킹코브라 사도. 말과 행동이 정반대인 것 같은데.

"옛! 칭찬해주셔서 황송할 따름입니다! 게다가 상까지 주시다니, 몸 둘 바를 모르겠습니다!"

하지만 가이고는 유난히 기뻐하며, 눈을 반짝이고 콧김까지 풍풍 내뿜었다.

……그랬지. 이 기린 사도, 마조히스트였어. 새끼발가락을 옥좌에 부딪쳤을 때도 괴로워하면서 웃었었지.

"가이고. 궁기 님을 쓰러트리면 내 팬티를 수여하겠어. 작붕조차도 손에 넣지 못했던 나이트캡이야. 감사히 받도록 해."

"이, 이, 무슨 감사한 말씀을! 나이트캡 따위가 아니라, 스카프로 쓰도록 하겠습니다!"

너희들, 팬티의 용도를 오해하고 있어.

또다시 뺨을 찰싹찰싹 얻어맞는 가이고. 엘미라가 "보면 안 돼요"라고 말하며 두 손으로 시즈마의 눈을 가렸다.

"어머나, 1분밖에 안 남았네요. 그럼 코바야시 이치로, 또 오겠습니다."

"이치로 님. 숙제 잊지 마세요."

문을 향해 걸어가는 두 사람을, 뒤쪽 대기실에서 뛰쳐나온 도철이 허겁지겁 쫓아갔다.

"나리, 저도 다녀오겠습니다! 또 힘이 쪽 빠지겠지만, 그래도 게임이 하고 싶습니다!"

정말 답이 없는【마신】이다. 그래도 핫라인으로 쓸 수는 있을 테니까, 그냥 보내주기로 했다.

시마 조심하고.

성은 내가 지킬 테니까, 넌 네 정조를 잘 지켜야 한다.

5

나흘째인 그날도 이계는 평화 그 자체였다.

점심때 작붕이 혼자 다리까지 찾아와서「시즈마와 맞짱을 뜨겠다」고 떠들어댔지만, 혼돈이 같이 나갔더니「실례했습니다」라는 말을 남기고 도망쳤다······ 그게 전부다.

차라리 도철 대신에 내가 한 번만이라도 인간계에 돌아가야 하려나······ 그런 생각까지 하게 됐다.

'이계에서 나흘째라는 얘기는, 인간계에서는 8일인가. 크레바스 수색도 상당히 힘든 것 같으니까, 대응책을 처음

부터 재검토하는 게 좋을지도 모르겠네······.'

알고 있다. 그건 그냥 핑계라는 걸.

솔직히 말하자면 난 「본편을 보고 싶다」. 인간계에서 벌어지는 정신없는 상황 변화 때문에, 말로 표현할 수 없을 만큼 초조해하고 있다. 한마디로 향수병이다.

'내가 언제부터 이렇게 『나서고 싶어 하는』 사람이 된 거지? 친구 캐릭터니까, 이 상황은 환영해야 하는 거잖아? 내 수요는 쿠로가메보다 못하다는 걸 알고는 있는 거야?'

이러면 된다. 분수를 파악해라 코바야시 이치로── 그렇게 나 자신을 달래고, 딴생각을 몰아내기 위해 가부좌를 틀고 명상에 잠겼다.

······그대로 잠들어 있는 사이에, 어느새 저녁 7시가 됐다.

"오랜만이다 코바야시. 보고 싶었다."

먼저 나타난 사람은 아오가사키 선배. 오늘도 「어신목도」를 들고, 시원시원한 자세로 내 앞에 섰다. 검은 스타킹을 신은 예쁜 다리는 여전히 볼을 비벼대고 싶을 정도로 매력적이었다.

'그렇다면 다른 한 사람은 쿠로가메이겠네. 아직 안 온 건 그 사람뿐이니까.'

하지만, 내 예상은 빗나갔다.

아오가사키 선배의 파트너는 쿠로가메였지만, 거북이가 사흘 전에 고로케를 먹고 식중독에 걸린 탓에, 급하게 파트너를 변경했다고 한다.

"여, 코바이치, 수고 많아. 잘 지냈어?"

그리고 거북이 대신 문을 통해서 나타난 것은—— 치타사도였다.

하필이면 도철을 짝사랑하고 있는 은발 흑갸루, 만장 시마였다.

"시, 시마? 너, 그 차림새……."

오랜만에 본 시마는 내가 알고 있던 개조 교복 차림이 아니라, 그녀의 캐릭터에 전혀 어울리지 않는, 청초하고 가련한 메이드복 차림이었다.

그러고 보니 이 녀석, 유키미야 가문의 메이드가 된다고 했었지. 말만 안 하면 꽤 괜찮은 느낌인데…… 역시 입을 열면 다 망쳐버린다.

"우와, 대체 얼마 만에 온 거야. 그럼, 나는 이만."

그런 말을 남기고, 바로 문으로 돌아가려는 불량배 메이드.

그 뒷덜미를 덥석 움켜쥐는 아오가사키 선배.

"서라 시마. 아직 온 지 1분도 안 됐다."

"지금 도철 님이 목욕하고 계신단 말이야. 등을 씻어드려야 한다고. 내 가슴으로!"

"파, 파렴치한 짓은 그만둬라! 그건 메이드의 업무가 아니다!"

"아무리 유키미야 가문에 고용된 몸이라고 해도, 내 마음은 아가씨가 아니라 도철 님한테 가 있어! 이거 놔 레이!

확 패버린다!"

지금, 치타 사도가 『참무의 검사』를 이름으로 불렀다.

게다가 『축명의 무녀』를 아가씨라고 불렀다.

유키미야는 고용주니까 이해할 수 있다. 하지만 아오가 사키 선배와 시마가 어째서 이렇게까지 친해졌지? 이 두 사람의 접점이라고는 묘지에서 일대일로 싸운 것밖에 없을 텐데.

'내가 또 중요한 에피소드를 놓쳐버린 건가…… 아냐, 진정하자. 이 정도는 류가와 미온을 보고 면역이 생겼잖아.'

더 이상 호칭 정도로 동요할 내가 아니다…… 명경지수의 경지로 그렇게 흘려보낸 순간, 아오가사키 선배의 대사가 내 명경지수를 박살을 내버렸다.

"시마! 성실하게 보고 의무를 수행해라! 안 그러면 너와의 밴드를 해체하겠다!"

밴드에 들어갔구나. 아포스톨루의 기타리스트, 빼 왔구나.

왜 꼭 내가 없는 데서 이런 끝내주는 이벤트가 발생하는 거냐고! 너희들, 묘지에서 그렇게 죽어라 싸웠었잖아! 그나저나 둘 다 기타잖아!

……여기까지 와서, 한 가지 의심이 들었다.

지금까지 하루에 한 번씩 들었던 메인 캐릭터들의 에피소드. 그건 하나같이 본편인 「크레바스 찾기」와 큰 관계가 없는 것들이다.

즉, 하나같이 굳이 따지자면 일상 파트에 가까운 것들 아닌가?

거기에 친구 캐릭터가 있어도 문제가 없는 일 아닌가?

'혹시 난 『그냥 출연해도 되는 에피소드』를…… 전부 넘겨버린 건 아닐까?'

내가 관여하면 안 되는 건, 주로 궁기에 관한 일들이다.

분명히 크레바스를 찾는 일도 메인 스토리의 범주인데, 그걸 찾아내지 못한 최근 며칠 동안은, 따져보면 일상 파트의 연장이라고 할 수 있을 것 같다.

그렇다면 나는…… 인간계에 있었어도 됐다. 오히려 내가 끼어들어도 되는 마지막 기회였는지도 모른다.

'난—— 대응책을 잘못 짠 건가?'

냉정하게 잘 생각해보면, 이 상황이 더 이상했다. 이계의 성을 수호하는 친구 캐릭터라는 게 도대체 뭐지? 크레바스를 찾는 쪽이 더 자연스럽지 않았을까? 아아, 왠지 점점 후회된다.

제정신이 아닌 날 방치하고, 아오가사키 선배와 시마가 말다툼을 계속했다.

"솔직히 너는 연주할 때 어레인지가 너무 들어간다! 그 나쁜 습관을 고치지 않으면, 본대인 『화이토라 이그리트』 참가를 인정하지 않겠다!"

"흥. 그딴 밴드, 누가 들어간대? 왜 내가 미온 뒤에서 기타나 치고 있어야 하는데. 그 자식 이계에서는 살랑살랑 아이돌계였거든?”

“하지만 가창력은 진짜다. 난 미온이 보컬이라면 메이저 데뷔도 할 수 있지 않을까 생각하고 있다.”

“너희 밴드에 기획사에서 스카우트 제의가 들어온 건 나도 알아. 하지만 난 본격적으로 음악을 할 생각은 없어. 꿈은 도철 님의 색시니까.”

어느새 두 사람의 이야기가 엄청나게 흥미진진한 쪽으로 흘러가고 있다.

어떻게 된 건지 물어봤더니, 지난번 문화제 때 우연히 업계 사람이 와 있었고, 그 라이브를 봤다고 한다.

그리고 며칠 뒤에 「우리 회사에서 『화이토라 이그리트』를 프로모션 하고 싶다」는 연락이 왔다는 것 같다. 어째선지 멤버에는 주리와 키키까지 들어가 있었다는 것 같고.

‘결국 그 제안은 거절했다는 것 같지만…… 젠장, 진짜 재미있을 것 같은 에피소드잖아.’

봐, 역시 내가 엮여도 아무 지장이 없는 이야기잖아.

──안녕하세요. 『화이토라 이그리트』의 매니저 코바야시 이치로입니다.

──뭐, 뭔가 자네는? 오, 탬버린 테크닉이 대단한데!

──그쵸! 전 언제 메이저 데뷔하게 되나요!

──회식 자리에서 열심히 해주게.

──쿠웅!

그런 콩트도 할 수 있었을 텐데. 시리어스한 최종장에,

181

한 모금의 청량제가 됐을 텐데. 그야말로 올바른 「친구 캐릭터」의 역할이라고 할 수 있다.

그 기회를 날려버렸다는 사실에 내가 이를 뿌드득 갈고 있자 갑자기 찢어지는 비명이 들려왔다. 쿄카 목소리였다.

"꺄아아아악! 도철 씨 바보오오오!"

무슨 일인가 일제히 고개를 돌리는 나, 아오가사키 선배, 시마. 그리고 이어서, 문 앞에 있던 혼돈이 고함을 질렀다.

"너, 너 이 자식! 대체 무슨 생각이야! 장난하냐!"

보아하니 혼돈과 쿄카가 문을 사이에 두고 이야기를 하고 있는데, 도철이 다가온 것 같다. 그게 지금 그 비명과 고함으로 이어진 것 같고.

"나리, 돌아왔습니다. 정말이지, 지난번보다 더 쇠약해졌습니다요."

잠시 후에 문으로 들어온 도철의 모습을 보고, 나는 전부 이해했다.

직후, 아오가사키 선배와 시마도 "꺄아아아악!"하고 비명을 질렀다.

수건으로 머리를 벅벅 닦으며 돌아온 도철은, 온몸에서 김이 모락모락 피어오르고 있었다. 시마가 말한 것처럼, 문 너머에 있는 류가네 집에서 목욕한 모양이었다.

그리고 그 결과가—— 알몸이었다. 실오라기 하나 걸치지 않은 모습이었다.

"야! 거시기 드러내고 다니지 말란 말이야! 머리는 안 닦아도 되니까, 지금 당장 그 수건으로 아랫도리 가려!"

"이거 참, 역시 일본 사람은 목욕을 해야 한다니까요. 욕조에 푹 담갔더니 소모된 힘이 조금 회복됐나? 나리는 어떻게 생각하십니까?"

"일단 네가 사람인지부터 얘기하자!"

불벼락을 날리는 내 옆에서, 『참무의 검사』와 치타 사도가 석상처럼 경직돼 있다.

그러거나 말거나 이쪽으로 터벅터벅 걸어오는 도철. 걸음을 옮길 때마다 주니어가 좌우로 덜렁덜렁 흔들렸다.

……짜증 나게도 이 자식은 나랑 똑같이 생긴 주제에 사타구니에 달린 물건은 나보다 훌륭했다. 감추려고 하지도 않는 건 자신감의 표출인가.

태연하게 다가오는 【마신】을 보고, 결국 아오가사키 선배가 시마가 완전히 당황했다.

"이, 이, 발칙한! 빨리 그 몽골리안 데스 웜을 가려라!"

"도철 님! 다 보여요! 완전히 다 보인다고요!"

"너무 오래 담갔더니 더워서 그래. 잠깐만 이러고 있을게."

허리를 흔들어서 찰짝찰싹 소리까지 내는 외설적인 【마신】을 본 아오가사키 선배가 더 이상 참지 못하고 목도를 대상단으로 들어 올렸다.

"자자자자자작작 해라! 그렇다면 잘라주마! 비검 진소닉으로!"

"하, 하지 마! 내 다니엘한테 무슨 짓이야!"

이름 붙이지 마. 또 새 캐릭터인가 했잖아. 지난번엔 「지로」 아니었냐.

아무래도 사랑하는 사람이 똘똘이를 잃으면 안 된다고 생각했는지, 시마가 서둘러서 아오가사키 선배의 팔을 붙잡았다.

"도철 님! 이 틈에 다니엘 전하를 도망치게 하세요!"

"따로 행동할 순 없다고! 내 고추니까!"

"그리고 코바이치! 루니에와 같이, 사이힐 녀석도 꼭 슈한테서 구출해줘! 그 녀석은 날 감싸고 잡아먹혔단 말이야!"

"이 타이밍에서 그런 부탁 하지 말라고!"

우리가 「알현실」에서 야단법석을 피우고 있는데.

시즈마와 야구자가 왔다. 지금 막 경계 임무가 끝난 것 같다.

"늦어서 죄송합니다. 시즈마, 지금 왔습니다."

"어머나 시마 님? 그 메이드복, 정말 잘 어울리네요~. 시마 님은 얼굴이랑 몸매는 만점이니까, 이미지 체인지 대성공이에요~."

그런 코멘트를 한 뒤에, 여기서 벌어진 상황을 파악하려고 노력하는 두 사람.

당연히 이상하겠지. 【청룡】의 계승자가 살기를 내뿜으며 칼을 치켜들고, 팔걸인 만장이 그걸 필사적으로 붙잡고,

【마신】이 홀딱 벗고 있으니까.

"도, 도철 아저씨, 무슨 일이십니까? 홀딱 벗은 채로……."

"엄머나! 정말 훌륭한 엑스칼리버네! 아서왕도 깜짝 놀라겠어요~!"

시즈마는 곤혹스러워하고, 야구자는 손으로 입을 가리면서 도철의 성검에 깜짝 놀라고 있다. 뽑아도 왕이 되지는 않을 것 같다.

……몇 분 뒤에. 도철이 옷을 입어서 겨우 사태를 수습했다.

"과연, 목욕하고 나오시는 길이었군요. 죄송합니다, 아오가사키 선배, 저희 아저씨가 큰 실례를 했습니다."

"아, 아니다. 나야말로 난리를 피워서 미안하다."

시즈마가 고개 숙여 사과하자 아오가사키 선배가 어흠, 하고 헛기침을 했다. 얼굴은 아직 약간 빨갛다.

"시즈마 군. 너도 사도인 이상 【마신】을 섬기는 몸이라는 것은 이해한다. 하지만 도철의 언동은 너무 보고 배우지 않았으면 싶다. 좋은 아이인 채로 있었으면 좋겠다."

"괜찮습니다. 저같이 소심한 자는 도저히 도철 아저씨처럼 호방뇌락(豪放磊落)하고 발산개세(拔山蓋世)한 인물은 될 수 없으니까요."

우리 아들이 아빠가 모르는 사자성어를 쓰고 있다.

당사자인 도철은 옥좌 앞에 이불을 깔고, 바로 취침 준비에 들어갔다. 그런 도철을 시마와 야구자가 열심히 도와줬다.

"아쉽네요~. 그 성검을 더 가까이에서 뵙고 싶었는데~."

"저리 꺼져, 야구자! 다니엘 전하는 내 거야! 시중드는 것도 나라고!"

말벌 사도를 견제하면서 자기도 이불 속으로 들어가려고 하는 치타 사도.

그런 시마를 아오가사키 선배가 끌어냈다. 어느새 시간이 다 돼가고 있었다.

"그럼 코바야시. 우리는 이만 돌아가겠다. 가자, 시마."

"싫어! 여기 남을 거야! 다니엘 전하랑 같이 잘 거야!"

이미 두 팔 말고는 전부 이불 밖으로 나와 있지만, 메이드는 그래도 계속 저항했다.

도철이 "아야야! 뽑혀! 성검 뽑힌다고!"라고 소리치는 걸 보면, 시마가 뭘 붙잡고 있는지는 쉽게 상상할 수 있었다.

"이놈 시마! 됐으니까 인간계로 돌아가서 크레바스를 찾지 못할까! 이건 【마신】의 명령이다! 그리고 다니엘한테서…… 아, 젠장 귀찮아! 내 고추 놓지 못할까!"

"그럼 약속해주세요! 크레바스를 찾으면 절…… 저를, 여자 친구로 삼아주신다고! 황송하옵게도 도철 님은 지금, 남색의 길에 들어서려 하고 계시지 않습니까!"

"뭐?! 그게 무슨 소리야?"

"걸핏하면 『류가땅, 류가땅』 하면서…… 히노모리 류가는 남자입니다!"

아, 그렇구나. 시마는 류가의 정체를 모르는구나.

"연애라면, 부디 저와 해주세요! 어떤 부탁이건 들어 드리겠습니다! 특수한 플레이에도 어울려 드리겠습니다!"

"아니야! 류가땅은——"

거기까지 말하고, 도철이 입을 꾹 다물었다. 류가의 비밀을 말하면 안 된다고 생각했겠지.

문득 아오가사키 선배와 눈이 마주쳤고, 우리는 동시에 복잡한 표정을 지었다. 옆을 보니 야구자도 복잡해 보이는 표정이었다.

어쩌다 보니 부대장 트리오는 류가가 여자라는 걸 알게 됐다. 그 주인공, 제루바가 보는 앞에서 나랑 열심히 알콩달콩했으니까…… 어쩔 수 없이 말해줬다.

"알았어! 크레바스를 발견하면 생각해볼게! 친구부터 시작해줄게! 그러니까 인간계로 돌아가!"

"여, 영광입니다! 다니엘 전하, 좋은 소식을 기다려 주세요!"

"고추한테 말하지 말고!"

도철의 언질을 받고, 랄라라 깡충깡충 뛰면서 문으로 돌아가는 시마. 그런 시마를 보면 "정말이지……"라는 소리를 하면서 아오가사키 선배도 발을 돌렸다.

그런데 어째선지, 『참무의 검사』가 바로 발을 멈추고 날 쳐다봤다.

"그…… 코바야시. 하나만 물어봐도 되겠나."

"예, 뭔데요?"

"네 다니엘도…… 저런 괴수인가?"

"아뇨. 제 건 미니엘입니다."

정직하게 자백하자 그녀는 "그런가"라고 중얼거리고는 그대로 가버렸다.

기분 탓일까. 약간 실망한 것처럼 보였는데.

6

이계에 온 지 닷새째. 시간은 오후 7시가 되기 조금 전.

나는 『나락성』 꼭대기에 있는 탑에 올라가서 정면 쪽을 감시하고 있었다.

평소에는 2층 발코니에서 감시했지만, 그것도 질려서 장소를 바꿔봤다. 여기서도 다리는 전부 다 보이고, 어차피 적이 쳐들어오지 않는다는 것도 알고 있으니까.

'궁기 자식, 왜 움직이질 않지? 이 의욕 없는 태도는 대체 무슨 의미야?'

오늘은 원숭이 작붕도 보이지 않았다.

물론 궁기, 아기토, 슈도 나타나지 않았다. 자유롭게 이계를 오갈 수 있을 텐데, 왜 그 어드밴티지를 이용하지 않는 걸까?

……그냥 차라리 치고 나가서 포위군을 괴멸시켜버릴까.

그러면 우리도 인간계의 「크레바스 찾기」에 참가할 수

있으니까.

'아냐, 안 돼. 만약 포위군을 소탕한다고 해도 『나락성』을 비워둘 수는 없어. 그 틈을 노리고 궁기가 혼면전에 들어가기라도 하면, 지금까지 성을 지켜온 의미가 없어져 버리니까.'

하지만 이대로 가도 끝이 없다. 이런 상황이 계속되는 건 내 정신위생에도 좋지 않다.

저녁 7시가 다 됐으니까, 또 누군가가 보고하러 오겠지. 이제 한 바퀴 돌았으니까, 새로운 조합으로 오려나.

그리고 나는── 또 안달복달할 게 틀림없다. 친밀해진 그녀들을 보고.

'아아, 잘못 생각했네…… 처음에는 좋은 생각인 줄 알았는데.'

내 일은 제쳐두고 생각해봐도, 크레바스를 찾는 게 이렇게 오래 걸리는 건 조금 위험하다는 생각도 든다. 캐릭터들의 교류도 중요하지만, 본편 쪽에 전혀 진전이 없는 건 문제다.

이 수색이 너무 오래 걸리면 「요즘 이 이야기 너무 시시하지 않아?」 「일부러 질질 끄는 거 아냐?」라고 생각할 수도 있다.

언제까지고 크레바스에 휘둘리기만 해서는 안 된다…… 머리 위에 떠 있는 빨간 초승달을 보며, 나는 그런 생각에 잠겨 있었다.

'스토리 플래너로서도, 이야기의 퀄리티를 낮출 수는 없으니까. 조금 거친 방법이기는 하지만…… 여기서 한 수를 써볼까.'

그 한 수란 「이세계에서 크레바스를 찾는다」는 수단이다.

도철과 혼돈이라는【마신】의 권위를 써서, 포위군 사도들한테서 직접 크레바스의 위치를 알아내는 거다.

그렇게 하면 인간계 어디와 크레바스가 이어져 있는지가 판명된다. 그 뒤에는 쿠로가메에게 봉인해달라고 하면 되고.

'가능하다면 류가 일행이 발견하는 게 제일인데…… 계속 기다리기만 할 수 없게 됐으니까. 수색을 시작한 지 벌써 2주 째잖아.'

이 뒤에 보고는 사람이 왔을 때, 일단 제안해봐야겠다고 결심했을 때.

"파파 씨~ 여기 있었어요~? 교대하러 왔어요~."

다음 차례인 야구자가 왔다. 얼굴에 팩을 하고 나타나서 나도 모르게 비명을 지를 뻔했다.

"까, 깜짝이야…… 가부키 배우인 줄 알았네……."

"무슨, 실례양~. 키키 님이 팩을 주셨거든요~. 역시 인간계 제품은 품질이 좋다니까요~."

기분 좋게 말하면서, 다리 건너편을 보는 말벌 사도.

참고로 야구자는 다섯 손가락에서 독침을 사출할 수 있다. 검지에는 마비, 중지에는 최면, 약지에는 착란, 새끼

손가락에는 해독, 그리고 엄지에는 치사성 맹독효과가 있다나.

전에 날 저격했을 때는 엄지손가락이었다는 것 같다. 진짜로 죽일 생각이었냐.

"음~ 오늘도 움직이지 않을 것 같네요~. 몸이 찌뿌둥해요~."

"넌 숙련된 스나이퍼잖아? 여기서 적을 공격할 수도 있어?"

"제 실력이라면 500m 떨어진 표적까지는 확실하게 저격할 수 있어요~. 하지만 상대가 부대장 클래스 정도 되면 명중률이 조금 떨어지지요~."

"그럼 장군 클래스면 더 저격하기 힘들다는 건가."

"삼공주님이나 팔걸 님은 하나같이 괴물이니까요~. 키키 님은 50m 이내라면, 자다가도 피해요~."

역시 그 바가지 머리 꼬마도 대단하구나. 우리 식구라서 자꾸만 과소평가하게 되지만.

"참고로 파파 씨는 20m 저격을 피했어요~. 정말 충격이었지만, 그만큼 파파 씨도 괴물이라는 뜻이죠~."

······듣고 싶지 않았다. 그냥 가만히 맞아줄걸.

"틀림없이 파파 씨는, 히노모리 류가한테도 뒤지지 않는 실력자예요~. 역시 시즈 군 파파 씨답다니까요~."

기쁘지 않은 평가를 받으며, 야구자한테 감시 일을 맡기고 탑에서 내려갔다.

7시가 다 돼서 서둘러 「알현실」로 돌아왔더니, 마침 시즈마도 도착했다. 이 아이도 지금 막 뒤쪽 감시를 마치고 온 것이다.

"수고했어, 시즈마. 어때, 보고자들이 돌아간 뒤에 물놀이라도 할까? 시간을 보면 조금 추울지도 모르지만."

"그보다 아버님, 잠깐 괜찮으십니까."

유난히 심각한 말투로, 시즈마가 내 눈앞까지 다가왔다. 목에는 엘미라가 선물한 목도리를, 오늘도 소중하게 감고 있었다.

"아버님, 조금 묘하지 않습니까?"

"응? 뭐, 뭐가?"

"공격이 전혀 없는 것도 그렇습니다만…… 포위하고 있는 사도의 숫자가 격감했습니다. 오늘은 뒤쪽 포위군은 삼백도 안 됐을 정도였습니다."

하긴, 오늘은 정면에도 그 정도였지. 의욕이 없는 것도 정도가 있지.

"게다가 몇 명 정도 있던 부대장 클래스가 하나도 안 보였습니다. 청새치형 자모스 씨, 낙타형 카니비 씨, 플라밍고형 타후이 씨 등등…… 현장을 병졸들에게만 맡기고, 그들은 어디로 갔을까요?"

시력이 정말 좋다고 감탄하는 한편, 그 말을 듣고 왠지 가슴이 술렁거렸다.

……이건 의심할 여지도 없이, 궁기가 지시한 거겠지.

왜 그 녀석은 『나락성』을 공격하기 위해서 노력하지 않는 걸까? 게다가 포위를 약하게 하고?

"아버님. 이건 궁기 님의 메시지가 아닐까요? 예를 들자면 『도발』일 수도 있고, 『양동』일 수도 있고, 또는 뭔가 다른 의미가……."

자기 턱에 손을 얹고, 시즈마가 추론을 말했다. 이런 군사 같은 세 살 아이는, 온 세상에 얘 하나뿐일 거다.

"반면에 궁기 님이 지금 이 상황을 좋지 않게 여기신다면, 그건 저희에게 있어 바람직한 형태가──"

"오, 도령. 슬슬 문 연다."

그런 시즈마의 말을 자르고, 뒤쪽 대기실에서 나온 혼돈이 말했다. 어느새 7시가 돼 있었다.

그래, 이 이야기는 보고자들과 같이하는 쪽이 좋겠지.

그런데 어째선지 문 너머에서 뛰어 들어온 사람은 히로인즈나 사도가 아니라── 쿄카였다.

"뭐예요 혼돈 씨! 왜 이렇게 늦게 열었어요! 발 동동 구르면서 기다렸다고요!"

두 팔을 벌리고 끌어안으려는 혼돈을 가볍게 피하고, 그러면서 그렇게 투덜대기까지 하고, 날 향해 달라오는 쿄카.

뭔가 유난히 서두르고 있다. 이 귀기 서린 얼굴을 보면, 아마도 「크레바스를 발견했다」는 좋은 소식은 아니겠지. 내 가슴이 더 크게 술렁거렸다.

"무, 무슨 일이야 쿄카? 다른 사람들은?"

"코바야시 오빠, 큰일 났어요! 10분쯤 전에 언니한테서 연락이 왔어요!『오메이 고등학교 운동장에 사도 군세가 나타났다』고! 2천도 넘는대요!"

나와 시즈마와 혼돈이 깜짝 놀라서 눈이 휘둥그레졌다.

2천이 넘는 사도라고? 뭐야 그 대군은! 어디서 솟아났어?!

내 짐작이지만, 인간계에 있는 사도가 2천이 안 될 텐데? 게다가 전부 궁기를 따르는 것도 아닐 테고. 류가가 쓰러트린 사도, 삼공주의 군에서 무단 출격한 사도까지 더해도, 인간계에서 궁기가 부릴 수 있는 건 많아야 7백 정도라고 생각했다.

그렇다면 나머지 놈들은—— 어디서 왔을까? 그 답은 생각할 필요도 없다.

'포위군이 격감한 이유가 이거였나!'

궁기는 크레바스를 써서 이쪽에 있는 사도를 인간계로 불러들였다.

이계에 있는 사도는 약 2천. 하지만 지금 성을 포위한 사도는 그 3분의 1도 안 된다. 적의 증감을 생각해보면 앞뒤가 맞는다.

"키키 말로는 근처에【마신】궁기의 사기도 느껴진대요!"

쿄카의 말을 듣고, 시즈마가 바로 진언했다.

"아버님! 당장 인간계로 가시죠! 저쪽은 지금 궁기 님의 전력 대부분이 집결해 있습니다! 성은 제루바네에게 맡기고 저희도 가야 합니다!"

아들 군사에게 동의하듯 혼돈도 고개를 끄덕였다.

"역시 가야겠지? 만약 궁기 자식이 뒤통수를 쳐서 성을 노린다면, 우리가 전이로 대응해주마. 이쪽에는 【마신】이 셋이나 있으니까."

······이게 무슨 급전개냐고. 설마 이렇게 당돌하게 최종 결전이 시작될 줄이야.

인간계에는 류가, 사신 히로인즈, 삼공주, 그리고 시마& 그 부하 스무 명이 있다. 그리고 톳코도 있다.

하지만 숫자 앞에는 장사가 없다. 사도 2천에 궁기, 아기토, 슈까지 가세하면 정말로 중과부적이다.

'기껏 인간계로 돌아갈 구실이 생겼나 싶었더니, 그게 가장 엮이면 안 되는 최종 결전일 줄이야······ 이 이야기, 대체 얼마나 날 챙겨주려는 거야!'

결단을 바라듯 날 쳐다보는 시즈마, 쿄카, 혼돈.

거기에 "이야기는 다 들었다!" 외치면서 도철이 알현실로 난입했다. 또 목욕하고 나온 것 같은데, 다행히 평소에 입던 교복 차림이었다.

"나리, 드디어 분위기가 무르익었습니다! 하룻밤 푹 잤고, 목욕도 해서 몸도 개운하고, 컨디션은 최고입니다! 언제든지 좋습니다요!"

그렇게 큰소리를 쳤는데도 내가 고민하고 있었더니.

나랑 똑같이 생긴 【마신】이 소곤소곤 귓속말했다.

"나리는 스토리 플래너이기도 하잖습니까? 그렇다면 이 야기를 위해서라도 라스트 배틀에는 참가하셔야 한다고 봅니다만."

"왜, 왜 그래야 하는데. 나 같은 게 전격 참전하면, 그땐 정말로 이야기가……."

"하지만 이대로 라스트 배틀이 끝나버리면 틀림없이 이런 말이 나올 겁니다. 『거기서 코바야시 이치로가 안 나온 건, 아무래도 너무한 거 아니야?』라고."

——그 말을 듣고, 온몸에 벼락이라도 맞은 것 같은 충격을 받았다.

그렇다. 인정하기는 싫지만, 난 지금까지 실컷 스토리에 엮여왔다.

몇 가지 중요한 본편 시나리오 속에서 중심인물이 되기도 했다. 제2부 도철 편에서는 마지막 보스 노릇까지 했다.

그런 캐릭터가 최종 결전에서 한 컷도 안 나온다면…… 너무 부자연스럽다. 홍백가합전에 이츠키 히로시*가 안 나오는 것만큼 부자연스럽다.

나는 처음부터 라스트 배틀을 넘어갈 수 없는 존재였다. 그랬다간 『히노모리 류가 이야기』의 퀄리티를, 다른 사람도 아닌 나 자신이 떨어트리게 되니까.

'말도 안 돼! 내가 그런 짓을 할 수는 없잖아! 인제 와서 전형적인 친구 캐릭터로 돌아갈 수 없다는 건 이미 알고

*일본의 인기 엔카 가수. 2019년 기준 49년 연속 출장 기록 중.

있었을 텐데!'

무엇보다 나는 유키미야와 약속했다.

슈한테서 루니에를 구출하고, 유키미야 에피소드를 해피엔딩으로 만들어준다── 그것은 코바야시 이치로가 지켜야만 하는 약속이고, 내 실수의 뒤처리다.

그런 내 결심은, 등을 떠밀겠다는 것처럼 뛰어 들어온 부대장 트리오의 말에 의해 완전히 굳어져 버렸다.

"코바야시 경에게 보고합니다! 호위군이, 전부 철수했습니다!"

"정면도 뒤쪽도 전부요~! 이젠 개미 새끼 하나 없어요~!"

"어쩌지 대장? 추격할까?"

제각기 보고하는 가이고, 야구자, 제루바.

이젠 확신했다. 시즈마가 말한 것처럼 이건 궁기가 보낸 메시지다.

──성에 틀어박혀 있지 말고 화끈하게 결판을 내자──
궁기는 그렇게 말하는 것이다. 멋대로 날 주인공으로 삼아서, 일대 총력전을 벌이자고 하는 것이다.

'그래 좋다【여우 마신】그 제안, 받아들이겠어. 단……
결코 네 손바닥 위에서 놀아나지는 않겠어. 그쪽 생각대로 돌아가진 않을 거라고.'

최종 결전 참가는 어디까지나 최소한으로 한다.

살짝 얼굴만 내밀고, 신속하게 슈한테서 루니에를 뽑아내고, 그다음에는 피라미들한테 쓰러져 주든지 하겠어. 도철과 시즈마만 남아 있으면 도와주는 데는 충분할 테니까.

궁기를 쓰러트리는 건 내가 아니다.

히노모리 류가와 그 동료인 사신 히로인즈다.

그래야 세상을 지키는 의미가 있다. 친구 캐릭터가 메인으로 나서서 라스트 보스를 쓰러트리는 배드 엔딩은 말도 안 된다.

'궁기가 그린 시나리오 따위는 부숴주겠어. 내 시나리오 쪽이 더 재미있다고!'

심호흡을 한 번 하고, 부대장 트리오에게 지시했다. 총사령관으로서.

"가이고, 야구자, 제루바. 추격은 안 해도 돼. 너희는 계속해서 성을 수비해줘. 이계의 일은 너희 셋한테 맡긴다."

부대장 트리오가 동시에 "예!"라고 대답했다. 지금까지 중에서 제일 호흡이 잘 맞았다.

"텟짱, 혼돈 아저씨, 시즈마. 우리는 서둘러 학교로 갈 거야. 아마도, 이걸로 전력은 50% 이상이 되겠지."

"맡겨만 주십쇼!"

"타이밍 봐서 교대해라 텟짱. 나도 축제에 끼고 싶으니까."

"이 시즈마, 반드시 아버님께 도움이 되겠습니다!"

도철과 혼돈이 스르륵 내 안으로 들어와서 모습을 감췄다. 인간계로 돌아가면 둘 중 하나만 나올 수 있으니까.

"쿄카는 집에서 대기해줘. 혼돈의 문이 사라질 때까지

30분은 있으니까. 만약 그사이에 이계에서 무슨 일이 생기면 전화로 알려줘."

"아, 알겠어요! 여러분의 승리를 믿으면서 기다릴게요!"

각자의 역할을 정하고, 우리는 문을 통과했다.

그야말로 열흘 만에 돌아오는 인간계였다.

7

같은 시각. 히노모리 류가와 동료들은 사도들과 난전이 한창이었다.

갑자기 교정에 나타난, 2천이 넘는 『나락의 사도』. 신속하게 대처할 수 있었던 건, 마침 크레바스 수색에 관한 회의를 하려고 모든 멤버들이 모여 있었던 덕분이었다.

'크레바스를 발견하기도 전에 궁기가 움직일 줄이야…….'

허를 찔린 꼴이 됐지만, 류가로서는 바라던 일이다.

여기서 결판을 낸다면 크레바스를 찾을 필요도 없다. 【마신】 궁기를 쓰러트리면 전부 다 끝나니까. 태곳적부터 이어져 온 인류와 사도의 싸움에── 종지부를 찍을 수 있다.

다들 그걸 잘 알고 있겠지. 대군을 상대로 한 발도 물러나지 않고 분투하고 있었다.

"봄바람 얼음을 녹이고, 휘파람새 울고, 물고기는 얼음 틈새로 고개를 내민다── 비기, 수박살!"

시오리의 영창에 반응해서 교사 옆에 줄지어 있는 나무

들의 가지가 꿈틀거리며 길어지더니 적들을 묶여서 움직임을 저해했다.

"어머나, 고마워 유키미야. 후후, 내 앞에서 움직임을 멈추다니 『죽여주세요』라고 말하는 것이나 마찬가지거든?"

주리가 뱀 꼬리를 휘둘러서 근처에 있던 열 마리 이상의 사도를 단번에 날려버렸다. 꼬리가 되돌아오면서 또 몇 마리가 날아갔다.

"비검 킬로열!"

레이의 검풍이 회오리치고, 거대한 회오리바람이 사도들을 집어삼켰다. 순식간에 십여 마리가 깔끔하게 사라져버렸다.

"나이스임미다 청룡 가면! 자, 이번에야말로 청원합체임미다!"

총알 같은 움직임으로 적들을 날려버리던 키키가 그렇게 외치면서 크게 도약했다. 그대로 레이의 어깨 위에 목말을 타고는 후우, 하고 숨을 한 번 내쉬었다. 그게 다였다.

"각오는 되셨나요? 비전── 염주 트로이메라이(몽상곡)!"

엘미라가 불꽃의 새로 변해서는 맹렬하게 적진으로 날아들었다. 그 업화에 닿은 사도들이 불덩이가 돼버리면서 아비규환의 연옥을 만들어냈다.

"나도 간다! 쿠로가메류 아르켈론권 오의! 비권 갑골 너클!"

류가의 눈으로도 따라잡을 수 없는 스피드로. 리나의 주먹이 사도들을 해치워나갔다. 그 양쪽 손에는 【현무】가 변화한 수갑을 차고 있는데, 본인의 엄청난 펀치력을 배가시켜주고 있었다.

'역시 대단해, 내 동료들은…… 이렇게 많은 적을 상대로 싸우면서 위기에 빠진 사람이 하나도 없잖아.'

자기도 모르게 혀를 내두르는 류가에게, 어느새 사방팔방에서 사도들이 날아들고 있었다. 이런, 감탄하고 있을 때가 아니었다.

방심했던 자신을 반성하고, 적의 습격에 대응하려고 한 순간.

상공에서 날아온 새 그림자가 눈 깜박할 사이에 모든 적을 갈라버렸다. ……도와준 것은, 두 팔이 날개로 변한 백로 소녀였다.

"멍하니 있지 마, 류가! 귀찮게 하지 말라고!"

"미, 미안해 미오! 하늘은 벌써 다 정리했어?"

그녀에게는 위쪽에서 공격하는 비행 타입들을 섬멸해달라고 부탁했었다. 하늘을 올려다보니 밤하늘에는 사도가 하나도 보이지 않았다.

"당연하지. 공중전에서 날 당해낼 놈은 없어. 남장이라는 이름은 장식이 아니야."

"멋있는데. 하지만 난 미오의 귀여운 점도 잔뜩 알고 있어."

"저, 전부터 신경 쓰였는데 말이야, 아무렇지도 않게 꼬시는 말 던지지 말라고!"

그런 농담을 주고받고, 류가와 미온은 다시 적진을 향해 뛰어들었다.

"류가! 그쪽에 낙타형, 부대장이야!"

"저 녀석 말이지? 오케이."

미온이 양쪽 날개를 크게 펄럭여서 발생시킨 바람으로 눈앞에 있는 적들을 쓸어버렸다.

류가도 그 바람을 등에 업고 가속했고, 그 기세를 타고 낙타 사도를 때려서 교사 상공 저 멀리로 날려버렸다.

'응, 좋은 콤비네이션이었어. 미오가 서포트를 잘 해줘서 다행이라니까.'

……최근 며칠 동안의 「크레바스 수색」에서 류가와 가장 친해진 삼총주 멤버. 그것이 바로 이 백로 소녀였다.

처음에는 다투기도 했지만 어쩌고저쩌고하면서도 잘 챙겨주는 그녀가, 어느새 류가의 마음에 쏙 들어버렸다.

설마 사신들 이외에도 이렇게까지 호흡이 맞는 존재가 있을 줄이야…… 조금 놀랐다.

"미오. 궁기의 기척은 어때?"

"아직 모습은 안 보이지만 사기는 느껴져. 틀림없이 가까이에 있을 거야."

"그렇구나. 학교에 남아 있는 사람이 없으면 좋겠는데……."

"괜찮아. 시마와 부하 스무 명이 교직원부터 일하는 분들까지 전부 쫓아냈으니까. 하는 김에 이 근처에 통행 규제도 걸어주고 있어."

시마와 부하들이 안 보이는 건 그런 이유 때문인가.

역시나 경비원들이라니까. 그렇다면 마음 편하게 싸울 수 있다. 관계없는 사람들을 끌어들이지 않는 건, 전투만큼이나 중요한 일이니까.

'어느 쪽이든 지금은 우리만으로도 충분해. 정말 중요한 순간은── 궁기와 텐료인 나타났을 때야.'

만약 슈까지 나타난다면, 단번에 전력이 열세에 몰린다.

하지만 경비원 사도 스무 명은 전부 병졸 클래스…… 크게 기대할 수는 없다.

'하지만 이쪽에 가세할 사람은 또 있어. 내가 제일 믿는 사람이.'

류가는 확신하고 있었다. 도움이 필요할 때가 되면, 틀림없이 「그 사람」이 와줄 거라고. 정확히 말하자면 「그이」라고 불러야 할 내 왕자님. 코바야시 이치로가.

이미 이 사태를 쿄카가 전해줬을 거다. 이치라면 반드시 달려와 줄 것이다. 궁기가 움직인 타이밍이, 혼돈이 문을 여는 시간과 겹친 것…… 그것이 적의 가장 큰 패인이다.

'만약 싸움이 끝난다면…… 겨울방학쯤에 이치로랑 같이 중국에 가고 싶다.'

그리고 거기서 이치로를 부모님께 제대로 소개하고 결

혼 허락도 받아야지. 아니, 이치로가 말해줬으면 좋겠다.
「따님을 제게 주세요」라고.

그때는 시오리와 엘에게도, 톳코와 시마에게도 「내가 여자라는 사실」을 밝혀야지. 숙명에서 해방되면── 더 이상 남자로 있을 이유도 없으니까.

'아예 졸업과 동시에 식을 올린다든지…… 그래, 사람들이 깜짝 놀라게 『그리고, 더 경사스러운 일입니다만, 신부의 배 속에는 이미 두 사람의 결정체가』 같은 건 어떨까.'

하는 김에 텟짱&시마랑 더블 결혼식도 괜찮겠다. 어제 치타 사도가 그런 말을 했잖아. 「도철 님이랑 사귀게 될지도 몰라!」라고.

"뭐야 류가, 왜 싸우다 말고 혼자 실실 웃는데?"

그런 백로 소녀의 목소리를 듣고 정신이 번쩍 들었다. 바보같이 생각하는 게 얼굴에 드러난 것 같다. 주위에 있는 적들도 기분 나쁘다는 표정이다.

'정신 차리자! 싸움은 아직 안 끝났잖아!'

그렇게 자신을 질타한 순간.

머리 위에서 내려오는 그림자를 알아차리고, 류가는 후방으로 크게 물러났다.

"우캬아아아아! 죽어라 히노모리 류가아아아!"

그런 고함과 함께, 봉을 휘두르며 원숭이 한 마리가 내려왔다.

조장 작붕이었다. 며칠 전에 해자로 떨어트렸던, 맨드릴 개코원숭이형 장군 사도였다. 저 녀석도 이쪽으로 왔나.

"우캬캬캬캬! 잘도 피했구나, 히노모리 류가!"

"또 너냐. 미안하지만 인간계에서는 안 봐줄 거야."

"헛소리하지 말라고! 지난번엔 서비스로 져준 거니까아 아아! 그리고 미온, 나랑 사귀자."

"싫어."

작붕의 고백을, 미온이 전광석화처럼 거절한 직후.

"여, 작붕. 기왕이면 나랑 놀래?"

갑자기 왼쪽의 적들이 픽픽 쓰러지고, 그걸 뛰어넘어서 다가온 자가 있었다.

유연한 몸에, 검은 반점이 잔뜩 들어간 황갈색 모피에 둘러싸인 치타형 사도── 류가 일행의 새로운 동료, 만장 시마였다.

"이거 참~ 너무 시시하네. 하나같이 싸우는 재미도 없는 병졸들뿐이라서…… 아, 청새치형 자모스는 이미 쓰러 트렸어. 그 녀석은 아마 사이힐네 부대장이었지?"

"잠깐만, 통행규제는 어쩌고 왔어?"

백로 소녀가 그렇게 말하자, 만장이 뻔뻔하게 대답했다.

"걱정 말라고. 부하들한테 맡겨놓고 왔으니까. 난 이쪽 에서 날뛰는 게 성질에 맞을 것 같아서…… 그러니까, 이 원숭이 목은 내가 가져갈게."

송곳니를 드러내며 씩 웃고, 작붕한테 까딱까딱 손짓하 는 치타 사도.

맨드릴 개코원숭이 사도는 화를 내며 봉을 붕붕 돌렸다.

작봉의 봉은 자유자재로 늘어나는 데다가, 휘어지거나 갈라지는 것도 가능하다고 한다. 들고 있는 무기를 다양한 모양으로 변화시키는 게 작봉의 능력인 것 같다.

"우캬아아아아! 좋다 시마! 이 배신자가아아!"

"배신한 건 그쪽이지. 난 궁기 님한테 버림받았어. 하지만 그 덕분에 확실하게 알았지. 진짜로 섬겨야 할 【마신】님이—— 누구인지."

"그게 누구데!"

"당연히 도철 님이지! 난 그분께 충성과 순결을 바친다!"

"그 캐릭터로 처녀라니, 장난치냐!"

"시, 시끄러 이 원숭이! 확 패버린다!"

바로 땅을 박차고, 팔걸 간의 격렬한 배틀이 시작됐다. 주먹과 봉이 교차하고, 퍽퍽팍팍하는 타격음이 울려 퍼졌다. 공방에 말려들지 않으려고 주위에 있던 사도들이 황급히 거리를 벌렸다.

"우캬아아아아! 널 날려버리고 팬티를 벗겨주마! 내 나이트캡 콜렉션에 추가해주겠어!"

이 원숭이, 저질이네.

"흥, 할 수 있으면 해보든지! 참고로 오늘 입은 건 실크다! 머리에 쓰면 착용감이 끝내줄 거야!"

하지 말라고 시마. 무슨 팬티인지 가르쳐주지 마.

완전히 잊혀서 멍하니 있을 수밖에 없는 류가의 어깨를,

가까이에 있던 미온이 툭 두드렸다.

"류가, 먼저 가자. 저 둘은 알아서 하라고 두고."

"그, 그래도 돼?"

"일대일 승부라면 틀림없이 시마가 이길 거야. 저 원숭이는 전에도 한 번 시마한테 얻어맞은 적 있거든. 자기 딴에는 인사한답시고 똥침을 찔렀다가."

역시 이 원숭이, 저질이다.

아무튼 미온의 의견에 따라서 다시 적들을 청소하러 가기로 했다. 광대한 운동장 여기저기서는 여전히 싸우는 기척이 계속 이어지고 있다. 동료들도 열심히 싸워주고 있다.

'싸움이 시작된 지 약 20분…… 이미 4, 500마리 정도는 쓰러뜨렸을 거야. 하지만 절반이 넘어간 뒤에는 피로하고도 싸워야겠지. 엘은 혈액 보급도 해야 하고.'

슬쩍 하늘을 올려다봤더니 하늘에 별이 가득했다.

정확히는 별이 아니라 사도의 혼이다. 인간계에서 쓰러져 혼이 되어 밤하늘에서 반짝거리며 떠 있는 것이다.

……그리고. 그 별들이 일제히 움직였다.

마치 은하수가 범람한 것처럼. 그것들이 전부 「어느 방향」으로 흘러갔다. 아직 건재한 사도들이 있는 곳으로.

'혼들이 뭔가에 빨려 들어간다! 이건 설마…….'

합체 사도 슈를 만들 때, 궁기는 일단 그 재료인 혼을 호리병으로 빨아들여서 셰이크 한다고…… 분명히 이치로가 그렇게 말했었다.

그렇다면 틀림없다. 저기에 궁기가, 그리고 텐료인 아기토가 있다.

류가가 뛰쳐나가기도 전에 혼이 모인 지점에서—— 언덕처럼 거대한 그림자가 일어났다.

"크어어어어어어!"

이어서 성대한 포효와 함께, 그놈이 사도들을 짓밟으며 이쪽으로 다가왔다.

온몸에 사람 얼굴이 달린 끔찍한 생김새. 그리스 신화에 나오는 헤카톤케일처럼 수도 없이 달린 팔, 팔, 팔. 그리고 수십 미터 떨어져 있어도 느껴지는 진하고 무시무시한 사기.

'슈······!'

하지만 저건 소위 말하는 「열화판」이다. 궁기가 합체 사도를 동시에 두 마리까지 만들어낼 수 있다는 건 알고 있다. 아마도 이 자리에서 쓰러진 사도들의 혼을 써서 만들었겠지.

그런가. 궁기라는 【마신】의 가장 큰 위협⋯⋯ 그것은 이 반혼 능력이다. 류가 일행이 쓰러트린 사도를 궁기는 딱한 번 부활, 또는 슈로 만들 수 있다.

"모두 조심해! 슈가 나타났——"

동료들에게 주의하라고 소리친 류가는, 중간에 그 말을 삼키고 말았다.

또 하나, 같은 장소에서 거대한 그림자가 일어났기 때문이다. 첫 번째보다 크기는 작지만 사기의 크기는 그 수십 배나 될 것 같은 괴물이.

'차, 차원이 다른 사기! 완전판 슈인가!'

등줄기에 오싹한 기분이 들었다. 독기에 떠밀려서 뒷걸음질을 칠 뻔했다.

이야기는 들었지만 상상했던 이상의 괴물이었다. 장군 클래스와 부대장 클래스의 혼으로 만든, 그 텟짱조차도 버거워했던 강적…… 한없이 【마신】에 가까운 존재.

'그리고 저 녀석 안에는 시오리의 집사 세바스찬이 있어. 그냥 쓰러트리기만 해서는 안 돼.'

슈 두 마리의 출현에 호응해서 사도들이 잔뜩 뒤로 물러났다.

흐트러진 진형을 바로잡아서 다시 총공격을 펼칠 속셈이겠지. 작붕만은 아직 시마와 싸우고 있는데, 둘은 어느새 동아리 건물 쪽으로 이동했다.

"류가!"

바로 여기저기서 사신과 삼공주가 모여들었다.

심각한 상처를 입은 사람은 없었지만, 하나같이 굳은 표정으로 두 마리의 슈를 응시하고 있다.

"역시나 나왔군…… 여기가 고비인가."

"류가, 지시를 주시겠어요? 어떤 지시이건 저는 거기에 따르겠어요."

"류짱! 필살기를 쓰자. 지금은 『다함께 쿵』밖에 방법이
없어!"

"히노모리 군. 완전판 슈는 제게 맡겨 주세요. 도올과
함께 반드시 세바스챤을 구해내고, 그리고 꼭 쓰러트리겠
어요!"

레이, 엘, 리나, 시오리가 각각 그런 말을 던져왔다.

이어서 미온, 주리, 키키도 순서대로 자기 의견을 말했다.

"류가 일행은 완전판 쪽을 부탁해. 열화판은 우리가 어
떻게든 할 테니까."

"그래요. 여기는 가장 연계가 익숙한 멤버들끼리 나누도
록 하죠."

"하는 김에 피라미들도 맡아주겠쭙니다. 그쪽은 완전판
에만 집중하는 검미다."

삼공주의 제안에 사신들도 고개를 끄덕였다.

하지만 류가는 바로 결단을 내릴 수가 없었다. 그 대응
책은 문제점이 두 가지 있었다.

먼저 첫 번째는 궁기와 텐료인의 존재.

그들이 참전하면 전국이 일변한다. 함부로 전력을 분산
했다가는 큰일이 일어날 가능성도 있다. 오히려 궁기는 그
걸 노리고 있을 수도 있다.

그리고 두 번째. 전력을 나누는 건 아직 이르다.

왜냐하면, 우리에게는 「그 사람」이 있으니까. 괜찮아, 꼭
늦지 않게 와줄 거야. 판세를 크게 바꿀 수 있는 존재는 이

211

쪽에도 있으니까.

'그러니까 이치로, 빨리 와줘…… 여자 친구가 위험하단 말이야!'

류가가 마음속으로 강하게 빈 직후.

"으아아아아! 기다려! 잠깐만, 아주 잠깐만 엮이게 해줘! 몇 분이면 되니까! 광고 끝난 뒤엔 빠져줄 테니까~!"

학교 건물 건너편에 있는 정문 쪽에서 엄청난 속도로 달려오는 소년이 있었다. 뭔가 영문 모를 대사를 외치면서.

봐. 역시 와줬잖아.

내 이상한 왕자님이.

제4장 대결전이야 전원 집합

1

굴러 넘어질 기세로 류가 일행 쪽에 도착한 나는 일단 숨부터 골랐다.

류가네 집에서 오메이 고등학교까지 전력 질주로 약 10분……은 걸릴 거라고 짐작했는데, 5분 만에 도착해버렸다. 그 뒤로 꽤 늦게 도착한 시즈마가 「아버님, 너무 빨라요……」라고 칭찬해줬다.

'좋았어, 아직 궁기랑 아기토는 없네…… 적 세력도 많이 남아 있고, 게다가 다행히 슈 놈들까지 나왔어.'

보아하니 배틀은 초반인 것 같다. 내가 연출해도 괜찮을 것 같다.

"이치로, 역시 와줬구나."

류가가 기쁜 얼굴로 날 맞이했다. 당연히 와야지. 안 그러면 이야기의 퀄리티가 떨어지니까.

"여기서 등장하다니, 마치 히어로 같구나, 코바야시."

"코바야시 씨가 와주시다니, 이만큼 든든한 원군도 없지요."

"늦었잖아, 잇군! 지각은 내 전매특허라고! 사용료 내!"

이어서 그런 코멘트를 던지는 아오가사키 선배, 유키미

야, 쿠로가메.

엘미라 혼자만 시즈마를 끌어안고 "아아 시즈마…… 엄마가 걱정돼서 와주다니, 정말 기특하군요!" 하면서 감격에 빠져 있었다.

"이치로 군이 왔다는 건, 도철 님과 혼돈 님도 오셨다는 뜻이잖아. 그렇다면 승리는 확정이지."

"방심하면 안 돼 미온. 훈도시 꽉 졸라매고 마음 단단히 먹어야지. 아니, 팬티 끈이라고 해야 하나?"

도와줄 사람이 등장하자 미온과 주리도 그런 농담을 주고받았다.

키키 혼자만 시즈마를 끌어안고 "누나가 위험할 때 달려와 주다니, 시쥬마는 동생 중에 동생임미다!" 라면서 감격에 빠져 있었다.

……다들 미안하지만, 난 그렇게 길게 출연할 수 없어.

재빨리 완전판 슈한테서 루니에를 빼낸 다음에 퇴장할 생각이야. 적당한 사도를 골라서 한 대 얻어맞고, 쿨럭하고 피를 토한 다음에 기절할 생각이거든.

제한 시간은 길어야 10분. 그 이상 나오면 민원이 들어오겠지.

"완전판 슈는 나랑 텟짱한테 맡겨줘! 다른 사람들은 열화판을 부탁할게! 시즈마는 피라미들을 처리해!"

"아, 알겠습니다, 아버님!"

나는 빠르게 지시를 날리고, 바로 완전판 슈를 향해 돌진했다.

우연인지 저쪽도 날 향해서 돌진해왔다. 4m나 되는 거구를 봤을 때는 도저히 믿을 수 없는, 신칸센 노조미 같은 속도로.

'으아! 생각보다 빠르잖아!'

재빨리 옆으로 굴러서 정면충돌만은 간신히 피했다. 그랬더니 괴물은 땅바닥을 파내면서 급정거했고, 이번에는 날 짓밟으려고 했다.

"으악! 위험해! 으억! 허윽!"

연속으로 날아오는 거대한 발바닥을 필사적으로 피했다. 옆에서 보면 괴물이 탭댄스라도 추는 것처럼 보일지도 모른다.

"뭐, 뭐 하는 거야 이치로! 혼자서 싸우겠다니, 너무 무모해! 왜 그렇게 바보인 거야!"

"성급히 굴지 마라, 코바야시! 이 멍청이가!"

"무모해요, 코바야시 씨! 바보예요!"

"바보짓은 정도껏 해요, 코바야시 이치로!"

"일단 돌아와, 이치로 군! 바보라는 건 알았으니까!"

"작전을 잘 짜야 해요! 바보로 님!"

"이치로 남작은 목숨 아까운 줄 모르는 바버서커입니다!"

"잇군 바보! 바보바보바보바보! 히포포타마스!"

류가&사신 히로인즈&삼공주의 질책을 받으며, 헐레벌떡 아군 쪽으로 도망쳤다. 그렇게까지 바보라고 할 필요는 없지 않나…… 특히 마지막에 거북이 너, 너한테만은 그런 소리 듣고 싶지 않거든.

"우와, 진짜 위험했습니다. 역시 나리는 바보네요."

게다가 나한테서 나온 도철까지 그런 소리를 했다. 너한테는 더 듣고 싶지 않아. 그나저나 왜 안 도와준 거야.

하긴, 너무 서두르기는 했나. 출연 시간이 제한돼 있다 보니 나도 모르게 서두르고 말았다.

……다시 보니 완전판 슈는 10m 정도 떨어진 곳에서 멈춰 서 있었다. 마찬가지로 열화판도 그 자리에 가만히 서서 원한 서린 신음을 내며 우리를 노려보고 있었다.

우리가 전열을 가다듬기 위해서 대치하는 한편.

멀리 떨어진 곳에서는 사도들 사이에서 혼란이 발생하고 있었다.

"으악! 뭐, 뭐야 이 꼬마는!"

"설마 이 녀석, 이계에서 엄청나게 날뛰던……."

"겁먹지 마라! 포위해! 상대는 겨우 하나──커흐억!"

질풍처럼 적진을 누비며 파죽지세로 사도들을 날려버리는 작은 그림자. 그것은 켄타우로스처럼 사람과 말이 융합한 모습의 세 살 아이였다.

굳이 말할 필요도 없지만 시즈마다. 저게 바로 우리 아들의 전투 형태── 온몸에 그려진 얼룩무늬는 저 아이가 얼룩말형이라는 증거다.

"용서하지 않겠습니다! 당신들도 사도라면 죽음을 각오

하고 덤비세요!"

씩씩하게 외치면서 적들을 사냥해나가는 시즈마. 쓰러진 사도들이 혼으로 변하지 않는 걸 보면, 아무래도 기절시켜서 움직이지 못하게만 하는 것 같다.

죽여 버리면 궁기가 사도의 혼을 흡수해버린다…… 그런 이유도 있겠지만, 저 아이는「동포의 불살」을 자신의 원칙으로 내세우고 있다. 역시 위에 서는 자는 그릇이 다르네.

하지만 그건 평범하게 쓰러트리는 것보다 힘든 작업이겠지. 아무래도 숫자가 숫자니까.

'미안한 짓을 했네. 내가 괜히 『시즈마는 피라미들을 처리해』라고 말한 탓에…….'

자책에 사로잡힌 내 옆에서, 엘미라와 키키가 도와주러 가려고 했다.

"시즈마! 지금 가겠어요!"

"시쥬마를 다치게 하면 용서하지 않을 검미다!"

하지만 시즈마가 그 목소리에 큰 소리로 대답했다. 간단히 적을 쓰러트리면서.

"어머님! 누님! 걱정하실 것 없습니다! 이 국화장 시즈마의 힘을 믿어주세요!"

"국화장?!"

어머니와 누나는 물론이고, 다른 사람들도 얼빠진 소리를 냈다. 류가만 혼자 살짝 기뻐하는 표정을 지었다.

저 별명, 기어코 정식으로 채용되고 말았구나……!

내가 그런 생각을 하며 씁쓸한 표정을 지은 순간.

"으끼야아아아아아!"

갑자기 엉뚱한 방향에서 뭔가가 날아왔다. 원숭이 작봉이었다.

우리 눈앞을 통과해서 땅바닥에 철푸덕하고 격돌하더니, 그대로 몇 번 바운드하는 맨드릴 개코원숭이 사도. 역시 이 녀석도 와 있었구나. 아니 그보다 왜 혼자 당하고 있는 거야?

"헉, 헉…… 얕보지 말라고 이 원숭이 자식! 날 이기려면, 백 년은 멀었어!"

고함이 들려온 쪽을 봤더니 거기에 치타 사도가 있었다. 아무래도 원숭이랑 둘이서 싸우고 있었던 것 같다.

"특별히 목숨만은 살려주겠어. 장군인 널 죽여 버리면 슈의 먹이가 돼버릴 테니까…… 앗, 도철 님?! 오셨군요!"

갑자기 태도를 확 바꿔서 맹렬한 속도로 도철을 향해 달려오는 시마. 보는 눈이 있는데도 거리낌 없이 【마신】을 와락 끌어안고서 엉덩이를 살랑살랑 흔들어댔다.

"아아, 그 늠름한 모습…… 역시 도철 님은 제가 가장 사랑하는 서방님이시옵니다! 하는 김에 다니엘 전하께도 재회의 입맞춤을……."

"이 상황에서 발정하지 말라고! 야 시마, 【마신】 명령이다. 넌 가서 시즈마를 도와줘라. 우리는 슈랑 배틀 한 판할 테니까."

"알겠습니다! 그리고 저는 『시땅』이라고 불러주세요!"

"안 불러! 내가 『땅』이라고 부르는 건 류가땅 뿐이야!"

"히노모리 류가는 남자이옵니다! 눈을 뜨십시오, 나리!"

"내가 왜 나리야! 나리는 이쪽이라고!"

도철이 날 가리키면서 말하자 시마가 대답했다.

"제게 나리는 도철 님뿐입니다!"

"헛갈리니까 안 돼! 그럼 그냥 텟짱이라고 부르던지! 특별히 허가해주마!"

"알겠습니다, 텟짱 님! 저 꼬마를 돕는 건 맡겨 주세요! 자, 자, 자! 네놈들 한 놈도 빠짐없이 작살을 내주마! 한 줄로 서라 이 짜샤들아!"

원래의 불량배 성격으로 돌아가서 적진을 향해 돌격한 치타 사도를 지켜보고, 우리는 다시 슈 두 마리 쪽을 봤다.

동시에 류가가 내 어깨에 손을 얹었다. 슈를 날카롭게 노려보며.

"자, 이치로. 이번엔 혼자 달려가지 말고 확실하게 멤버를 편성하자. 엘과 키키도 그게 좋겠지? 시즈마 군이 걱정되는 건 알겠지만, 슈를 쓰러트리는 게 우선이야."

"알겠어요. 저도 【주작】의 계승자…… 제 사명은 알고 있으니까요."

"키키도 오늘만은 고집 안 부릴 검미다."

류가가 "좋았어"라고 말하며 고개를 끄덕였을 때.

지금까지 조용히 있던 완전판 슈가 다시 행동을 시작했다.

온몸에 달린 입에서 짐승 같은 포효를 외치며, 지면을 박차고 급발진했다.

"!"

바로 경계한 우리를 무시하고, 괴물은 사냥감을 덮쳤다. 그건 우리가 아니라── 겨우 비틀비틀 일어난 맨드릴 개코원숭이 사도였다.

"이, 이런! 텟쨩! 작붕을 구해──"

내가 소리를 질렀을 때는 이미 늦었다.

작붕의 머리 위로 바위처럼 거대한 주먹이 떨어졌다. 이어서 쿠웅! 하는 충격이 주변 일대의 지면을 뒤흔들었다.

"…………"

우리가 멍하니 지켜보는 속에서 괴물이 천천히 주먹을 뽑았더니.

땅바닥에 생긴 커다란 구멍 속에서…… 큰 대자로 쓰러져 있는 작붕이 소멸하기 시작했다.

"뭐, 야…… 얘기가, 다르……"

마지막으로 그런 신음을 남기고 맨드릴 개코원숭이 사도가 혼으로 변해버렸다.

빛의 입자가 돼버린 작붕이 반짝반짝 빛나며 밤하늘로 올라갔다. 하지만 얼마 지나지 않아 방향을 바꾸더니 다시 지상을 향해 쏟아졌다.

그 빛이 향한 곳에── 「놈들」이 있었다.

낡은 호리병을 하늘로 들어 올리고 작붕의 혼을 흡수하

고 있는 여우 가면【마신】과.

오늘도 여전히 무표정한, 순백색 교복을 입은 잘생긴 전학생이.

"여어 코바야시 소년. 작붕의 혼, 고맙게 받을게."

"오랜만이군, 히노모리. 가능하다면 전장에서는 보고 싶지 않았는데."

같은 편인 작붕을 처치한 마지막 보스 두 명이 이쪽으로 다가왔다. 느긋하게 활보하는 아기토의 머리 위에서 궁기가 표주박을 쉐킷쉐킷 흔들어대고 있었다.

'쳇, 아직 초반인 줄 알았는데! 정말 분위기 파악할 줄 모르는 놈들이라니까……!'

나도 모르게 혀를 찼다. 하지만 예정 변경은 없다. 이 녀석들한테도 대응하는 수밖에 없어.

하지만 놈들을 쓰러트리는 건 내가 아니라── 이 이야기의 주인공 히노모리 류가다.

'완전판 슈한테서 루니에를 구해낸다…… 이 최종 결전에서 내 미션은 어디까지나 그것 하나뿐. 마지막 보스 놈들하고는 전혀 엮이지 않을 거야.'

미안하지만 오늘만은 나도 진심이다. 있는 힘껏 활약을 자제한다. 몸과 마음을 다 바쳐서 자숙해주겠어.

그렇게 결판을 내자고. 궁기, 이기토.

너희의 야망과 플롯은 주인공 친구 캐릭터가 쳐부숴주마.

2

"이거, 예정이 완전히 틀어져버렸네, 코바야시 소년."

우리 몇 미터 전방에서 아기토가 딱, 하고 발을 멈추더니 그 머리 위에 있는 여우 가면【마신】이 제일 먼저 그렇게 투덜댔다.

그들의 저 멀리 후방에서는 시즈마와 시마가 적군을 계속 쓰러트리는 모습이 보였다. 마지막 보스들의 등장을 알아차린 것 같기는 하지만, 둘은 자신의 임무를 수행해야 한다고 판단했겠지.

"예정이 틀어졌다고? 무슨 소리야?"

"설마 너희가 그렇게까지 『나락성』의 수비를 중시할 줄은 몰랐어. 게다가 그 역할을 코바야시 소년과 시즈마가 담당하다니…… 엄청난 오산이었어."

그게 어디가 오산인데. 말의 의미를 이해할 수가 없어서, 나도 바로 대답했다.

"당연히 중시하지. 혼면전을 넘겨주면 네가 거기 있는 삼천의 혼을 전부 부활——"

"그거 말이야 그거. 넌 좀 더 눈치가 빠른 아이라고 생각했는데."

참으로 아쉽다는 듯 거창하게 고개를 젓는【여우 마신】.

대체 뭐가 어쨌다는 건데. 기분 나쁘거든. 너까지 날 바보 취급하는 거냐.

"이봐 코바야시 소년, 전에 말했었지? 난 텟짱이나 혼돈보다 먼저 눈을 떴다고. 하지만 슈의 혼을 모으기 위해서 계속 등장을 미루고 있었다고."

분명히 그렇게 말했었다.

궁기나 아기토가 직접 쓰러트린 혼은 슈의 재료로 삼을 수 없다. 그래서 이 녀석은 제일 먼저 눈을 떴으면서도 계속 모습을 드러내지 않고, 계속 싸움을 조용히 지켜보고 감시해 왔다.

류가 일행이 부하들을 쓰러트리게 하고, 그 혼을 모아온 교활한 【마신】이다.

"그런 내가, 지금까지 혼면전에 간 적이 없었을 것 같아? 시즈마가 『나락성』을 거점으로 삼기도 한참 전에── 난 이미 혼면전에 갔어. 전이로, 몰래."

"뭐……?"

"그리고 거기 잠들어 있는 사도들의 혼을 차지하려고 했었지. 그런데 말이야, 안 되더라고. 아무래도 혼면전으로 보내진 혼은 내 호리병으로 회수할 수 없는 것 같아."

잠깐만. 일단 정리 좀 하자.

……생각해보면 시즈마가 이계로 떠난 게 한 달 보름 전의 일이다. 그 이전에는 『나락성』이 계속 비어 있었고.

그렇다면 오래전에 눈을 뜬 궁기가── 혼면전을 무시했을까? 사도들의 혼을 하나라도 더 원하는 【마신】이 삼천이나 되는 혼을 간과할까?

'혼면전에서 대량의 혼을 구할 수 있었다면, 굳이 현존하는 사도들이 죽도록 할 필요가 없지. 그런 당연한 사실을 놓치고 있었다니……'

하지만 혼면전의 혼은 회수 불가였다.

그래서 결국, 류가 일행이 부하를 쓰러트리게 만드는 수밖에 없었다── 그런 뜻인가.

'그럼 이 녀석은 처음부터 혼면전 따위는…… 관심도 없었던 건가?'

우리는 그런 곳을 필사적으로 지키고 있었다는 뜻이 된다. 근무 편성표까지 짜면서.

다리가 풀려버릴 것 같은 나한테, 궁기가 계속해서 투덜댔다. 가면 너머에 있는 얼굴이 통통 부어 있다는 게 느껴진다.

"그야 뭐, 내가 그렇게 말하기는 했었지. 『혼면전을 넘기면 나는 더욱 큰 전력을 얻게 된다』하고 거짓말을 말이야…… 하지만 그건, 시즈마를 노린 책략이었다고."

"시즈마……?"

"내가 혼면전을 노리고 있다는 걸 알면 너희가 시즈마를 인간계에서 보호할 줄 알았거든. 어린애한테 농성을 시키는 건 너무 잔혹하니까 말이야."

"…………."

"알다시피 난 시즈마의 혼을 원해. 그 아이는 팔걸이나 삼공주보다 훨씬 질 좋은 슈의 먹이가 될 테니까. 그렇기에 이계에서 해치울 수는 없었지."

그 이유도, 듣고 보니 이해가 된다.

이계에서 죽은 사도는 두 번 다시 부활할 수 없다. 혼을 회수할 수도 없겠지.

"그런데 너희는 말이야, 시즈마를 계속 이계에 붙잡아두고…… 게다가 주인공 코바야시 소년까지 성에 틀어박히지를 않나…… 내가 얼마나 곤란했는지는 알아?"

라스트 보스의 투정이 끝나질 않는다. 내가 메인 캐릭터들의 관계 변화에 초조해하는 동안에 설마 적도 초조해하고 있었을 줄이야.

……예전에 시즈마는 이계에서 궁기한테 공격받고 전투를 했었다고 한다.

우리한테 거기에 대해 보고했을 때 이렇게 말했었다. 「이유는 모르겠지만, 아마 궁기 님은 온 힘을 다하지 않았던 것 같습니다」라고.

'온 힘을 다하지 않았던 건, 아마도 목적이 『납치』였기 때문이야. 하지만 시즈마가 생각 외로 강해서 전이를 이용해서 온 10분 동안에 잡아가는 건 힘들다는 걸 깨달았고.'

그래서 궁기는 아기토가 제안한 「크레바스 발견」을 우선시했다. 10분이라는 시간제한을 없애기 위해서.

그런데 기껏 발견했더니 새로운 문제가 발생했다. 내가 이계에 나타나서 시즈마와 같이 『나락성』에 틀어박혀 버린 것이다. 바캉스 기분으로.

'결과적으로는 내가 궁기한테 한 방 먹였다는 건가……
노림 수는 아니었지만.'

생각해보면 궁기는 그 뒤에도 시즈마의 존재를 신경 썼
던 것 같다.

제루바에게 배신을 요청하는 서간에는 『지금 당장 시즈
마라는 꼬마를 깨우고 포박해서 작붕 님께 투항하라』고 적
혀 있었다.

성 근처로 왔던 작붕은 어째선지 「시즈마와 맞짱을 뜨겠
다」고 말했었다.

그건 전부 시즈마가 여기 있다는 걸 확인하기 위한 일들
이었나. 성을 공격할 의지가 전혀 없었던 것도 그런 메시
지였던 건가.

"그래서, 이대로 가면 끝이 없을 것 같아서 어쩔 수 없이
총력전을 선택했지. 이쪽이 전부 인간계에 나타나면 그쪽
도 전부 나와서 대응하지 않겠어?"

투덜대는 궁기에게 류가가 얼빠진 표정으로 중얼거렸다.

"그럼, 혼돈이 문을 여는 타이밍에 맞춰서 움직인 것도
일부러……?"

"그래. 그렇게라도 하지 않으면 시즈마를 끌어낼 수 없
을 것 같아서 말이야. 메인인 코바야시 소년이 틀어박혀
있는 것도, 스토리 플래너인 나한테는 곤란한 일이고."

네가 무슨 스토리 플래너라는 거야.

그리고 날 메인이라고 하지도 말고.

어쨌거나 「어떻게든 이야기를 달아오르게 만들자」는 마음가짐만은 인정해주자. 시나리오가 생각대로 흘러가지 않는 괴로움은 나도 잘 알고 있으니까.

"정말이지, 플롯을 다 망쳤다니까…… 최종 결전 전에 좀 더 여러 가지 이벤트를 준비하려고 했었는데. 신이 나서 그림 콘티까지 짰었는데."

그렇게까지 열심히 했었냐. 【마신】 주제에 콘티까지 짤 수 있다니…….

그때 웬일로 지금까지 조용히 있던 도철이 손가락에서 뿌득뿌득 소리를 내면서 앞으로 나섰다.

"야 여우, 토크는 거기까지다. 이렇게 모일 사람이 다 모였으니까, 할 일은 하나뿐이잖아."

또 웬일로 멋진 대사를 말하는 우리 【마신】.

하긴, 맞는 말이다. 여기까지 왔으면 할 일은 하나뿐이다. 양쪽 진영의 모든 전력이 집합했는데, 인제 와서 무를 수도 없다. 공전절후의 허탕이 돼버리니까.

"자, 궁기. 빨리 작붕의 혼을 슈한테 줘라. 기다려주마."

"오? 대단한 자신감인데, 텟짱. 미리 말하는데, 슈는 작붕의 힘만큼이 아니라 몇 배로 강해진다? 그럼 아무리 너라도 못 이기지 않을까?"

"그렇게 생각하면 시험해보라고. 뭣하면 삼공주도 주마. 그래도 나는, 그 괴물한테 찍소리도 못할 정도로——"

227

말이 끝나기도 전에 삼공주가 일제히 도철의 엉덩이를 걷어찼다. 야, 개그 컷 집어넣지 마. 라스트 배틀이라고.

그 촌극을 무시하고, 궁기는 "그럼, 사양 않고"라며 호리병 뚜껑을 뽕, 하고 뽑았다.

바로 호리병에서 빛의 입자가 분출돼서 완전판 슈에게 쏟아졌다. 새로운 혼을 받아들이면서 괴물의 사기가 지금까지보다 더, 그리고 예측했던 것보다 더 부풀어 올랐다.

'텟짱 자식, 쓸데없는 소리를……! 덕분에 루니에 구출 난도가 더 높아졌잖아! 당첨을 뽑을 확률이 낮아졌잖아!'

삼공주를 따라 나도 도철의 머리에 꿀밤을 한 대 날렸다.

류가가 똑바로, 이쪽을 보고 있다. 최근의 멍청한 모습은 털끝만큼도 찾아볼 수 없는 두 눈으로.

"이치로. 내 작전을 들어주겠어?"

"뭐? 그, 그래, 물론이지. 총대장은 너니까."

두말할 필요도 없이 고개를 끄덕였더니 주인공이 동료들에게 망설임 없이 말했다.

"사도의 군세는 시즈마 군과 시마가 막고 있어. 그렇다면 적은 궁기, 텐료인, 그리고 완전판 슈와 열화판 슈……
이번에야말로 멤버를 나눠서 대응할 필요가 있어."

"…………."

"미오, 주리, 키키. 삼공주는 아까 제안대로 열화판을 쓰러트려줘. 지금까지 상대했던 열화판들보다 훨씬 강력하겠지만, 이길 수 있겠어?"

그 말을 들은 삼공주가 동시에 고개를 끄덕였다.

"당연하지. 『나락의 삼공주』를 얕보지 말라고."

"셋이 다 모인 우리는 곱셈에 곱셈으로 강하거든."

"천하무쌍의 세 자매임다."

이어서 류가가 사신들 쪽을 봤다.

"레이 선배, 시오리, 엘, 리나. 네 사람은 완전판 슈를 부탁해. 물론 톳코도."

지금까지 류가와 함께 사선을 넘나든 히로인즈가 마찬가지로 동시에 고개를 끄덕였다.

"알았다. 이 검에 맹세코, 반드시 승리하자."

"고맙습니다, 히노모리 군. 제 의지를 받아들여주셔서."

"제게 맡겨만 두세요. 화려하게 쓰러트리겠어요."

"알았어~! 실컷 때려주고 올게!"

마지막으로 유키미야가 아주 잠깐 변해서 "내도 힘낼거라요!"라고 외쳤다. 톳코였다.

'어라? 그럼 내 담당은······.'

뭔가 맹렬하게 안 좋은 예감이 들었다. 이 흐름대로 가면 나머지는 궁기와 아기토 뿐인데······ 설마 나, 메인 매치에 참가해야 하는 거야?!

안 돼. 이대로 가면 크게 활약해버리게 된다. 스태프롤에서 주인공 다음에 내 이름이 나올 거야. 그건 궁기가 바라는 일인데.

그렇다고 주인공의 작전을 거부할 수도 없고. 그게 어떤 지시라도 따라야만 한다. 「그래, 물론이지. 총대장은 너니까」라고 말해버렸으니까!

"이치로. 사신들 지휘를 맡아주겠어? 이치로라면 할 수 있을 거야."

"뭐⋯⋯?"

"물론 도철의 지휘도. 완전판 슈한테서 루니에를 구출해야만 해. 그러기 위해서라도 전력을 아낄 수는 없어."

생각지도 못한 무죄 판결이었다.

류가, 너 혹시⋯⋯ 내 의지까지 이해한 거야? 너무 눈에 띄지 않으려고 하는 날 보고, 배려해준 거야?

'아아, 마음의 친구여! 넌 역시 최고의 주인공이야!'

감동해서 부들부들 떠는 한편, 약간 불안하기도 했다. 그렇다면 남은 류가의 상대는⋯⋯.

"궁기와 텐료인은 내가 맡을게. 다른 사람들은 손대지 못하게 할 테니까, 각자 맡은 슈한테 집중해줘."

그 작전에, 동료들은 당혹스러운 표정을 지었다. 일동을 대표하는 것처럼 아오가사키 선배와 미온이 말했다.

"자, 잠깐만 류가. 궁기와 텐료인을, 혼자서 상대하겠다는 건가? 그건 조금 전의 코바야시만큼이나 무모한 게 아닌가⋯⋯."

"맞아. 긴말 안 할 테니까, 이치로 군이랑 도철 님과 같이 싸워."

하지만 류가는 단호하게 고개를 젓고 한쪽 눈을 감으면

서 대담하게 웃었다.

"날 누구라고 생각하는 거야? 나는—— 히노모리 류가야."

……뭐야, 진짜 멋있어.

가장 힘든 역할을 떠맡으면서도, 류가는 태연자약했다. 무슨 어슬레틱 챌린지라도 하려는 것처럼 가볍게 스트레칭까지 하고 있다.

"큰소리는 쳤지만, 솔직히 쓰러트릴 수 있을지는 미묘해. 그래서 모두의 힘을 믿고 있어. 각자가 맡은 슈를 처리한 뒤에 도와주러 와주면 고맙겠어."

"…………."

"그때까지 궁기와 텐료인을 잡아두는 게 내 임무. 나 혼자 편한 역할이라서 미안하지만."

아니, 그러니까 네 역할이 제일 가혹하거든……. 하지만 나는 응원한다!

"알았어 류가! 금방 올 테니까 기다리라고!"

나는 방향을 돌려서 뛰어갔다. 도철의 뿔을 움켜쥐고서.

주인공의 각오는 확실히 들었다. 그렇다면 내가 할 일은 하나.

슈한테서 루니에를 구출해내고, 바로 도철을 류가에게 보낸다. 류가, 도철 VS 아기토, 궁기…… 그런 구도로 만드는 거야.

하지만 그런 내 계획을 저지하려는 것처럼.

눈앞에 순백색 제복이 나타났다. 아기토가 화난 듯한 얼

231

굴로 내 앞을 가로막았다.

"코바야시, 네놈…… 네가 무슨 짓을 하는지 알고 있나?"

"비켜 아기토! 내 상대는 완전판 슈라고!"

"히노모리 혼자서 나와 궁기를 상대하라고? 네놈은 이 상황이 돼서도 히노모리를 위험하게 만들려는 건가? 네놈이 그러고도 히노모리의 친구인가?"

이렇게까지 소리를 지르는 텐료인 아기토는 처음 보는 것 같다.

……그래, 나도 알아 아기토.

이런 작전을 승낙하다니, 난 친구 실격인지도 모른다. 하지만 말이야.

너야말로 그런 생각을 하는 동안에는 「히노모리 류가의 유일무이한 파트너」는 될 수 없어. 류가를 평범한 여자애로 보는 건, 아직 류가 검정 시험 초급이야.

위험하니까, 여자애니까, 넌 무리하지 마라── 그런 소리는 류가에 대한 모독이다.

류가가 지금까지 어떤 마음으로 살아왔는지. 여자로서의 자신을 얼마나 희생해왔는지. 그걸 이해한다면 싸우게 해줘야 한다. 류가가 다치는 한이 있더라도.

난 류가를 끝까지 지지해주겠다. 무슨 일이 있더라도.

그렇다. 난 처음부터── 류가의 「친구」 같은 게 아니었으니까.

코바야시 이치로는 히노모리 류가의 「친구 캐릭터」란 말이야! 장난으로 하는 게 아니라고!

"텟짱! 넌 먼저 가! 여긴 내가 어떻게든 할게!"

"오, 그 대사, 꼭 조연 같네요. 사망 플래그 같기도 하지만…… 뭐 됐고, 그럼 먼저 가겠습니다요!"

도철을 먼저 보내고 아기토의 공격에 대비하려던 순간.

"텐료인! 궁기! 네 상대는 바로 나다!"

한 소년이 황금색 오라를 흩날리며 내 옆을 지나 라스트 보스들을 향해 달려들었다.

류가였다. 수호신인 【황룡】이 변신한 수갑을 두 팔에 장착하고 있었다. 자세히 보니 양쪽 발에도 황금 족갑을 장착하고 있다.

"어서 가, 이치로! 다른 사람들도!"

주인공의 일갈에 우리는 바로 반응했다. 나와 사신은 완전판 슈를 향해, 삼공주는 열화판 슈를 향해, 뒤도 돌아보지 않고 질주했다.

그러는 사이에 킹코브라 사도가 『축명의 무녀』에게 외쳤다.

"유키미야! 루니에 구출을 도와주지 못하는 것, 먼저 사과해둘게!"

"아니에요! 충분히 도움을 받고 있어요! 그보다 무리하지 마세요, 주리! 당신은 사명을 위해서라면 너무 무리하는 구석이 있으니까!"

이어서 백로 사도가 『참무의 검사』에게 외쳤다.

"죽지 말라고 아오가사키! 너하고는 아직 결판을 못 냈으니까!"

"물론이다 미온! 그리고 같이 쇼핑 가기로 한 약속도 잊지 마라!"

마지막으로 에조 늑대 사도가 『상암의 혈족』에게 외쳤다.

"엘미라! 당하기라도 하면 시쥬마의 엄마 자리에서 자를 검미다!"

"당신이야말로 당하면 누나 자리를 내놓으세요! 시즈마가 기르는 개로 강등입니다!"

혼자 남은 쿠로가메의 "나는?"이라는 쓸쓸한 목소리를 들으면서, 나는 눈 깜박할 사이에 도철을 따라잡았다.

"어라, 나리. 벌써 오셨습니까? 그러면 안 되죠, 사망 플래그도 세웠으면서."

"됐어! 어차피 이 이야기는 정석대로 흘러간 적이 없으니까! 플래그 따위는 없는 거나 마찬가지야!"

"듣고 보니 그러네요. 그럼, 루니에를 꺼내 볼까요!"

질주하면서 주먹을 툭 부딪치고, 나와 도철은 완전판 슈를 향해 돌격했다.

3

사신 히로인즈보다 먼저, 나와 도철이 전투를 시작했다.

완전판 슈의 크기는 전장 4m 정도. 7, 8m나 되는 열화판과 비교하면 상당히 작지만, 사기의 스케일이 차원이 달랐다. 너무 진해서 그 녀석 주위 풍경이 일그러져 보일 지경이다. 작봉까지 흡수한 지금, 더더욱 【마신】에 가까운 존재가 됐을 거다.

"텟짱! 인사 삼아서 한 방 날려줘!"

"알겠슴다!"

내가 지시하자 도철이 슈에게 강렬한 펀치를 날렸다. 뻐걱! 하고 큰 소리가 난 직후, 우리 【마신】이 비명을 질렀다.

"따, 딱딱해! 아야야! 뼈가 부러졌어! 아마도 부러졌어!"

오른손을 움켜쥐고 펄쩍펄쩍 뛰는 도철을 방치하고, 슈가 나한테 다가왔다. 그러니까 자꾸 개그 컷 집어넣지 말라고!

작봉에게 날렸던 일격을 재현하려는 것처럼 흉악한 팔이 내 머리 위로 다가 왔다. 지상에서 촐랑촐랑 도망치면서 일단 도철의 회복&사신들의 응원을 기다렸다

'지금 슈한테 달린 팔은 예전처럼 두 개뿐…… 저건 루니에의 팔이려나?'

……가능하다면 단번에 루니에를 뽑았으면 싶은데.

전에는 닥치는 대로 뽑으면 쉽겠지만, 그건 이쪽 인원에 여유가 있을 때나 가능하다. 지금 상황에서, 만약 다른 장군을 부활시킨다면…… 일이 귀찮아질 수도 있다.

'바론이나 히가이아라면 아마도 적이 돼버리겠지. 궁기한테 배신당한 사이힐이나 작봉이라면 아군이 돼줄지

도…… 어쨌거나, 시간을 너무 들이면 안 돼.'

이 상황에서는 역시 텟짱의 뽑기 운을 믿는 수밖에……
그런 생각을 하는 사이에, 늦게나마 사신 히로인즈가 도착
했다.

"도철! 저 녀석의 팔을 뽑는 힘쓰는 일은 너만이 할 수
있다! 우리가 교란할 테니까 그 틈을 노려서 수행해라!"

"단번에 루니에를 뽑으세요! 안 그러면 끝까지 훈련병입
니다!"

아오가사키 선배와 엘미라의 말에 도철이 내키지 않는
다는 양 "알았어, 알았다고"라며 대답했다. 참고로 슈를
때린 텟짱의 오른손이 만화처럼 두 배 정도 크기로 부어
있었다.

"잘 보라고 텟짱! 펀치라는 건, 이렇게 하는 거야!"

슈와 싸우기 시작한 아오가사키 선배와 엘미라에 이어
서 거북이도 돌격하려고 했다.

하지만 바로 유키미야가 어깨를 붙잡아서 말렸다

"기다리세요. 리나 양에게는 따로 부탁드릴 게 있어요."

"뭐, 뭔데? 빨리 말해, 시오! 레이랑 엘이 위험하니까!"

"절 업어주세요."

"챠하하챠하!"

영문 모를 리액션을 보인 거북이에게, 유키미야가 진지
한 얼굴로 설명했다.

"지금부터 5분 동안 저는 무방비 상태가 됩니다. 그래서

리나 양이 제『다리』가 돼주셨으면 싶어요. 아마도 사신 중에서 가장 빠른, 그 다리 힘으로."

……그렇구나. 유키미야는 톳코와 교대할 생각이다.

자신에게 깃든【마신】을『절복』시킨 유키미야는, 톳코가 밖으로 나오면 트랜스 상태가 돼버린다. 그래서 쿠로가메한테 도와달라는 건가.

그렇게 하면 톳코는 그릇을 신경 쓰지 않고 싸울 수 있다. 게다가 기동성이 크게 상승한다. 좋은 아이디어 같은데.

"상황에 따라 다르지만, 5분 뒤에 다시 톳코랑 체인지할 거예요. 그때 현재 상황을 알려주시면 감사하겠어요."

"한마디로 톳코랑 연계하면 된다는 거지? 알았어!"

뜻을 이해한 쿠로가메가 바로 유키미야를 업었다.

톳코가 나타나기 직전, 문득 유키미야가 날 보면서 한마디 조언을 해줬다.

"코바야시 씨. 이건 어디까지 가능성의 이야기지만……슈의 오른쪽 집게손가락을 확인해 주세요."

"집게손가락?"

"세바스찬은 거기에 구슬 반지를 끼고 있어요. 만약 그게 남아 있다면…… 무엇보다 확실한 표식이 될 거예요."

예전에 유키미야가 어렸을 때 세바스찬에게 생일선물로 줬던, 구슬로 만든 장난감 반지.

'그렇구나…… 그런 게 있다면 확실히 금방 구분할 수 있겠어! 그렇다면 먼저 슈의 팔이 전부 나오게 만드는 게 최

선이려나.'

그 반지만 찾아내면 핀포인트로 루니에를 뽑아낼 수 있다. 슈는 약해지고 이쪽은 팔걸 최강인 류장 루니에라는 전력을 얻게 된다.

"알았어, 유키미야! 반지, 명심해둘게!"

유키미야는 주머니에서 휴대전화를 꺼내 문장을 입력하는 날 보며 한심하다는 것처럼 "굳이 메모할 것까지는……" 하고 중얼거리며 자기 몸과 거북이의 몸을 밧줄로 묶었다.

"아무튼, 잘 부탁할게요. 톳코, 당신 차례예요."

그렇게 말한 순간. 쿠로가메의 등에 업힌 유키미야의 온몸에서 힘이 빠져나갔다.

바로 그녀의 머리 위에 시커멓고 방대한 오라가 피어올랐다. 그것이 점점 사람 모양으로 변했고, 날씬한 여성이 나타났다.

얇은 검은색 드레스를 걸친, 먹물을 흘려놓은 것 같은 까마귀 색의 긴 머리카락을 지닌, 사다코 같은 외모.

"톳코 등장임네! 자, 거북이! 괴물을 퇴치하러 가자요!"

"오케이! 최고 속도로 간다!"

곧바로 말도 안 되는 속도로 폭주하는 거북이. 그 머리 위에서 신이 나서 소리를 질러대는 사다코. 의외로 상성이 좋아 보인다.

이럴 때가 아니지. 나도 가야겠다

"모두 들어줘! 슈가 최대한 많은 팔을 꺼내게 해! 대미지를 주는 것보다 거기에 전념해줘!"

대답은 없었지만 지시는 확실하게 전해졌다.

아오가사키 선배, 엘미라의 속도가 빨라졌다. 서로 눈짓을 주고받고는 교묘하게 슈의 주의를 분산시켰다.

평소에는 말다툼이 끊이지 않는데, 호흡이 척척 맞는다. 싸울 만큼 사이가 좋다는 뜻이다.

하지만 슈가 그 두 사람보다 신경 쓰는 건 역시나 톳코였다.

"히얏호임메! 오라오라라요! 내를 막을 수 있갔어, 이 오물창에 내동댕이칠 괴물 놈아!"

고속 거북이에 타고, 두 가지 의미로 오라를 내뿜고 있는 【촌티 마신】. 흐트러진 긴 머리카락이 꿈틀꿈틀 움직이더니, 수많은 창이 돼서 슈의 눈알을 꿰뚫어댔다.

"크어아아아아!"

완전판 슈가 포효하더니 새로운 팔이 네 개 튀어나왔다.

하지만 그 팔들은 하나같이 허무하게 허공을 움켜쥘 뿐. 회피에 전념한 『참무의 검사』도, 『상암의 혈족』도, 『성벽의 수호자』도 붙잡지 못했다. 물론 나도 붙잡지 못했다.

그러자 곧 팔 네 개가 더 추가됐다. 그래, 더 내놓으라고!

'이걸로 녀석의 팔은 총 열 개인가…… 그중에 오른팔은 다섯 개. 어떤 게 새로 나온 팔인지 기억해둬야지.'

아쉽게도 어느 오른손 집게손가락에도 반지는 보이지 않았다. 젠장, 빨리 나오라고 이 왕거미 집사! 내 출연 시간,

벌써 연장 들어갔단 말이야!

쉽게 잡히지 않는 사냥감 때문에 짜증이 난 슈가 팔을 또 추가했다.

몸 곳곳에서 튀어나온 거대한 팔의 난무를, 우리는 계속해서 피했다. 팔이 늘어날수록 위험도 증가하고, 그만큼 간담이 서늘해질 기회도 늘어났다.

"들은 대로 귀찮은 적이군."

"레이 양의 검도, 제 불꽃도 소용없다니…… 역시나 완전판이군요."

틈만 나면 반격을 날리던 아오가사키 선배와 엘미라도 이제는 회피하기도 바쁜 상태가 됐다. 유일하게 대미지를 주고 있는 건 톳코의 머리카락 창 공격인데…… 루니에 문제도 있고 해서 제힘은 발휘하지 못하고 있었다. 눈알을 찌르는 걸 우선시하는 정도다.

"내가 때려도 멀쩡하다니, 대체 어떻게 단련한 거야?!"

"거북이는 안 때려도 됨메! 팔은 멈춰도 되지만, 발은 멈추면 안 돼우이다!"

……벌써 5분이 지났지만, 톳코는 유키미야와 교대하지 않았다. 계획대로 팔을 끌어내고 있는 이 상황에서 교대하면 안 된다고 판단했겠지.

'다들, 언제까지고 최고 속도로 움직일 수는 없어. 애당초 반드시 반지를 끼고 있다는 확증도 없잖아. 잠깐이나마 쉬는 시간을 만들어야 해.'

초조함이 차올랐지만 그래도 참으며 작전을 속행했다.

팔이 또 추가됐다. 하지만 반지는 보이지 않았다.

그런 짓을 반복하는 사이에 어느새 5분이 더 지났다. 슬슬 아오가사키 선배, 엘미라, 쿠로가메한테서 피곤한 기색이 엿보였다.

'팔이 앞으로 얼마나 더 남았지? 설마 반지를 안 끼고 있는 건가? 크레바스 찾기에 이어서 루니에 찾기도 실패하는 건가⋯⋯?'

어쨌거나 슬슬 한계다. 일단 다들 잠깐 쉬게 하고, 그동안에는 나 혼자서 버티자⋯⋯ 라고 생각한 직후.

"크아아아아아아아!"

유난히 무시무시한 소리와 함께, 슈의 몸에서 팔이 몇 개 더 튀어나왔다. 이걸로 총 26개.

그 속에서── 드디어 발견했다.

언젠가 본 적이 있는 구슬 반지를. 그걸 집게손가락에 끼고 있는 오른손을.

"좋았어, 나왔다아아! 텟짱! 저 배에서 나온 팔을 잡아 뽑아! 저게 루니에야! 혹시나 다른 팔을 뽑으면──"

단숨에 흥분했지만, 내 고함은 중간에 끊어지고 말았다.

도철이── 없다. 이 중요한 상황에. 홀연히.

아까부터 이상하게 존재감이 없다 싶었는데, 정말로 사라지고 말았다.

4

같은 무렵.

열화판 슈를 상대하던 『나락의 삼공주』는 예상보다 고전하고 있었다.

아까까지 전투에서 쓰러트린 사백 정도의 사도…… 아무리 병졸 클래스라고는 해도 그렇게 많은 혼으로 만든 합체 사도는 힘든 적이었다. 게다가 튼튼하기까지 했다.

상공에서 공격을 거듭하며, 미온은 이를 뿌드득 갈았다.

'큭, 열화판이라고 너무 우습게 봤어. 설마 삼공주가 전부 덤벼도 이렇게까지 고전할 줄이야…… 정말 꼴사납잖아!'

자신의 날개 칼날도, 주리의 환술도, 키키의 발톱과 이빨도, 괴물을 후퇴하게 만들지는 못했다. 시간을 들이면 쓰러트릴 수는 있겠지만, 이쪽에는 그럴 시간이 없었다.

'빨리 이 녀석을 해치우고 류가를 도와야 하는데…… 정말이지, 왜 내가 그 녀석을 걱정해줘야 하는데!'

——미온은 지금까지도 가끔 묘한 기분을 맛볼 때가 있었다.

자신들이 히노모리 류가와 사신들과 같은 진영에서 싸우고 있다는 것 때문에.

때로는 같이 살고, 때로는 같이 수영장에 가고, 때로는 문화제에 놀러 가고, 때로는 같이 목욕도 하고…… 우리는 숙적과 대체 뭘 하는 걸까? 그런 망설임은 아직 사라지지 않았다.

이렇게 된 건 전부 「그 사람」 때문이다.

【마신】 님을 『절복』시키는 전대미문의 사고를 저지른 소년. 도철 님, 혼돈 님이라는 두 분을 거느리게 된 그 말도 안 되는 남자.

처음 만났던 건, 아마 폐공장이었지.

그때부터 왠지 그냥 둘 수 없는 사람이었다. 처음 만났는데 무릎베개까지 해주고 말았다. 지금 생각해보면 한 눈에 반한 건지도 모른다.

'하지만, 지금 삶이 싫으냐고 묻는다면…… 그건 절대로 아니겠지.'

아마 주리와 키키도 같은 생각이겠지. 그걸 위해서라도 질 수는 없다. 이 싸움에서 활약하고, 류가 일행에게 코바야시네 집에서 사는 걸 인정하게 만들어야 한다. 지금의 생활을 계속할 거야!

"주리! 키키! 그걸 하자! 준비해!"

차녀의 결연한 외침에, 장녀와 셋째가 바로 반응했다.

"그래. 시간도 없으니까, 오랜만에 해볼까."

"하는 검미다! 야성을 해방하는 검미다!"

자매들의 승낙을 받고, 미온은 지상에서 날뛰는 합체 사도를 날카롭게 노려봤다.

두고 보라고 괴물. 『나락의 삼공주』는 그냥 아이돌이 아니라고.

그걸, 네 패배를 통해서 가르쳐줄게.

같은 무렵.

궁기&텐료인이라는 2대 보스를 도맡고 있는 류가도 예상보다 고전하고 있었다.

그중에서도 잘못 생각했던 것은 텐료인 아기토의 전투력이었다.

놀랍게도 자신의 주먹이나 발차기를 번번이 피하고 있었다. 히노모리 류가의 진심이 담긴 공격을.

'설마 이치로 말고도 이렇게까지 나와 싸울 수 있는 사람이 있었다니……'

하지만 아기토한테만 신경 쓰고 있을 수는 없다.

머리 위에서 오는 【마신】의 흉악한 손톱에도 대응해야하니까. 스치기만 해도 치명상이 될 수 있는 일격필살의 기습 공격에도.

"아하하. 허를 찔렀다고 생각했는데, 잘도 피하네 히노모리 류가. 조연치고는 제법이야."

류가는 【마신】의 조롱을 무시했다. 속삭임 전술 따위에 넘어가 줄 생각은 없다.

"그런데 너희들 말이야, 아까 이상한 소리를 했었지. 루니에를 구한다느니, 슈의 팔을 잡아 뽑는다느니…… 그게 대체 무슨 의미야?"

그 질문도 무시하고, 류가는 계속해서 그릇을 향해 주먹을 내질렀다.

제대로 싸울 생각이 없는 건지, 텐료인은 끝까지 방어에만 집중했다. 분하지만 훌륭한 몸놀림이다. 이쪽의 움직임을 완전히 간파하고 있다.

"이봐, 가르쳐줘도 되잖아. 그 대신에 나도 크레바스가 어디 있는지 가르쳐줄 테니까. 그건 바로, 아기토네 맨션 지하 스튜디오에 있어!"

자기도 모르게 "뭐?!" 하고 놀란 류가의 머리를 향해, 궁기의 팔이 날아왔다.

피할 여유는 없다. 오른팔에 오라를 집약해서, 류가는 주먹으로 그 일격을 받아쳤다.

콰앙! 굉음과 충격이 터지고, 자신들을 중심으로 반경 50m 정도의 지면이 크레이터처럼 함몰됐다. 아래팔뼈가 뿌득거렸다.

'큭, 엄청난 힘이잖아!? 잔꾀만 부리는【마신】인 줄 알았는데……!'

역시나 사흉 중에 하나. 공격을 정면에서 막아내는 건 악수다.

얼굴을 일그러트린 류가와 달리, 궁기는 멀쩡한 얼굴이었다. 사실은 가면 때문에 알 수가 없을 뿐이지만.

"어라라, 막혔네. 뭐, 난 사흉 중에서 제일 힘이 약하니까. 하지만 단순한 힘보다 중요한 건 기지라고 생각하지 않아? 이렇게, 말이야!"

궁기의 다섯 손가락에서 사기로 만든 산탄이 발사됐다.

가까이서 날아온 포격이다 보니 아무리 류가라도 전부 대응하지 못했다. 수갑으로 네 발을 간신히 막아냈지만, 나머지 한 발이 어깻죽지에 맞았다.

"큭!"

바로 어깻죽지에 치유 능력을 발동시켰다. 덕분에 아픔은 가셨지만, 류가의 얼굴은 여전히 일그러져 있었다.

'크레바스가 열린 장소가 텐료인의 자택이라고? 그건 너무 치사하지 않아?'

이치로처럼 「그런 편의주의가 어디 있어!」라고 화를 내고 싶지만, 지금은 그럴 때가 아니다. 태세를 재정비하기 위해서 거리를 벌릴 수도 없다.

그런 틈을 주면, 궁기의 그 포격이 다른 사람들에게 날아갈 수도 있으니까.

슈와의 싸움에 전념하고 있는 동료들에게는 거기에 대처할 여유가 없겠지. 그런 기습 공격으로 누군가가 다치기라도 하면 그건 전부 내 책임이다.

"궁기, 쓸데없이 끼어들지 마라. 지금은 나와 히노모리의 시간이다."

류가의 주먹과 발차기를 교묘하게 피하며, 텐료인이 머리 위에 있는 【마신】에게 못을 박는 것처럼 말했다. 이어서 이쪽에 미소까지 지어 보였다. 놀리는 거냐……!

"내 실력, 이제 알았나 히노모리. 나는 코바야시처럼 널 위험하게 만들지 않는다. 내게로 와라.”

“죽어도 싫어!”

“또 그렇게 애매한 대답을…… 솔직해져라, 히노모리.”

“이것보다 명료한 대답은 없을 텐데!”

“아무리 나라도, 언제까지고 봐줄 수는 없다.”

“봐준 적이 한 번이라도 있어?!”

“……그렇군. 힘으로 밀어붙이기를 바라는 건가. 그렇다면 이 자리에서 널 붙잡고, 쓰러트리고, 분노의 섹스를 벌일 뿐이다.”

“분노의 섹스가 뭔데! 그런 파워 워드, 들어본 적도——”

말이 끝나기도 전에, 류가의 복부에 충격이 울렸다.

아래를 봤더니 명치에, 텐료인의 주먹이 박혀 있었다. 멍청하게도 그 카운터를, 류가는 맞는 순간까지 알아차리지 못했다.

“크, 억…….”

“좋은 감촉이었다. 자, 춤을 추자 히노모리. 네 마음이 꺾일 때까지.”

말이 끝나자마자 텐료인이 지금까지의 수세 일변도에서 단숨에 공세로 전환했다. 숨 쉴 틈도 주지 않는 주먹 연속 공격을 날려댔다.

‘빠, 빠르다!’

그게 다가 아니다. 무겁고, 날카롭고, 그러면서도 정확하게 급소를 노린다. 믿을 수가 없다…… 이게 맨몸의 사람이 펼칠 수 있는 주먹이야?!

"히노모리. 여자란 남자의 보호를 받으면 된다. 얌전히 굴복해라."

"그래, 맞아. 조연인 너한테는 짐이 너무 무겁다고."

적들의 말에 류가의 속이 부글부글 끓었다.

여자네 조연이네…… 이렇게까지 무시당하면 참을 수가 없다. 역대 『용신의 계승자』인 조상님들을 뵐 면목이 없다.

'그렇다면 나도, 온 힘을 다해야겠지! 시간 벌기는 이제 끝이야!'

류가가 결의한 순간. 거기에 호응한 것처럼 손발의 장갑이 번쩍! 황금색으로 빛났다.

온몸에 활력이 넘치고 오감이 예민해졌다. 위대한 수호신 【황룡】의 신위가 자신과 일체화되는 감각── 마음이 거칠어지고 머리카락이 곤두선다.

"소용없다 히노모리. 네가 아무리 발버둥 쳐봤자──"

"하앗!"

날카로운 기합과 함께, 류가는 허리를 낮추고 손바닥 치기를 내질렀다. 날아오는 주먹의 호우를, 단번에 헤치고 나가는.

명중하지는 않았지만, 오라의 여파가 맞았다.

그리고 그건 텐료인의 안색을 바꾸기에 충분했다.

"히노모리, 너…… 아직도 그런 힘을."

"분명히 넌 강해 텐료인. 하지만, 히노모리 류가는 쓰러트릴 수 없어. 그걸 가르쳐주지."

텐료인이 흥, 콧방귀를 뀌고, 다시 수많은 주먹을 날렸다.

하지만 류가는 그것들을 모조리 격추했다. 상대를 훨씬 능가하는 숫자의 공격으로.

"나, 나를 웃도는 스피드라니······!"

"텐료인! 내 마음을, 용의 이빨을, 꺾을 수 있으면 꺾어 봐라!"

단숨에 몰아붙이는 류가 앞에, 텐료인이 처음으로 후퇴했다. 그의 얼굴에는 이미 여유가 남아있지 않았다.

······류가는 전투에서 상대나 상황에 맞춰 힘을 절약하는 훈련을 받았다. 세 단계로 나눠서 해방하는 오라를 조절하고 있다.

조금 전까지는 제2단계. 이 정도면 어지간한 적들은 충분히 쓰러트릴 수 있지만······ 그걸 최고 단계인 제3단계까지 끌어올렸다.

"새삼 반했다 히노모리. 역시 넌 내 반려가 되어야 한다. 최고의 여자다."

열세에 몰렸는데도 텐료인은 그런 소리를 지껄였다. 게다가 조금씩 공격에 대응하기 시작했다. 놀라운 전투 센스······ 천부적인 재능이었다.

하지만 류가는 멈추지 않았다.

상대의 움직임을 예측해서 1초 뒤의 텐료인에게, 2초 뒤에 텐료인에게 앞질러 가는 것처럼 주먹을 날렸다. 의식을 가속해서, 미지의 적을 향해 이를 드러냈다.

"저기 아기토. 이거 좀 위험하지 않아? 역시 내가 도와주는 게——"

궁기가 그런 제안을 했을 때.

"궁기이이이! 너 이 자식, 아까 류가땅 어깨에 포격을 날렸겠다아아아아!"

여우 가면 【마신】을 향해, 옆쪽에서 칠흑의 【마신】이 날아들었다. 이치로와 함께 완전판 슈와 싸우고 있어야 하는 게 아니었나?!

"도, 도철?! 어째서 이쪽으로 왔어?!"

"그게, 루니에의 팔이 나오질 않아서! 시간도 걸릴 것 같고!"

"그래서 내가 열심히 싸우고 있잖아! 빨리 제자리로 돌아가!"

"이 자식 패주고 갈게! 류가 땅을 다치게 한 벌로, 가면을 벗겨주겠어! 그리고 그 못생긴 얼굴을, 전국의 안방극장에 까발려주고!"

그대로 궁기와 엄청난 공방을 펼치는 도철. 더 이상 이쪽의 말은 듣지도 않았다.

이 국면에서 지시를 무시한 도철 때문에 류가는 살짝 현기증이 났다. 뭐야 이치로! 제대로 지휘를 해야 하는 거 아니냐고!

잠깐 시선을 돌려보니 역시 이치로가 이쪽을 향해 뭐라

고 소리를 질러대고 있었다. "야 인마! 루니에가 나왔다고 인마! 까불지 마! 짜샤! 저녁밥 안 준다 인마!"라고 말하는 것 같았다.

"도철! 루니에의 팔을 찾아낸 것 같아! 제발 부탁이니까 돌아가!"

필사적으로 설득했지만 소용없었다. 도철은 완전히 분노 상태였다.

류가 일행과 마찬가지로 머리 위에서 장절한 공방이 펼쳐졌다. 저 텟짱과 맞서 싸우는 걸 보면, 궁기도 역시 【마신】이다.

"뭐, 뭐야 텟짱! 이런 진흙탕 싸움은 내 캐릭터가 아니거든!"

"알 게 뭐야! 좋았어, 그럼 난 머리카락을 걸겠다! 지면 빡빡 밀어주지! 그러면 불만 없겠지!"

"네 빡빡머리 따위는 보고 싶지도 않다고! 정말이지, 이래서 근육 뇌는 싫다니까!"

"그럼 바가지 머리는 어떠냐! 키키랑 똑같이!"

"됐어! 좀 보고 싶어졌잖아!"

그런 말다툼을 하면서, 【마신】들이 동시에 사기 파동을 내뿜었다.

그것들이 가까이서 부딪치고 초신성처럼 터졌다. 게다가 한 발이 아니라 연속으로 몇 발이나. 바로 밑에 있는 류가는 고막이 찢어질 지경이었다.

'루니에를 구할 천재일우의 기회인데……!'

이대로는 그 기회를 날려버리게 된다.

아마도 톳코는 도철만한 힘을 쓸 수 없을 거다. 그녀의 힘으로는 슈한테서 팔을 뽑아낼 수 있을지 없을지 모를 일이다.

역시 무슨 수를 써서라도 도철이 돌아가게 해야 하는데…… 그렇게 초조해하며, 다시 한번 이치로를 흘끗 본 순간. 류가의 얼굴에서 핏기가 가셨다.

"!"

시선 저편에서는 이치로가 아직도 소리를 질러대며 도철한테 손짓하고 있는데, 그런 이치로의 머리 위에 완전판 슈의 커다란 팔이 떨어지고 있었다.

"이치——"

그 목소리가 닿기도 전에.

쿠우웅! 하는 큰 소리가, 운동장 전체에 울렸다.

5

기껏 루니에의 팔이 나왔는데, 정작 뽑아내기 담당인 도철이 없었다.

그것이 내 첫 번째 오산이었다.

그 오지랖도 넓은 녀석은 어느샌가 류가를 도우러 가 있었다. 나중에 하려고 예정해뒀던 류가, 도철 VS 아기토,

궁기를 멋대로 시작해버린 것이다.

'저 【얼간이 마신】 자식! 덕분에 계획을 다 망쳤잖아! 돌아가면 벌로 빡빡머리를 만들어버려야지! 아냐, 바가지 머리로 해주겠어!'

도철의 스탠드 플레이에 격노한 결과, 나는 완전판 슈한테서 주의를 돌리고 말았다. 그 경거망동이── 치명타로 돌아왔다.

'바보 자식! 도망쳐 도령! 위에서 주먹이 온다!'

내 안에 있는 혼돈이 외치고, 동시에 뭔가가 떨어지는 기척이 느껴졌다. 그럭저럭 커다란 덩어리가, 엄청난 기세로.

위쪽을 봤더니 아나나 다를까, 커다란 주먹이 떨어지고 있었다. 집게손가락에는 구슬 반지…… 그건 얄궂게도 루니에의 팔이었다.

"아, 이런."

피하기에는 이미 늦었다── 직감적으로 그렇게 깨달았다.

사람이 죽을 상황에 부닥쳤을 때, 어쩌면 큰 리액션을 보이지 않을지도 모른다. 실제로 나 자신도 그 짧은 한마디를 중얼거렸을 뿐이다.

시야 한쪽에 비통하게 내 이름을 절규하는 아오가사키 선배, 엘미라, 쿠로가메&톳코의 모습이 슬로모션이 된 것처럼 눈에 들어왔다.

'그렇구나. 이게 신께서 내게 내린…… 판결인가.'

단순한 친구 캐릭터가 열심히 스토리에 끼어들어서 눈에 띈 죄. 그 결과는 역시나 극형인 것 같다. 나는, 여기서 죽는구나.

……아버지, 어머니. 먼저 가는 불효자를 용서해주세요. 당신들의 아들은 인간계의 평화를 되찾기 위해 싸우다 죽었으니 너무 슬퍼하지는 마시고요.

예전에 두 분이 말했었지. 「넘버원이나 온리 원이 되지는 않아도 돼. 아무튼 유급만 하지 마라」고. 먼저 죽는 건 사과할 테니까, 두 분이 마키하라한테 사과해줘.

'아아…… 죽는 순간이라는 게, 이렇게나 길게 느껴지는 거구나. 만약 성불하지 못하면, 바로 텟짱한테 붙어서 저주해야지. 이번엔 내가 달라붙어 주마.'

류가. 모두. 뒷일을 부탁해. 부디 열심히 해줘.

내 시체를 넘어서, 이 최종 결전에서 반드시 승리해줘. 난 그걸 지켜볼 테니까. 저 하늘의 별이 돼서. 또는 지박령이 돼서.

──내가 죽으면 그릇을 잃은 도철과 혼돈도 퇴장하겠지만.

──전력차가 커지는 데다 사기도 뚝 떨어지겠지만.

──루니에 구출은 고사하고, 까딱하면 승리 자체가 위태로워지겠지만.

'어?! 잠깐만! 여기서 내가 없어지면 엄청 큰일인 것 아닌가?!'

그거, 궁기가 생각하는 배드 엔딩으로 곧장 달려가는 거잖아!

내가 죽는 건 괜찮다. 하지만 그 때문에 다른 사람까지 목숨을 잃게 되면…… 틀림없이 내 탓이 된다. 도움이 안 되는 정도가 아니잖아.

애당초 나는 류가를 끝까지 지지해줘야 하는 것 아니었나?

그게 다가 아니다. 시즈마를, 어린 아들을 남기고 죽는 거잖아?

죽어서 분위기를 달아오르게 만드는 수법은, 너무 안이한 발상이 아닐까?

'이봐요 신님! 집행유예를 주세요! 하다못해 승리가 확정될 때까지 만이라도 날 살려달라고요!'

마음속으로 그렇게 절규한 순간. 두 번째 오산이 일어났다.

쿠웅! 하는 큰 소리가 울린 것과 동시에 슈의 주먹에 짓눌──린 줄 알았는데, 의외로 무사했다.

누군가가 슈의 일격을 아슬아슬하게 받아낸 것이다.

위를 올려다보자 도깨비처럼 생긴 【마신】이 버텨서고 있었다. 이마에 뿔이 하나 달린 발끝까지 완전히 실체화된, 근육이 우락부락하고 덩치 큰 남자. 즉『힘의 혼돈』이었다.

"어? 어라? 어, 어째서 이 몸이 나올 수 있지?!"

등장한 본인도 놀란 눈치였다.

도철과 혼돈은 동시에 완전한 모습으로 나올 수가 없다. 그리고 지금은 도철이 이미 나와 있는 상황이었다.

슈의 팔을 밀어내면서, 혼돈이 날 내려다봤다. 전율하는 눈빛으로.

"전투 형태의【마신】둘을 동시에 나오게 하다니…… 설마 도령, 그릇으로서 또 진화한 거 아냐? 생명의 위기에 직면해서 새로운 잠재능력에 눈을 떴다는 건가?"

아무리 그렇게 말해도, 나도 뭐가 뭔지 모르겠다. 자각이라고는 하나도 없었다. 내가 바라는 건 진화가 아니라, 굳이 따지자면 진급이다.

'여기까지 와서 또 사고를 쳤나…… 이게 무슨 편의주의냐고!'

하지만 멍하니 있을 때가 아니다. 이건 큰 기회다.

사흉 중에서 제일가는 파워를 자랑하는 혼돈이 있다면 작전은 속행 가능. 그리고 혼돈은 지금 막, 루니에의 팔을 막고 있다.

"혼돈 아저씨! 그 팔 잡아 뽑아! 그게 루니에야!"

"그래, 맡겨만 두라고."

반지를 낀 오른팔을, 혼돈이 붙잡았다. 이어서 있는 힘껏 뿌득뿌득 뽑기 시작했다.

"음, 꽤 단단한데…… 이게!"

그러는 사이에도 슈는 온몸의 팔을 총동원해서 혼돈을 마구 때려댔다.

하지만 그 저항은 오래가지 않았다.

"루니에 구출을 방해하지 말라우!"

바로 톳코가 머리카락 다발 몇 개로 슈의 팔들을 묶었다.

직후에 지지지직! 머리카락에 사기의 전류가 흘렀고, 슈가 괴로움의 대합창을 했다.

톳코 자식, 그런 기술을 숨겨두고 있었나. 묘지에서 시마&사이힐을 상대했을 때는 안 보여줬던 공격이다. 한마디로 그때는 진심이 아니었다는 얘긴가.

'역시나 『기술의 도올』이네…… 혼돈도 같이 감전됐지만.'

그제야 겨우, 사신 히로인즈가 내 곁으로 모였다.

"무사한가 코바야시! 이번에는 정말 틀린 줄 알았다!"

"정말요! 사람 조마조마하게 만들지 마세요!"

"그러게! 납작 빈대떡이 돼서, 평면 잇군이 되는 줄 알았잖아!"

날 꼭 끌어안고 생존을 기뻐하는 아오가사키 선배, 엘미라, 쿠로가메.

그리고 각자 주머니에서 페트병을 꺼내서 물을 꿀꺽꿀꺽 마셨다. 쉬는 시간은 잘 챙기고 있네. 톳코한테까지 물을 줬다.

그러는 사이에도 혼돈은 열심히 줄다리기를 이어갔다. 아직 힘을 완전히 되찾지 못한 탓인지 상당히 고전하고 있었다.

"힘내 아저씨! 믿을 건 너뿐이야! 오~ 예스! 오~ 예스!"

사신 히로인즈도 편승해서 "오~ 예스! 오~ 예스!"라며 격려를 보냈다. 톳코만 혼자서 "어기영차! 어기영차랏샤샤샤!" 하는 소리를 외치고 있다. 안무까지 섞어서.

그런 우리의 성원이 전해진 건지.

"허으라차아아아아!"

혼돈이 유난히 큰 기합을 지르자 루니에의 팔이 쭈욱 빠지기 시작했다.

하지만 다른 오른팔이 톳코의 머리카락을 뜯어내고 위쪽에서 혼돈을 덮쳤다. 딱 하나 유난히 힘이 넘치는 팔이 있잖아!

방해하려는 그 팔을 "까불지 마!"라고 외치며 한 손으로 움켜쥐고, 루니에의 팔과 함께 뽑아내는 혼돈. 관자놀이에 혈관이 불끈불끈 튀어나왔다.

그리고 마침내—— 완전판 슈한테서 팔 두 개를 뜯어냈다.

허공을 날아서, 조금 떨어진 곳에 털썩, 하고 떨어진 두 개의 오른팔. 곧바로 그 팔들이, 천천히 사람 모양으로 변화했다. 사도 둘이 원래 모습을 되찾아갔다.

"으, 큭……여기는……?"

"소승은 대체……?"

대성공이었다. 그것은 왕거미형 륙장 루니에와 예전에 시마를 감싸고 희생됐던 장수풍뎅이형 계장 사이힐이었다.

그러고 보니 시마가 부탁했었지. 루니에랑 같이 사이힐도 구출해달라고.

멍하니 땅바닥에 앉아 있는 장군 사도들에게, 톳코가 큰 소리로 말했다.

　"루니에! 시방 막 살아났는데 미안하지만, 괴물 퇴치 좀 도줘! 이건 내랑 시오리, 두 주인의 명령임네!"

　"도, 도올 님……? 죄송하지만, 상황을 설명해 주시면……."

　"지금은 라스트 배틀이 한창임메! 잔말 말고 저 괴물을, 슈를 조지란 말이여!"

　그 이름을 듣고 깜짝 놀라서 바로 몸을 일으키는 왕거미 사도. 그리고 톳코는 여전히 넋이 나가 있는 장수풍뎅이 사도를 향해 외쳤다.

　"그리고 사이힐은 사도 군세를 정리해! 자세한 건 시마한테 물어보더라고!"

　"그, 그건 즉, 궁기 님께 적대하는 것이……."

　"말대답하지 말라! 사이힐 넌 이미 유키미야 가문 종업원으로 내정됐어야! 정원사로!"

　"잘은 모르겠지만 아무래도 소승의 목숨을 구해주신 것 같으니…… 따르는 수밖에 없겠군요."

　더 이상 투덜대지 않고 지시에 따라 달려가는 두 장군. 한쪽은 이미 혼돈과 전투를 재개한 슈를 향해, 한쪽은 난전이 벌어진 적군을 향해, 제각기 돌진했다.

　──절체절명의 위기에서, 단번에 전국이 이쪽으로 기울었다.

여기까지 왔으면 배드 엔딩은 벌어지지 않겠지…… 그렇게 가슴을 쓸어내리고 있을 때.

곳곳에서 동시 진행 중이던 배틀도 슬슬 막바지에 들어서고 있었다.

먼저 삼공주 VS 열화판 슈의 싸움.

긴 교착상태를 보였던 것 같은 전황에 겨우 변화가 일어나려 하고 있었다.

"자…… 키키, 준비됐어? 멀미약은 먹었고?"

"먹었쭙니다! 얼마든지 하는 검미다!"

고개를 크게 끄덕인 키키의 작은 몸을, 주리가 긴 뱀 꼬리로 칭칭 감기 시작했다. 마치 팽이에 끈을 감는 것처럼. 두 사람의 등 뒤에서는 미온이 날개를 펼치고서 대기하고 있었다.

그런 삼공주를 향해 쿵, 쿵 다가오는 8m급 괴물. 온몸에서 꿈틀대는 수많은 팔이 마치 촉수처럼 보였다.

괴물과의 거리가 6, 7m까지 가까워졌을 때.

킹코브라 사도가 그 자리에서 세차게 회전하기 시작했다. 꼬리로 감은 에조 늑대 사도와 함께. 회오리바람처럼.

그걸 본 열화판 사도가 잠깐 걸음을 멈췄다. 이성도 지성도 없을 괴물이지만, 그래도 본능적으로 위험을 감지한 것 같다.

"이거나 먹어라 이 괴물!"

"이것이 우리 삼공주의 합체기!"

"필살『소녀의 철퇴』임미다!"

삼공주가 대사를 나눠서 외치더니.

원심력을 이용해서, 장녀가 꼬리로 감은 셋째를 단숨에 사출했다. 엄청난 스핀을 걸어서.

동시에 둘째가 두 날개를 번뜩이며 폭발적인 선풍을 날렸다. 안 그래도 빙글빙글 돌고 있는 키키의 속도와 관통력이 증폭됐다.

결판은 순식간이었다.

슈는 광속의 드릴 탄환으로 변한 키키를 막을 방법이 없었다.

한 줄기의 유성이 슈의 배를 꿰뚫었다. 괴물의 거구에 바람구멍이 났다.

아니, 그것은 구멍 같은 귀여운 것이 아니었다. 자세히 보니 슈의 몸이 송두리째 날아가, 원래 모습을 찾아볼 수가 없었다.

'끄, 끝내준다……!'

깜짝 놀라고 있는 내 시선 저편에서, 열화판 슈의 잔해가 소멸해갔다.

빛의 입자가 돼버린 수백 개나 되는 혼들이 반짝반짝 빛나며 밤하늘로 흩어져갔다. 이미 한 번 죽은 그들에게는 궁기의 능력도 쓸 수 없다. 그냥 혼면전으로 가버리겠지.

'설마 저 녀석들한테 저런 비장의 카드가 있었을 줄이

야…… 훌륭한 연계였어!'

필살『소녀의 철퇴』. 네이밍도 꽤 훌륭하다.『다 함께 쿵』
하고는 비교도 안 될 만큼 좋은 센스다.

"후우. 뭐, 마음만 먹으면 대충 이렇지 뭐."

한쪽 날개를 펄럭 흔들고 멋지게 포즈를 잡는 미온. 여
기서도 거만한 얼굴을 알아볼 수 있었다.

"아끼지 말고 좀 더 일찍 쓸 걸 그랬나? 하지만 이 기술
은 키키가 너무 힘드니까…… 그 아이, 괜찮으려나."

블론드 머리카락을 쓸어 올리며, 주리가 걱정하는 얼굴
로 이리저리 둘러봤다.

그 시선 너머에서, 키키가 우웩우웩 토하고 있었다. 이
장면에는 모자이크 처리를 부탁한다.

"비, 비닐봉지를 가지고 왔어야 해쭙니다…… 하이리스
크한 오의임다……."

뭐, 그렇게 회전하면 속이 뒤집힐 만도 하지. 이 필살기,
셋째한테만 부담이 너무 큰 것 같다.

'어쨌거나 열화판 슈는 처리했다. 시즈마와 시마는 어떻
게 됐지? 은근히 힘든 일을 시켰는데…….'

이어서 대군을 상대로 분전하고 있는 시즈마 쪽을 봤다.

그렇게 많았던 사도의 군세가 어느새 눈에 띌 정도로 줄
어 있었다.

곳곳에 기절한 사도가 누워 있고, 지금도 계속 숫자가

줄고 있다. 일기당천의 얼룩말 사도와 치타 사도, 그리고 새로 참전한 장수풍뎅이 사도에 의해.

"흐흥. 부활했냐 사이힐! 그때는 날 지켜줘서 고마워! 답례로 다음에 가슴 빨게 해줄게!"

"필요 없다. 어린아이 앞에서 무슨 소리냐. 그 수유, 벌할지어다."

엄청난 전투력을 자랑하는 장군 콤비와 달리, 시즈마의 얼굴에는 피곤한 기색이 여실했다.

무리도 아니지. 아무리 강하다고 해도 아직 몸은 세 살 어린애. 게다가 「불살」 주의를 지키면서 싸우는 건 상당히 힘들 테니까.

……하지만, 난 도우러 가줄 수가 없다. 혼돈과 따로 행동할 수가 없으니까.

그리고 그 현장에는 이미 구원을 보냈다. 사이힐 말고. 저 장수풍뎅이 승려는 어디까지나 행운의 산물이다.

슬슬 도착할 때가 됐는데.

이계에서 계속 우리 아들을 도와준, 시즈마가 신뢰하는 부하들이.

"좋았어! 얼룩말 꼬마의 움직임이 둔해졌다! 저놈을 집중적으로 공격해!"

"체면 따질 때가 아니다! 어른의 힘을 보여줘라!"

"저 꼬마를 쓰러트리면 신설 유닛 『나락 십본창』의 센터가 될 수 있다! 지금이 출세할 기회다!"

제각기 어른답지 못한 소리를 외치며 사방에서 시즈마에게 달려드는 유상무상의 이형들. ……하지만 그들의 공격은 우리 아들한테 닿지 못했다.

상공에서 날아온 새 그림자가 적들을 차례로 날려버렸다.

거한 사도가 돌진해 와서는 긴 목으로 적들을 단번에 쓸어버렸다.

정확한 독침 난사가 적들의 엉덩이라는 엉덩이마다 꽂혔다.

"어? 너, 너희들?!"

그 도움에 누구보다 놀란 건 다름 아닌 시즈마였다. 자신을 중심으로 삼각 진형을 짜고 있는 삼인조를 둘러보며, 커다란 눈을 깜박거렸다.

"제루바, 가이고, 야구자? 어째서 여기에…….'

그렇다. 그들은 부대장 트리오였다.

일단은 계속 이계에 머물면서 『나락성』을 수비해달라고 했던 매 사도, 기린 사도, 말벌 사도다.

"여, 도련님. 늦어서 미안해. 아무래도 인간계는 처음이라서 말이야, 오메이 고등학교 운동장이라는 게 어디인지 모르겠더라고.'

"히노모리 쿄카 공으로부터 요청이 있었습니다. 이제 성을 수비할 필요는 없으니까, 서둘러 이쪽의 원군으로 와달라고.'

"문이 닫히기 직전이었다니까요~ 늦지 않아서 다행이네

요~."

　……사실 쿄카한테 그렇게 해달라고 부탁한 건 바로 나였다.

　궁기한테 혼면전이 아무런 의미가 없는 곳이었다——그 사실을 알게 된 뒤에, 나는 쿄카한테 메시지를 보냈다. 『부대장 트리오한테 이쪽으로 와달라고 해줘!』라고.

　휴대전화로 메시지를 보내는 날 보고서 유키미야는 「루니에의 오른손엔 반지가 있다」고 메모했다고 생각한 것 같지만…… 아무리 나라도 그렇게까지 바보는 아니다. 닭보다는 똑똑하다.

　충직한 동료들이 나타나자 시즈마의 눈에 바로 활기가 돌아왔다.

　"세 사람이 있으면 힘이 백배지! 이계에서 날뛰었던 것처럼, 여기서도 우리의 힘을 보여주자!"

　시즈마가 힘이 넘치는 목소리로 말하자, "예!" 하고 대답하는 부대장 트리오.

　시즈마, 시마, 사이힐, 그리고 부대장 트리오…… 저 멤버면 걱정 없겠지. 이미 여기저기서 전투를 포기하는 적사도도 보이기 시작했다.

　'이제 남은 건 완전판 슈. 그리고 궁기와 아기토다.'

　승리로 가는 길이 또렷하게 보이기 시작했다.

　이제 거의 다 왔어 류가. 최종 결전의 클라이맥스가, 바로 눈앞까지 다가왔다고.

아아, 신이시여. 이렇게 됐으니까 조금만 더 집행유예를 주세요. 지금이라면 죽어도 되지만, 기왕 여기까지 왔으니까 더 보게 해주세요.

우리의 주인공 히노모리 류가가── 승리하는 순간을.

6

"루, 루니에와 사이힐이 원래대로 돌아왔다고?! 그런 말도 안 되는 일이!"

슈의 팔을 뽑아냈더니, 먹이로 줬던 두 장군이 부활했다──

그 사태에 가장 놀란 건 제작자 궁기였다.

생각했던 대로, 궁기 녀석은 슈의 약점을 몰랐던 모양이었다.

한마디로 자기 능력을 정확히 파악하지 못했던 것이 저 녀석의 패인.

그리고 본인도 몰랐던 그 시스템을 알아차린 것이 우리가 승리하는 요인이다.

"이런 게 어디 있어! 저 코바야시 소년이 【마신】을 동시에 둘이나 소환한 것도 이상하다고!"

그 건에 대해서는 나도 몰랐다. 내 능력을 정확히 파악하지 못한 건, 사실 이쪽도 마찬가지다.

'어쨌거나 이 최종 결전에서 내 미션은 다 완수했어. 지

금부터의 역할은 배틀 실황중계와 해설…… 방송석의 코바야시 군이야!'

나는 반드시 궁기나 아기토와는 엮이지 않을 거다. 아니, 더 이상 배틀 자체에 관여하지 않을 거다.

지금은 도철은 물론이고 혼돈까지 나와 있다. 나라도 자중하지 않으면 전력차가 너무 뚜렷해져서 조마조마한 느낌이 약해진다.

"슈에게 이런 결함이 있었다니……! 아, 진짜 최악이네!"

처음으로 낭패한 기색이 역력해진 궁기를, 도철이 헤드록으로 뿌득뿌득 조였다. 비겁하게도 가면에 손을 대고 벗기려 하고 있었다.

"자, 자! 포기해라 궁기! 다들 네 민낯을 보고 싶어 한다!"

"다들 보고 싶어 하는 건 네 바가지 머리 꼴이라고!"

궁기는 도철의 팔에서 억지로 탈출해, 아홉 개의 꼬리를 흔들어댔다.

상하좌우에서 날아오는 꼬리 찌르기를 말도 안 되는 반응속도로 회피하는 우리 【마신】.

"야 궁기, 꽤 기특한 마음가짐인데. 너라면 일대일 대결에 응하지 않고 은근슬쩍 넘어갈 줄 알았는데."

"그야, 나도 그러고 싶지만 말이야. 그러면 흥이 깨지잖아. 난 비겁한 짓이라면 얼마든지 하지만, 이야기의 흥을 깨는 짓은 안 한다고."

훌륭한 연출가의 혼이다. 도철보다 저 녀석을 응원해주

고 싶어졌다.

"흥, 그래 좋다. 너 따위가 날 쓰러트릴 수——"

"아, 텟짱. 히노모리 류가, 가슴 보인다."

"뭐!"

자기도 모르게 아래에 있는 류가를 빤히 쳐다본 도철에게, 궁기가 사기 파동포를 날렸다. 배에 제대로 얻어맞은 도철이 "꾸엑!" 하고 개구리 같은 소리를 질렀다.

"말했잖아. 비겁한 짓은 한다고."

"이, 무슨 치사한……. 더는 용서 못 한다! 네놈만은 절대로 용서 못 해!"

"어이, 울 것까진 없잖아."

이번엔 궁기가 공세에 나서 도철을 몰아붙였다.

너희들, 뜨겁게 싸우는 건 좋지만 적당히 좀 하라고. 밑에서 싸우는 주인공의 존재감이 흐려지잖아.

그 류가는 지금도 일방적으로 아기토를 몰아붙이고 있었다.

풀려난 야수처럼 주먹과 발차기를 날려대는 『용신의 계승자』. 보아하니 전투 레벨을 최고 단계인 제3단계까지 끌어올린 모양이었다.

'전력으로 싸우는 류가를 상대로 이렇게까지 버티는 아기토도 대단하다만, 저만하면 슬슬 후회가 들지 않으려나? 히노모리 류가를 『평범한 여자애』 취급한걸.'

궁기의 기습 공격을 경계할 필요만 없다면, 이런 전개가 되는 건 명백한 일이다.

순수한 일대일 대결이라면 류가는 반드시 아기토를 이긴다…… 양쪽의 실력을 알고 있는 나는 처음부터 알고 있었다.

"훌륭해…… 훌륭하다 히노모리!"

그러나 궁지에 빠진 아기토의 얼굴은 왠지 황홀한 표정이었다.

"너는 항상 내 가슴을 뛰게 한다. 무료와 허무로 가득 찬 이 마음에 선명한 색채를 준다. 그래서 나는…… 널 원하는 것이다!"

"또 시야? 미안하지만 들어줄 생각 없어."

"내겐 네가 필요하다! 사귀어다오, 히노모리!"

"그쪽도 들어줄 생각 없어!"

"또 그렇게, 어금니에 뭔가가 낀 것 같은 애매한 대답을!"

"그냥 듣고 싶지 않아!"

싸울 때 문답은 기본이라면 기본이지만…… 가능하다면 조금 더 진지한 내용으로 해주면 안 될까. 뭐야 김빠지게.

'뭔가 그런 것 있잖아! 인류가 얼마나 오만한지! 그래도 인류를 믿고 싶냐는, 그런 얘기!'

조용히 지적하고 있는데, 갑자기 뒤쪽에서 완전판 슈의 포효가 들려왔다.

고개를 돌려보니 괴물이 혼돈&톳코&루니에라는 인정사정없는 멤버들한테 몰리고 있었다.

"어떻게 된 거냐 인마! 기껏 축제가 벌어졌는데, 손맛이 하나도 없잖아!"

"루니에를 구해냈으니께, 더 이상 봐주지 않음메! 실컷 후두려 팰 것이여!"

"내 주인 도올 님께 거역한 죗값, 죽음으로 치러라!"

합체 사도가 죽기 직전이다. 당연히 당해낼 리가 없지.

안 그래도 슈는 장군 클래스의 혼을 두 개나 뽑혀서 약해져 있다. 이미 아까보다 사기의 스케일도, 팔 숫자도 대폭 감쇄한 상태다.

"우리도 잊으면 곤란하지!"

"잘 구워드리겠어요!"

"나도 때리고 싶어~ 톳코, 슬슬 시오랑 교대해줘! 너무 오래 업었어!"

거기에 아오가사키 선배, 엘미라, 쿠로가메까지 있으니, 이젠 숫자의 폭력이다. 완전판 슈가 쓰러지는 것도 시간문제겠지…….

그때.

도철과 격렬한 싸움을 벌이는 중에 빈틈을 노려 궁기가 손가락을 딱 하고 튕기자 완전판 슈가 바로 몸을 돌려서 포위망을 돌파하더니 난전 상태가 된 시즈마 일행에게—
아니, 정확히는 세 살 아이를 향해 달려갔다.

'시즈마의 혼으로 다시 파워업 시킬 생각인가! 저 아이가 피폐해지길 기다렸던 거구나!'

적의 의도를 알아차리고, 나는 바로 뛰쳐나가려고 했다. 하지만, 그럴 필요는 없었다.

"필살『소녀의 철퇴』!"

그렇게 외치는 소리가 들려왔나 싶었더니, 유성과도 같은 빛의 탄환이 날아와서 슈의 한쪽 다리를 날려버렸다. 괴물의 커다란 몸이 요란하게 넘어지면서 땅을 성대하게 울렸다.

……굳이 말할 필요도 없이 삼공주의 공격이었다.

아까 보여줬던 합체기였다. 큰 도움이 되긴 했는데, 그렇게 연속으로 날려도 되는 걸까? 특히 키키가 걱정인데.

결과적으로 몇 걸음 만에 발을 멈춘 나한테, 백로 사도와 킹코브라 사도가 다가왔다. 에조 늑대 사도만 멀리 떨어진 곳에서 또다시 모자이크 처리가 필요한 행위를 하고 있었다.

"이치로 군, 우리도 이쪽에 가세할게. 도철 님이 있다면 더 이상 류가는 도와주지 않아도 될 테니까."

"【마신】 님을 동시에 두 분이나 소환하시다니, 여전히 터무니없으시군요. 역시 우리 이치로 님은 이래야죠."

"하나도 안 기쁘거든! 그나저나 삼공주까지 완전판 슈퇴치에 붙는 건가……."

일이 조금 곤란해졌다. 솔직히 말해서 이쪽은 이미 인원수가 충분한데.

현재 멤버로도 충분한데 삼공주까지 참전하면…… 어떤

의미에서는 슈를 학대하는 꼴이 된다. 방송 심의 위원회에 민원이 들어갈지도 모른다.

'설마 여기까지 와서 이쪽 전력이 남게 될 줄이야…… 등장인물 숫자가 이런 식으로 문제가 되다니…….'

어떻게든 잘 처리해야 하는데. 미안하지만 류가, 내 멋대로 작전 좀 짤게.

"삼공주. 너희는 시즈마를 지원해줬으면 싶어. 저대로도 어떻게든 될 것 같지만, 빨리 처리해서 나쁠 건 없으니."

"알았어, 이치로 군. 가자 주리, 키키! 후딱 섬멸하는 거야!"

"그럼 그거 또 할까? 오늘은 필살기 대출혈 서비스로."

"그럴까? 키키, 돌아와! 필살 『소녀의 철퇴』야!"

그건 그만해! 그러다 막내 잡겠다!

피도 눈물도 없는 둘째와 장녀에게, 내가 필사적으로 자숙을 요청했을 때.

드디어 메인 배틀도 막바지에 들어서려 하고 있었다. 류가의 번개 같은 철권이 드디어 아기토를 때린 것이다.

"크헉!"

재빨리 팔로 막기는 했지만, 위력을 죽일 수는 없었는지 아기토가 멋지게 날아가 버렸다.

그릇과 따로 생동할 수 없는 머리 위의 궁기도 마찬가지로 끌려 날아가고 말았다. 마침 펀치를 휘두르던 도철도 헛손질하며 넘어졌다.

——찰나. 나와 류가의 눈이 마주쳤다.

그것은 1초도 안 되는, 한순간의 일. 하지만 난 알아차렸다. 그 시선의 의미를. 그녀가 무슨 말을 하고 싶은지를.

당연하지. 우리는 누구보다 깊은 유대로 맺어져 있으니까.

코바야시 이치로는—— 히노모리 류가의 「친구 캐릭터」니까!

"어이 텟짱! 돌아와! 넌 완전판 슈를 부탁한다!"

나는 바로 도철에게 지시를 날렸다. 이어서 이번에는 톳코에게 외쳤다.

"톳코! 유키미야와 체인지 해! 미안하지만 여기서부터는 그쪽 차례야!"

그리고 마무리를 위해, 최후의 지시를 큰 목소리로 외쳤다.

"유키미야! 아오가사키 선배! 엘미라! 거북이! 류가를 도우러 가! 이 역할은, 다른 누구도 맡을 수 없어!"

……그렇다. 최후의 승리를 거머쥐는 것은 이 멤버들이 아니면 안 된다.

이 이야기는 어디까지나 히노모리 류가와 사신들이 메인. 마지막 보스를 쓰러트리는 것은 그녀들 다섯 명이어야만 한다. 【마신】도 삼공주도, 그리고 나도 끼어들어서는 안 된다.

바로 그것이 내가 그리는, 라스트 배틀의 마무리다!

"잘은 모르겠지만, 알겠습니다! 아무래도 두 번이나 명령을 무시할 수는 없으니까요!"

"생각해보니까 내, 시오리랑 하나도 안 바꼈어야! 너무 까불었음메!"

다행히도【마신】들은 얌전히 따라줬다.

한편 사신 히로인즈도 이미 신속하게 움직이고 있었다. 다만 유키미야는 왕거미 사도를 보고 발이 약간 느려졌다.

"세바스찬……!"

"시오리 아가씨. 전황은 최종 국면입니다. 자, 다녀오십시오."

루니에의 배웅을 받으며 유키미야가 달려갔다. 여기서 사적인 정을 우선시할 정도로 초보자 히로인은 아니다.

순식간에 류가 곁으로 네 명의 레귤러 캐릭터들이 다 모였다. 주인공 양옆에 각각 두 명씩 섰고, 다 같이 궁기와 아기토를 날카롭게 노려봤다.

"……다들. 준비는 됐지?"

류가의 한마디에 고개를 끄덕이는 유키미야, 아오가사키 선배, 엘미라, 거북이.

"히노모리 군. 내『축명의 무녀』의 힘, 마지막까지 당신과 함께."

"나는『참무의 검사』. 류가…… 나는 네 검이다."

"물론 저,『상암의 혈족』도 잊지 마세요. 보여드리죠, 그 진정한 힘을."

"나도 있어! 『성벽의 수호자』는 류짱의 방패야! 때리기 전용 방패!"

우연인지 필연인지, 제1부 라스트 배틀 때도 들었던 대사다. 거북이만 새로 추가됐지만.

복부를 누르며 웅크리고 있던 아기토가 고개를 들었다. 궁기는 마지막 발버둥인지 온몸에서 방대한 사기를 발산하고 있었다.

마지막 보스들도 이미 눈치챘겠지.

한없이 부풀고 있는, 류가 일행이 내뿜는 오라의 의미를. 그녀들이 지금부터 최강의 필살기를 발동시키려고 한다는 걸.

"자, 모든 것을 끝내요! 신위 해방——【백호】!"

"태고로부터 계속된 싸움에, 여기서 결판을 낸다! 신위 해방——【청룡】!"

"이로써 숙명과도 작별이에요! 신위 해방——【주작】!"

"슬슬 졸리니까! 신위 해방——【현무】!"

"이 일격에, 우리의 마음을 남김없이 담겠어! 신위 해방——【황룡】!"

다섯 명의 외침에 호응해서, 각각의 컬러풀한 오라가 짐승 모습을 이뤘다.

직후, 그녀들은 자신의 수호신과 하나가 되어 오색의 눈부신 빛의 탄환으로 변해 하늘 높이 날아올랐다. 그리고…… 하나의 거대한 혜성이 됐다.

"나, 나왔다! 바로 저게 류가 일행의 궁극 필살기! 예전에 혼돈, 텟짱을 쓰러트린 최대이자 최강인 비장의 카드!"

지금이 기회라는 것처럼 있는 힘껏 큰 목소리로 해설했다. 수많은 감정을 담아서.

아아, 열심히 하길 잘했다…… 이 장면을 중계할 수 있다니, 친구 캐릭터로서 이보다 큰 복이 어디 있겠어.

"사라져라【마신】궁기! 나락 밑바닥으로!"

주인공의 고함과 함께, 혜성이 떨어진다.

나선을 그리며, 엄청난 속도로. 여우 가면【마신】을 향해.

"으아…… 저건 좀 위험한데. 설마 플롯이 이렇게까지 깨질 줄이야, 생각도 못 했다니까."

빠르게 접근하는 빛의 탄환을 보며, 궁기가 가면을 벅벅 긁었다. 저 녀석도 도철과 싸우면서 상당히 대미지를 입은 것 같았다.

여기서 꼴사납게 당황하지 않는다니, 마지막 보스로서 참 훌륭하다. 어쨌거나 너도 정말 열심히 해줬어. 이야기를 그럭저럭 재미있게 해줬고.

"아기토, 움직일 수 있어? 아무래도 나만 노리는 것 같은데, 여기 있으면 너도 말려들거야. 도망치는 게 좋지 않겠어?"

"넌 마음을 정한 거냐, 궁기."

"그렇지 뭐. 조연이라고 생각했던 히노모리 류가한테 이렇게까지 몰렸으니…… 변명할 말이 없어. 한마디로 내 가장 큰 오산은『지금은 여자애도 히어로가 될 수 있는 시대』라는 걸 몰랐던 점이려나."

최후의 순간을 맞이하기 직전의 짧은 시간 동안 그런 대화를 나누는【마신】과 그릇.

그 말이 맞아 궁기. 지금은 여자애도 싸우는 시대야. 일요일 아침에 TV*를 보면 알 수 있어. 엄청나게 잘 싸운다니까.

"나름대로 분위기도 띄워봤고, 꽤 재미있었으니까. 이번에는 이걸로 만족했어."

"그런가. 아쉽게도 네 힘으로는 내 바람을 이루지 못할 것 같군. 나도 슬슬 이 촌극에 질렸다…… 남에게 너무 많이 맡겼다고 해야 할까."

"그건 이제 꼭두각시 인형은 졸업하겠다는 말인가?"

"그래. 앞으로는 나도 내 손으로 바람을 이루도록 하겠다."

그런 대사를 중얼거리고, 아기토가 일어섰다. 혜성은 이미 코앞까지 다가와 있다.

"궁기. 네 그릇을 그만둔다── 작별이다."

다음 순간, 아기토는 바로 그 자리에서 이탈했다.【마신】을 남겨두고.

그릇으로부터의 이사 허가……【마신】은 숙주를 바꿀 때, 그 허가를 받아야만 한다. 즉 지금 그 말은 아기토와 궁기

---

*프리큐어 시리즈의 일본 본방송 시간이 일요일 오전 08:30분부터.

콤비의 해산을 뜻한다.

아기토 자식, 도망쳤나…… 그래도 어쩔 수 없지. 아무리 상식을 벗어난 전투력을 가졌다고 해도 아기토는 인간이다. 죽여 버리면 곤란하지.

"코바야시 소년. 일단은 네가 이긴 거로 해둘게. 지금까지 싸운 것 중에서 이번이 제일 재미있었어. 이대로 잠들어버리기가 아까울 정도로."

문득 이쪽을 본 【마신】의 여우 가면이 웃은 것 같은 기분이 든 직후.

류가와 동료들의 『다 함께 쿵』이 궁기에게 작렬했다.

한밤의 학교 운동장에 엄청난 빛이 터져 나왔고, 주변이 대낮처럼 밝아졌다. 폭풍이 소용돌이치고, 땅이 흔들리고, 학교 유리창이 덜컹덜컹 떨리고, 귀청이 떨어질 것 같은 충격음이 주변 일대에 울려 퍼졌다.

……그 속에서 궁기의 단말마가 희미하게 들려왔고, 바로 사라져버렸다.

그건 틀림없이 제3부 【마신】 궁기 편이 막을 내렸다는 신호.

나의 주인공 히노모리 류가가── 승리를 거머쥐었다는 증거였다.

7

279

바로 오색의 빛이 사라지고 다시 눈을 떴을 때는 궁기의 모습은 흔적조차 찾아볼 수 없었다. 그가 있던 자리에는 운석이라도 떨어진 것 같은 커다란 구멍이 나 있었다. 운동부들이여, 운동장을 이렇게 만들어서 미안하다.

'결국 해낸 건가…… 이걸로 류가의 이야기는 대단원이겠지…….'

고개를 돌려보니 완전판 슈도 이미 소실돼 있었다. 제작자 궁기가 쓰러지면서 그 능력도 풀려버렸겠지.

"뭐야, 이건 아니지. 한 방만 더 때리면 되는데."

"넌 그나마 다행이지! 난 돌아오자마자 끝났다니까!"

약간 소화불량이 돼버린 배틀의 결말에 불평을 늘어놓는 혼돈과 도철. 마침내 두 사람은 동시에 한숨을 쉬더니, 곧 하품하면서 바로 내 안으로 들어와 버렸다.

한편, 난전이 벌어졌던 시즈마 쪽도 어느새 전투가 끝나 있었다.

궁기가 패배하면서 남아 있던 적 사도들은 전의를 상실한 것 같았다. 멍하니 그 자리에 서 있는 자, 항복 의사를 표명하는 자, 털썩 무릎을 꿇는 자, 어째선지 흙*을 가지고 돌아가려고 하는 자…… 다양한 반응을 보여주고 있다.

그런 와중에, 마지막 보스를 타도한 메인 캐릭터 다섯 명이 내 곁으로 왔다.

---

*일명 갑자원(코시엔)이라고 부르는 일본 전국 고교 야구대회에서는 진 팀이 다시 오기를 바라며 야구장 바닥의 흙을 가져가는 전통이 있다.

"이치로, 끝났어."

싱긋 웃는 류가의 눈에는 살짝 눈물이 고여 있었다.

그리고 그것은 사신 히로인즈도 마찬가지였다. 나도 모르게 눈시울이 뜨거워졌다.

"그래. 훌륭했어 류가. 역시 넌—— 히노모리 류가야."

"나 혼자서는 무리였어. 모두 덕분이야."

주인공의 겸허한 승리자 코멘트에 네 명의 동료들이 웃었다.

"저희, 드디어 해냈군요…….."

"음. 아직 실감은 안 가지만."

"뭐, 전부 제 활약 덕분이지만요."

"으하~ 배고파 죽겠어."

어쨌거나 훌륭한 피니시였다. 류가와 사신 히로인즈가 궁기와의 싸움을 마무리한다—— 내가 이상적이라고 생각하는 최고의 클라이맥스였다.

무엇보다 기쁜 건 내가 거기에 엮이지 않았다는 점이다. 마지막 순간까지 자주 규제하는 데 성공한 건 큰 쾌거라고 할 수 있겠지.

잠시 일동이 승리의 여운에 잠겨 있는데. 류가가 유키미야의 어깨를 슬쩍 두드렸다.

"그보다 시오리. 넌 빨리 가봐. 세바스찬한테."

"아……."

"오늘 싸움은 그를 되찾기 위한 싸움이기도 했으니까.

『다녀오셨어요』라고 말해줘."

주인공의 배려에 "……예!"라고 말하며 고개를 끄덕이고 열심히 뛰어가는 『축명의 무녀』.

그 루니에는 어느샌가 시즈마 쪽에 가 있었다.

왕거미 사도 앞에는 백 명 정도의 사도가 엎드려 절하고 있었다. 아무래도 저 녀석들은 궁기 쪽에 붙었던 루니에 휘하의 잔존병력인 것 같다. 엄청나게 혼나고 있었다.

'유키미야의 에피소드, 결국 마지막까지 가고 말았네…….'

그게 유일하게 아쉬운 점이다. 덕분에 내가 그릇으로서 진화해버렸고.

"그럼 나도 미온을 치하해주고 오겠다. 하는 김에 쇼핑 날짜도 정하고 와야겠군."

"저도 사랑하는 시즈마를 보고 오겠어요. 아, 그 전에 키키를 간호해줘야 하려나요. 입에서 뭔가를 쏟아내고 있으니까요."

"그럼 난 헤비즈카 선생님한테 갔다 올게! 가슴에 하이 터치하고 올래!"

이어서 『참무의 검사』, 『상암의 혈족』, 『성벽의 수호자』도 달려갔다. 그 사람들의 뒷모습을 지켜본 뒤에, 나와 류가 는 누가 그러자고 한 것도 아닌데 동시에 밤하늘을 올려다 봤다.

……거기에는 아름다운 보름달이 있었다. 배틀 중에는

알아차릴 여유도 없었는데.

"그러고 보니 이치로. 전에도 이렇게 둘이서 밤하늘을 본 적이 있었지. 치가야마산에 있는 리나네 별장에 갔을 때."

"아, 그랬었지. 그때는 별들이 더 많고 예뻤지만."

그 별들 아래에서, 하마터면 류가와 키스를 해버릴 뻔했었다. ……역시 극형이 타당한지도 모르겠네.

"이치로. 이걸로 나도…… 평범한 여자애로 돌아갈 수 있을까."

그때, 류가의 손이 내 손을 잡았다. 다른 사람 모르게, 살며시.

당연히 그렇게 되겠지. 숙명에서 해방됐으니 이제 류가는 남자로서 살아갈 필요가 없다. 유키미야와 엘미라한테도 여자라는 사실을 밝혀도 되겠지.

"역시 돌아가고 싶어? 여자로."

"그야 당연하지. 그래서 하나 제안할 게 있는데…… 겨울방학 때, 같이 중국 여행 갈래? 부모님한테 말이야, 이치로를 제대로 소개——"

류가의 그 제안을 저지라도 하려는 것처럼.

갑자기 내 주머니에 있는 휴대전화에서 벨소리가 울렸다.

꺼내서 확인해보니 모르는 전화번호였다. 하지만 난 왠지 상대가 짐작이 갔다.

『……코바야시. 내가 누구인지 알겠나.』

역시나 아기토였다.

조금 전에 궁기를 두고 도망친, 마지막 보스의 파트너였다.

"아기토, 어떻게 내 전화번호를 알았지?"

류가가 눈을 크게 뜨고 날 쳐다봤다. 아기토가 도망쳤다는 건 류가도 알고 있다. 필살기는 어디까지나 궁기만 노렸고.

『문화제 때 같은 반 사람에게 물어봤다. 지금은 학교를 떠나 역으로 가는 중인데…… 피로와 대미지 때문에 뛸 수가 없다. 그러니까 쫓아오지 마라.』

한심한 소리를 거만하게 떠들어대는 패장. 그런 부탁을 하려고 전화씩이나 했나?

"어때? 류가의 한 방은 강렬했지? 알았으면 그만 회개하라고."

『무슨 바보 같은 소리를. 나는 히노모리 류가라는 소녀에게 새삼 반했다. 다음에는 내가, 그녀에게 한 방 먹이겠다. 다른 의미로 말이야.』

이 자식은 잘생긴 데다 수재인 주제에 왜 이렇게 하는 말들이 변태 아저씨 같은 거야?

"할 말은 그게 다야? 이쪽은 지금 다 같이 승리를 기뻐하는 중이라고. 나한테 원한이 있으면 다음에——"

『너한테 하나 말해둘 게 있다. 싸움은, 아직 끝나지 않았다.』

"…………."

『내게 있어 【마신】이나 사도 따위 존재는 단순한 여흥에 불과하다. 히노모리를 둘러싼 나와 네 싸움은── 지금부터가 진짜다.』

그러고 보니 도망치기 직전에도 그런 말을 했었지. 「앞으로는 나도, 내 손으로 바람을 이루도록 하겠다」…… 같은 소리를.

"인제 와서 또 뭘 꾸미고 있는 거야? 궁기가 쓰러진 지금, 더 이상 널 따를 사도는 하나도 없다고. 어떻게 우리한테 대항하겠다는 건데?"

『그건 언젠가 알게 된다. 그리 멀지 않은 훗날에. 그때 네놈이 계속 친구 캐릭터 자리 따위를 지킬 수 있을지…… 또다시 나아마가 네놈을 선택할지…… 기대하겠다.』

그런 마지막 대사를 남기고 전화를 끊어버렸다. 나아마가 누구지?

"이치로, 텐료인이 뭐래……?"

걱정하며 묻는 류가에게, 어쩔 수 없이 말해줬다. 숨길 의미도 없는 일이니까.

──아무래도 이 이야기에는 엔딩 전에 약간의 사후처리가 필요한 것 간다.

──그 녀석은 아직 류가를 포기하지 않은 것 같다.

──텐료인 아기토를 쓰러트리지 않으면 최종화는 찾아오지 않을 것 같다고.

그 말을 들은 류가는 의외로 얌전하게 고개를 끄덕였다.

주인공의 얼굴을 하고.

"정말이지…… 텐료인 녀석 아직도 반성을 안 했네. 좋아, 그렇다면 언제든 상대해주겠어. 그 녀석의 움직임이라면 나도 이미 간파했으니까."

여자로 돌아가는 건 그다음이려나? 그렇게 말하면서 상쾌하게 웃고, 류가는 대화를 마무리했다.

……하긴, 아기토가 도망치고 그대로 끝나면 조금 애매하니까. 마지막에 다시 한번 류가 VS 아기토의 완전 결판을 내는 쪽이 구성면에서도 깔끔하겠지.

그런 계산을 하면서 동료들 쪽을 둘러봤더니.

곳곳에서 제각기 법석을 떨고 있었다.

"미온! 라이벌의 허그를 거절하다니 무슨 짓인가! 오늘 정도는 솔직해지지 못할까!"

"끌어안으면 가슴이랑 가슴이 밀착하잖아! 그 커다란 가슴이랑! 기껏 승리했는데, 왜 패배감을 맛봐야 하는 건데!"

"자, 일어나세요, 키키! 시즈마한테 가야죠!"

"무, 무리임다…… 멀미약을 먹었는데, 멀미약까지 토해버려줍니다…….."

"저기요, 헤비즈카 선생님! 질문입니다! 가슴이 크면 젖이 잔뜩 나오나요? 젖잔뜩인가요?!"

"유방 크기와 모유의 양은 비례하지 않아. 중요한 건 유선 숫자야. 근데 쿠로가메, 그거 지금 해야 할 질문이야?"

"세바스찬! 잘 다녀왔어요! 저기요, 좀 들어보세요, 세바스찬!"

"시오리 아가씨, 잠시 기다려 주십시오. ……네놈들이 그러고도 내 부하냐! 출세에 눈이 멀어서 도올 님께 반역을 저지르다니, 이 무슨 짓이냐! 그냥 다 같이 혼면전에나 가버려라!"

"어라? 텟짱 님? 텟짱 님은?! 배틀이 끝나면 교장실에서 내 가슴 실컷 주물러 달라고 하려고 했는데!"

"그만둬라, 시마. 그 젖 짜기, 벌할지어다."

완전히 개그 파트가 돼버렸다. 대부분이 가슴 관련 얘기다.

'뭐, 지적은 하지 말자…… 오늘은 다들 열심히 했으니까 찬물을 끼얹을 필요는 없잖아. 그나저나, 일일이 딴죽 걸 기력도 없다.'

부대장 트리오가 "영차, 영차" 하면서 헹가래를 쳐주는 시즈마를 보며, 나는 일단 그 자리에서 양반다리를 하고 앉았다. 류가가 내 옆에 와서 앉았다.

"맞다 이치로. 마지막으로 하나 물어볼 게 있는데."

"뭔데 류가."

"궁기한테 마지막 공격을 날릴 때, 왜 사신한테 날 도와달라고 부탁했어?"

"……응? 무, 무슨 소리야?"

내가 무슨 소리냐고 물었더니, 류가가 약간 불만스러운 표정을 지으며 말했다.

"난 그때『우리 둘의 사랑의 힘으로 같이 궁기를 쓰러트리자!』고 아이 콘택트를 보냈는데 혹시 못 봤어?"

……그 시선이, 그런 의미였어? 날 지명한 거야?

유감이지만 알아차리지 못했다. 눈과 눈으로 하나도 안 통했다.

'나도 아직 친구 캐릭터 수행이 부족하네. 그나저나……'

그 말이 사실이라면 류가도 반성해야 한다.

그 장면에서 나한테 부탁하지 말라고. 피니시에 친구 캐릭터를 넣으려 하지 말라고.

네 꿍꿍이, 궁기만큼이나 못돼먹었다.

에필로그

이렇게 해서 류가 일행과 『나락의 사도』 간의 싸움은 막을 내렸다.

이번 승리는 지금까지와 의미가 크게 다르다. 아무래도 마지막 보스인 사흉을 전부 물리친 건 물론이고 그중에 혼돈, 도철, 톳코와 화해하기까지 했으니까.

'궁기하고는 화해하지 못했지만, 그것만으로도 충분하고 남는 위업이야. 【마신】 중에 하나만 눈을 떠도 엄청나게 큰일인데, 이번에는 네 배로 큰일이었으니까.'

히노모리 류가는 그런 미증유의 위기에서 인류를 지켜 냈다.

언젠가 궁기가 다시 눈을 떴을 때, 또다시 평화를 위협할지도 모른다. 하지만 지금까지만큼 우려할 필요는 없다.

왜냐하면, 이미 【마신】 중에 셋이 인간 편이니까.

그리고 그때는 틀림없이 류가의 자손이 일어설 테니까.

'부디 그 자손 중에 내 자손은 없기를…… 히노모리 가문의 핏줄에 코바야시 가문이 섞인다니, 최악이라고……. 류가 자식, 알고는 있는 걸까?'

돌이켜보면 만남은 고등학교에 입학한 봄.

지원해줄 「주인공적인 존재」를 찾고 있던 내 앞에 히노모리 류가가 나타났다.

거기서부터 친구 캐릭터 포지션을 획득했고, 복잡한 일들이 있기는 했지만 어떻게든 오늘 이 순간까지 왔다. 그 뒤로 벌써 1년 하고 일곱 달이나 지났나…….

뒤풀이 파티 자리에서 주스 잔을 홀짝이면서 과거를 회상하고 있는데.

"이치로. 혼자서 뭐가 그렇게 심각해?"

문득 그런 목소리가 들려오고, 남자 교복을 입은 날씬한 소년이 내 곁으로 왔다.

긴 머리카락을 뒤로 넘겨서 검은 끈으로 묶은, 약간 키가 작고 선이 가는 체구. 흠잡을 곳 없이 단정한, 중성적인 얼굴. 온몸에서 보란 듯이 감도는 숨길 수 없는 특별한 느낌.

히노모리 류가였다.

이번에 멋지게 인간계를 구출하는 데 성공한, 우리의 주인공이다.

"류가. 다른 사람들하고 얘기 안 해도 돼?"

"이미 다 끝냈어. 남은 건 이치로뿐이야."

그렇게 말하고 나처럼 대리석 벽에 등을 기대는 류가. 그대로 둘이서, 여기저기서 환담 중인 동료들을 그냥 가만히 바라봤다.

우리는 유키미야네 저택에 와 있었다.

궁기와의 최종 결전으로부터 이틀이 지난 토요일. 사소한 축하 파티를 열게 돼서, 저녁 6시에 유키미야 저택 식당에 집합했다.

멤버는 인간 쪽에서 나와 류가. 사신 히로인즈. 쿄카.

사도 쪽에서는 삼공주. 시즈마. 그리고 팔걸인 루니에, 시마, 사이힐. 물론 도철과 혼돈도 있다.

'이런 광경을 보고 있자니 정말 마지막이라는 느낌이 드네…….'

아오가사키 선배와 미온이 가을 패션 트렌드에 대한 담화를 나누고 있다.

유키미야가 몇 초마다 톳코와 교대하면서 주리와 루니에를 곤란하게 하고 있다.

시마는 도철한테 혼인신고서에 사인하라고 졸라대고 있고, 도철은 사이힐한테 대신 사인하라고 떠넘기고 있다. 애초에 그 서류는 어디다 제출할 건데?

바로 옆에서는 혼돈이 쿄카 잔에 열심히 주스를 따라주고 있었다. 이 아저씨의 행동 범위는 그릇인 나한테서 3m 정도다.

'나도 모르게 【마신】을 동시에 내보낼 수 있게 되면서, 아저씨와 텟짱이 동시에 나올 수 있게 돼버렸다니까. 내 잠재능력이 무섭다…… 그리고 통탄할 일이야…….'

류가는 우울해하는 내 옆에서는 류가가 온화하게, 따뜻한 시선으로 일동을 지켜보고 있었다. "이런 날이 올 줄은 꿈에도 몰랐어"라고 중얼거리며. 나보다 훨씬 심각한 분위기가 감돌고 있다.

예전의 적과 아군이 친하게 이야기를 나누는 광경은, 류가에게는 무엇보다 큰 상일 것이다.

이 녀석들은 꽤 일찍부터 친하게 지냈던 것도 같지만, 굳이 말할 필요는 없겠지.

"이제 리나와 부대장 트리오만 모이면 최종 결전 멤버가 전원 집합이네. 기왕이면 경비원 사도분들도 오면 좋을 텐데."

"근무를 우선시하다니, 시마의 부하라는 걸 믿을 수 없을 정도로 성실하다니까. 그런데 쿠로가메는 뭐 하는 거야? 오늘은 토요일이라서, 수업 일찍 끝나고 점심때 집에 갔을 텐데?"

"집에 갔더니 예상대로 자고 있더라고.『빨리 준비할 테니까 먼저 가 있어!』라고 했어."

이런 때까지 지각하다니, 이젠 감탄할 지경이다. 난 결국 끝까지 그 거북이를 제어하지 못했다. 아직 친구 캐릭터 수행이 부족하다.

참고로 부대장 트리오는 조금 있다 올 예정이다. 그들은 살아남은 궁기 진영 사도들을 데리고 일단 이계로 돌아갔다.

포기하고 도철을 비롯한【삼마신】을 따르기로 맹세한 천여 명의 적 사도들은 이계에서 근신하게 됐다. 그 지휘를 트리오에게 부탁했고.

"그러고 보니 슬슬 7시네. 혼돈한테 문을 열어달라고

할까."

부대장 트리오한테는 나도 여러모로 신세를 졌으니까. 꼭 술이라도 한잔 따라주고 싶다. 시즈마도 그들과 기쁨을 나누고 싶을 테고.

"오 도령, 그럼 연다."

내가 요청하자 혼돈이 문을 만들기 위해서 한쪽 손을 들었다.

그 모습을 지켜보다가 나는 문득 「그 녀석」이 생각나서 류가에게 물었다.

"저기 류가. 그 뒤로 아기토한테서 무슨 연락 있었어? 있으면 바로 나한테——"

내 말이 끝나기도 전에.

혼돈이 만들어낸 문이 쾅! 하고 세차게 열리고, 사도 셋이 식당으로 굴러들어왔다.

"위, 위험했다……."

"간신히 철수는 했지만. 큭, 원통하다……!"

"정말이야, 위기일발이었다니까~"

그것은 제루바, 가이고, 야구자였다. 기다리던 부대장 트리오였다.

하지만 뭔가 분위기가 이상했다. 유난히 서두르고 숨을 헐떡대고 있었다. 게다가 온몸이 상처투성이고, 기린 사도는 이마에서 피까지 흐르고 있었다.

"어, 어떻게 된 겁니까 세 분. 저쪽에서 무슨 일이 있었나요?"

시즈마가 급하게 뛰어와서 걱정하는 얼굴로 부대장 트리오를 봤다. 유키미야도 바로 다가와서 삼인조에게 치유 능력을 사용했다.

무슨 일인가 하고 뛰어온 일동이게, 트리오가 말했다.

승리 축하 기분을 단번에 날려버리는, 경천동지할 소식을.

"큰일이야! 이계에 정체 모를 군세가 쳐들어왔어!"

"몇만이나 되는 엄청난 대군입니다! 순식간에 도시를 점거당하고, 『나락성』도 함락당했습니다! 정말 죄송합니다!"

"우리도 어떻게든 응전해보려고 했는데, 순식간에 무너져버렸어~! 다른 애들한테는 뿔뿔이 흩어져서, 일단 잘 숨어있으라고 명령했어요~!"

……잠깐만. 그게 무슨 소리야? 너희들 무슨 소리를 하는 거냐고?

적이 쳐들어와? 적이 누군데? 적은 이제 없잖아?

"그중에서도 간부라고 하는 놈들이 유난히 강해서…… 어쩌면 장군 클래스 이상일지도. 게다가 그놈들, 인간 모습이고……."

"눈으로 본 것만 간부가 수십 명! 그리고 그것을 이끌던 자는—— 틀림없이 그 소년입니다! 궁기 님의 그릇이었던, 텐료인 아기토가 분명합니다!"

"그 미남 씨, 자기가 『솔로몬의 후계자』라고 했어요~!

게다가 『이계와 인간계에 선전포고를 한다』고 했고~!"

우리는 혼란의 극치에 빠져버렸다.

적군 수령이 아기토라고? 뭐야 이 급전개는? 솔로몬의 후계자는 또 뭔데?

'그런 복선이 있었나?! 그나저나 그 자식, 이제 곧 엔딩이라는 걸 알고는 있는 거야?! 왜 멋대로 새 시리즈를 시작하려고 드는 건데!'

너무나 당돌한, 그리고 어이없는 평화의 붕괴에, 식당 안이 순식간에 조용해졌다. 나와 류가는 물론이고 그 자리에 있던 모든 사람이 아무런 반응도 보이질 않았다.

……몇 초 뒤에. 그 침묵을 깬 사람은 홍련의 머리카락을 지닌 흡혈귀 소녀였다.

"솔로몬이라고요? 그렇다면 텐료인 아기토가 거느리고 있는 간부들이란── 72마리의 악마가 아닌가요? 그렇다면 인간 모습을 하고 있다는 것도 이해가……."

알고 있는 거냐, 엘미라?! 가르쳐줘! 그놈들은 대체 누군데!

엘미라에게 묻기 직전. 부대장 트리오가 새로운 확인 보고를 했다.

지금까지만 해도 큰일이었는데.

그걸 능가하는, 오늘 최고의 서프라이즈를.

"잠깐! 들어보라고 대장. 사실 그 간부 중에…… 맥들이 아는 인간이 있었어!"

"텐료인 아기토는 『푸르카스』라고 불렀습니다만, 그 소녀는 틀림없는……."

"사신 중에 하나, 【현무】쿠로가메 리나 양이에요~!"

…………

……………………뭐?

작가 후기

여러분, 잘 지내셨나요. 다테 야스시입니다.

『친구 캐릭터는 어렵습니까? 7권』을 구매해주셔서 정말 감사합니다.

이렇게 권말에 인사드리는 게 꽤 오랜만인 것 같습니다.

5권 때는 여섯 페이지나 후기를 썼는데, 6권에서는 페이지 사정상 후기가 없었습니다. 이어서 나온 단편집 『친구 캐릭터는 어렵습니까? 오브 코스』도 마찬가지로 페이지 사정상 후기가 없었습니다.

이번에 겨우 후기가 부활했나 싶었더니, 비교적 많은 4페이지…… 페이지 조절이라는 걸 모르는 라이트노벨 작가, 다테 야스시입니다.

자. 본편을 읽지 않은 분들도 계실 것 같아서 자세한 얘기는 못 하겠습니다만…… 이번 권에서 이야기는 일단 매듭을 지었습니다.

하지만 아직 끝은 아닙니다. 「최종회가 아니라고. 좀 더 읽어야 한다고」. 그래서 코바야시 이치로의 헛된 저항도 계속됩니다.

앞으로도 계속 함께해 주시기 바랍니다.

질렸다는 말은 하지 말아주세요! 전 여러분이 질리지 않았으니까요!

또한, 이 자리를 빌려서 전해드릴 말씀이 있습니다.

이건 6권 띠지에서도 이미 알려드렸습니다만, 이 작품의 만화판 기획이 진행 중입니다!

저 자신도 상당히 두근두근하고 있습니다. 미디어믹스라고는 상정도 안 하고 썼기 때문에 어떤 느낌이 될지 정말 기대됩니다! 너무 기대돼서 일이 손에 잡히지 않습니다.

만화판은 요코야마 코지 선생님이 맡아주시게 됐습니다.

『레드 나이트 이브』등의 작품으로 활약하고 계시는, 엄청나게 귀여운 여자아이들을 그리는 작가분이십니다! 꼭, 꼭 기대해주세요!

그리고 또 하나. 『친구 캐릭터는 어렵습니까? 1권』의 오디오 북이 발매됐습니다!

이쪽은 세상에, 성우분들이 책 한 권을 통째로 낭독&대사 연기를 해주시는, 듣는 맛이 넘쳐나는 물건입니다.

그러다 보니 재생 시간도 한두 시간이 아닙니다. 일곱 시간이 넘는 엄청난 볼륨입니다. 출연자 여러분, 고생 많으셨습니다…….

제가 쓴 문장을 「듣는」 건 정말 신기한 감각이었습니다.

물론 기쁘기는 합니다만, 동시에 약간 부끄럽기도 했습

니다.

게다가 이 오디오 북, 후기까지 낭독해주시는 완전 사양이라서…… 멋진 목소리로 읽어주시니까 왠지 이미지 사기를 저지르는 것 같은 기분이 들었습니다.

실제 다테 야스시는 좀 더 지저분한 목소리입니다. 이럴 줄 알았으면 균형을 맞추기 위해서 1권 후기를 야한 이야기로 해둘 걸 그랬습니다.

참고로 오디오 북은 본 작품 외에도 가가가 문고의 다양한 작품들이 나오고 있습니다. 관심이 있으신 분은 꼭 들어봐 주세요!

……이렇게, 오랜만에 돌아온 후기인데도 공지사항 얘기만 했습니다.

만화도, 오디오 북도, 여러분이 응원해주셨기에 실현됐다고 생각합니다. 그 응원에 보답하기 위해, 앞으로도 열심히 하겠습니다.

가능하다면 후기도 좀 더 노력하고 싶습니다.

너무 헛소리하지 않고 스마트하게, 엘레강트하게, 야하게 쓸 수 있도록 노력하겠습니다. 또 페이지 사정상 잘릴 가능성이 있기는 합니다만…….

마지막으로 항상 하던 감사 인사입니다.

항상 멋대로 쓰게 해주시는 담당 편집자님. 그리고 그런

저를 따뜻하게 지켜봐 주시는 가가가 문고 편집부 여러분.

매력적인 일러스트로 캐릭터를 시각화해 주시는 베니오 님.

다양한 형태로 출판에 관여해주시는 많은 분.

그리고 지금 이렇게 읽어주시는 독자 여러분.

모든 분께 감사드리며 후기를 마무리할까 합니다. 정말로 감사할 따름입니다.

그럼 8권에서 다시 뵙기를 바라며.

지금까지 함께 해주셔서 정말 감사합니다!

다테 야스시

YUJIN CHARA WA TAIHEN DESUKA? Vol.7
by Yasushi DATE
©2016 Yasushi DATE Illustrated by BENIO
All rights reserved.
Original Japanese edition published by SHOGAKUKAN.
Korean translation rights in Korea arranged with SHOGAKUKAN
through Shinwon Agency Co.

친구 캐릭터는 어렵습니까? 7

2020년 7월 8일 1판 1쇄 인쇄
2020년 7월 15일 1판 1쇄 발행

저   자 다테 야스시
일 러 스 트 베니오
옮 긴 이 김정규
발 행 인 유재옥
본 부 장 조병권
담당편집자 조찬희
편 집 1 팀 김민지 정영길 조찬희
편 집 2 팀 김다솜 이본느
편 집 3 팀 곽혜민 김혜주 오준영
라이츠담당 김슬비 한주원
디 지 털 박상섭 이성호
발 행 처 ㈜소미미디어
인쇄제작처 코리아피엔피
등   록 제2015-000008호
주   소 서울시 마포구 토정로222, 403호 (신수동, 한국출판콘텐츠센터)
판   매 ㈜소미미디어
마 케 팅 한민지
전   화 편집부 (070)4164-3962, 3963 기획실 (02)567-3388
                  판매 및 마케팅 (070)4165-6888, Fax (02)322-7665
ISBN 979-11-6389-862-1 04830
ISBN 979-11-6190-091-9 (세트)